ハヤカワ文庫 JA

〈JA1384〉

青い海の宇宙港　春夏篇

川端裕人

早 川 書 房

8374

目次　春夏篇

目次　秋冬篇

青い海の宇宙港　春夏篇

登場人物

■宇宙遊学生と多根島の人々

天羽駆……………………………東京からの宇宙遊学生。小学六年生
本郷周太…………………………北海道からの宇宙遊学生。小学六年生
橘ルノートル萌奈美……………フランスからの宇宙遊学生。小学五年生
大日向希実………………………多根南小学校の六年生。多根南小学校の児童代表
田荘千景…………………………多根南小学校の教諭。駆たちのクラスの担任
校長先生…………………………多根南小学校の校長

茂丸幹太…………………………駆の里親。「おやじ」
茂丸トモヨ………………………駆の里親。「おかあ」
岩堂葉輔…………………………周太の里親。岩堂エアロスペースの経営者兼龍満神社宮司
温水宙……………………………萌奈美の里親家族。多根島宇宙観光協会事務局長兼「温水宙航きょうだい社」代表
温水航……………………………萌奈美の里親家族。多根島宇宙観光協会青年会長兼「温水宙航きょうだい社」代表
大日向公武………………………多根南町町議会議員。希実の父親
ジャスティン・ニーマン……多根島のバー「ムーンリバー」の店主
サチ………………………………ジャスティンの配偶者

父さん……………………………東京にいる駆の父
母さん……………………………東京にいる駆の母
潤…………………………………東京にいる駆の弟

■日本宇宙機関（ＪＳＡ）

加勢遙遠…………………………広報担当
大日向菜々………………………広報担当。希実の従姉
中園郁夫…………………………エンジニア
久世仁……………………………広報室長

序・スペースポート

四月だというのにやたら暑い。

いくら南国だとはいえ、蒸し暑すぎる。おまけにまぶしい。

多根島《たねじま》の宇宙港は海に面している。別に海に船を送り出すわけではないのに、海に面していた方が格段に有利なのが宇宙港だ。アメリカやロシアには、砂漠や草原にあるものも実在しているわけだが、運用上、東側に広大な太平洋を持つ利点は計り知れない。

加勢遙遠《かせはると》は、これまで見送ってきた数十機のことを思い起こす。水平線と空との間隙は、地球を覆《おお》う大気の薄膜だ。粘りけのある層を突き破って宙《そら》に出《い》でた人工衛星や宇宙探査機は、その後、地球をめぐる低軌道や静止軌道に至り、さらには太陽系探査のために地球圏を脱していった。もっとも、いくらかは最初の薄膜の中で力尽き、深海に眠っているのだが。

遥遠は、ここで見たすべての打ち上げの軌跡を今も覚えている。打ち上げの時刻や天気、背景の海の色、投入するペイロードや軌道によるロケットの構成や経路の違いなど、多根島宇宙港から海の方向を見るだけで、ひとつひとつが浮かび上がってくる。しばし足を止めて、海と空を見るのはそのためだ。

海は凪《な》いでいる。太陽の角度によっては翡翠《ひすい》のような青緑色になり、視界を埋める。最初は美しいと思ったが、赴任して三年を超すとさすがに日常の一部になり、あらためて感じるものはない。

とすると、打ち上げも同じかもしれない。多くを見れば見るほど、いずれすべて重ね合わされてしまい、結果、ホワイトノイズになっていく。それは口惜しい気もするが、だからといってどうすればいいのか遥遠には分からない。

作業服で額の汗をぬぐい、遥遠は小型ロケット射点の近くにある倉庫の大きな扉に近づいた。日本の宇宙開発史のかなり最初の頃に使われていたもので、今はうち捨てられている。職員ですら、知る者は少ない。

錆《さび》の浮いた扉は、すでに開いていた。筋になって差し込む光に背を押され、遥遠は薄暗い奥へと足を進めた。

「ゾノさん！」と呼びかけた。

「ここだあ」と声がした。

倉庫のかなり奥からだ。

「分かるか？　こっちだ」

「はい、行きます！」

遙遠はパレットに載せられたままの荷物の間をぬって、声のする方へ進んだ。

黄色いヘルメットとその下に白いものがまじる髪が見えた。ゾノさんこと、中園郁夫《なかぞのいくお》が手招いていた。

「これだよな。おまえさんが言う通りだ。懐かしい。わたしがまだ新人だった頃に現役だったやつだ」

「やっぱり、ありましたか！」

遙遠はゾノさんの脇から体を乗り出して、木枠の中を見た。

金属のノズルとはっきり分かる部分が、ちょうどこちらを向いて露出していた。末端の開口部の直径は十センチほど。スロートはその半分くらいに細くなっている。隠れている奥の部分には、筒状の燃焼室が連なっているはずだ。最小構成の液体燃料ロケットエンジンである。

「どう考えても前世紀の遺物だよ。たしか川嶌《かわしま》重工業がライセンス生産していたのではなかったかな」

「アメリカの製造元から直接入ってきたやつということも考えられますね。記録は曖昧《あいまい》なんです」

遙遠は金属のノズルのひんやりした手触りを指先に感じながら、胸にそこはかとない熱を覚えた。別に、蒸し暑い午後だからというわけではなく、この仕事を志《こころざ》した時から、ずっと抱いているものだ。しかし、時々、忘れそうになる。海の色の鮮やかさをなんとも思わなくなるのと同じように。

余剰品のロケットエンジンが倉庫に眠っているかもしれないと勘づいたのは、偶然だった。宇宙技術歴史館の展示を一新する計画があり、半世紀近く前の記録を確認していたら、納入されたものと使われたものの数字が、時々、合わないと気づいた。さすがに大きなメインエンジンなどは、使われなかったものも含めてすべて行き先がはっきりしていたが、小型の姿勢制御エンジンは数も多く、いちいち把握されていない感があった。そこで、宇宙港で一番キャリアが長いゾノさんに聞いてみた。もしも、残っているとしたらどこだろうか、と。

「しかし、よくこんなものがあると気づいたものだね」とゾノさんは、発見した小型エンジンを撫《な》でながら言う。

「わたしなんかの世代でも、ジンバル使ってエンジン自体を首振りする姿勢制御が普通だから、こんなバーニア・エンジンはとんと頭から消えていたよ。二十世紀の時点でも使いどころがなくなって、そのまま忘れられてしまったのだろうね」

「ロケットの姿勢制御の仕組みのコーナーを作ろうと思ってます。噴射板みたいに超古典的なものと、今も使われてるジンバル、可動ノズルなんかの間、みたいな位置づけですかね。姿勢制御用といっても、独立したエンジンですから、いろいろ見応《みごた》えもあります」

「そうだね。独立したエンジンだ。小さいからって捨てたもんじゃない。束ねてやれば宇宙も狙える。こういうのを見ると、わたしは、すぐ何かに応用できないかと考えてしまうね。最新の技術とはいかなくても、いろいろ使いどころはありそうだよ」

ゾノさんが豪快に笑うのに、遙遠は思わずつられながらも、むしろ苦笑した。

「まあ、最新型といえばゾノさんです。今ここでロケットエンジンの開発なんてやってないし、現役のゼータ3シリーズの開発って、ゾノさんの世代が旗を振ったわけじゃないですか。だから、実はそっちが最新なんですよ」

遙遠は、こういう状況を苦々しく思う。ロケットは新しいようで古い。再任用で今も現場に来ているゾノさんが、ここでロケットを開発した最後の世代なのだ。

「あはは、そうだった。液水・液酸を使って、二段燃焼サイクルやら、エキスパンダーブリードサイクルでの大出力の追究やら、手の込んだことをしてきたのはわたしらの時代だ。そういえば、前代のやつは補助エンジンを使った姿勢制御も、一応、やってたんだよ。ターボポンプを通った一次燃焼後のガスと燃料の水素を合わせて噴いていた。まあ、補助エンジンというよりは、ガスジェットみたいなものだね」

「いいですね。意外に泥臭い。姿勢制御の歴史の展示に、それも取り入れたいです」

「さすがに歴史館の展示にはちょっとマニアックすぎないかね」

「でも、マニアックな方が受けるんですよ。最近、小学生でもよく知っていて、質問攻めなんかされると、こっちがタジタジになりますから」

　ゾノさんは、一瞬、口をすぼめ怪訝《けげん》な表情になった後で、大声で笑った。

「そういうものか。おまえさんを質問攻めにして、うろたえさせる小学生ってな。おまえさん自身、こっちに来た当初、ベテランを質問攻めにして、ずいぶん困らせてくれたもんだ。それが今じゃ、立場が逆かね」

　ゾノさんは、目を細め、壁の向こうの遠くを見た。穏やかながら、憂《うれ》いも感じさせる表情だ。ゾノさんは、今でこそ笑顔を絶やさない好人物だが、実は往年、鬼軍曹的なチーフエンジニアだったという。

「まあ、なにはともあれ、数十年ぶりのご対面、といきましょう」

「ああ、そうだね」

　遥遠は小型ロケットエンジンのノズルの細くなったスロートの部分に手をかけた。ゾノさんも、一緒に力を込めた。配管もつながっているため、ずっしり重いが、この程度の小型エンジンなら、人間の力で動かせる。

「おやおや、これはどうして、なかなかの保存状態だ」

「展示だけにしとくのはもったいないですね」

つややかな金属の光沢とゆるやかな曲線のノズルはやはり美しい。これが製造されたのは、パソコンすらなかった時代だ。手計算、さらにトライアルアンドエラーでたどり着いた形状だろう。

遙遠はノズルと反対側に取り付けられているディスク状の蓋を撫でた。酸化剤を導く流路の部分が、ぽこりと盛り上がっていた。

「LOXドームだね。そこから液体酸素を入れる。おまえさん、燃料の方は、どう流れるか知っているかい」

「燃料って、ケロシン、RP－1ですよね。ええっと、燃焼室に直接噴くんじゃないわけですね。外壁と内壁を貼り合わせる時に螺旋《らせん》状の流路を作っておく。液体燃料を流路にそってめぐらせてエンジンを冷却してから酸化剤と混合。つまり、再生冷却ってことですね。小さいのに手が込んでいる」

「その通りだ。古いながらよくできている。そういう意味じゃ、歴史館にはぴったりの素材だ」

「これ、ゾノさんが言った通り、今も使えるんじゃないですか。どれくらいの推力が出るのかな」

遙遠は頭の中で大雑把《おおざっぱ》な計算をしつつ、胸の中のそこはかとない熱がさっきよりもくっきりと際立つのを意識した。広報担当者として打ち上げに立ち会う時とは違う、もっと原始的で子どもっぽい熱だ。

　ゾノさんがふたたび目を細めた。

「おまえさん、今の立場じゃ、やはり満足できないんじゃないかね」

「なにを言うんですか。おれは、今の仕事、好きですよ」

「やっぱり、この時代だからこそ挑戦できることが、いろいろあると思うんだがね。他に選択肢がなかったわたしらの頃とは違うんだから」

「いえ、多根島は宇宙に一番近い島です。宇宙開発を現場で支援する仕事には、やりがいを感じます」

　嘘ではない。しかし、百パーセントの本心とも言いがたい。

「まあ、いい。今度、酒飲んだ時にでも、じっくり聞こう」

　ゾノさんは、大きな声で豪快に笑った。

一学期・宇宙遊学生

1　宇宙遊学生

「おじゃりもーせ！　宇宙遊学生のみなさん！　多根島によくいらっしゃいました。一年間、一緒に遊んだり、勉強したりできるのを、楽しみにしています！」

始業式の後、体育館で、続けて行われた全校歓迎式。六年生女子の児童代表が大きな声ではっきりと言い、明るく笑った。きょうだけ全校生徒がつけている大きな名札には、大《おお》日《ひ》向《なた》という文字が見える。その名前の通り、お日様のような笑顔だ。

「多根島は、素敵な島です。世界で一番美しい宇宙港があります。今年も、大きいロケットや小さいロケットがいくつも上がりますので、みなさん、楽しみにしていてください。おうちから離れて不安かもしれませんが、優しい里親さんもいるし、多根南《たねなみ》小学校は、楽しい学校です」

彼女は、ぺこりと一礼すると、マイクの前を離れかけた。そこから、半歩もどり、もう一度、元気な声を出した。

「あ、あたしのことは、のぞみ、でいいからね。気軽に話しかけてね。よろしく！」

大日向希実《のぞみ》は、体育館に来る前の朝の教室で、一番目立った子だった。明るくて、活発で、体も大きくて、声もよく出る。希実がいるだけで、教室には本当にお日様がさすみたいだった。誰だってクラスで最初に覚えるのは、こんな子に違いない。

でも、そんな希実を見て、天羽駆《あもうかける》はむしろ気後れしてしまう。下を向いて小さくため息をつき、どこにいっても、こんなふうに明るい女子っているよなあ、などと思う。

ほんの十日ばかり前まで、駆は東京の小学校の五年生で、やはりクラスには似たような女子の学級委員がいた。席が近くてよく話しかけてくれたけれど、駆はどちらかというと苦手だった。

理由ははっきりとは分からない。駆は、なにかもやもやとしたものを体の奥に感じていたから、悩みなんてまったくなさそうな元気でおせっかいなクラスメイトは、それだけで嫌だったかも。「みんな仲良く楽しいクラスにしたい」とか、先生が学級目標にするならともかく、自分は全体のことを気にしている余裕なんてない。居心地が良い場所を探すだけでも一苦労なのに。

東京から遠く離れた南の島に「宇宙遊学生」として期間限定で転校することにしたのも、気ままにやりたかったからだ。余計なことに気を取られないで、一年間のんびりできると思っていた。なのに、こんなに歓迎されると、面倒くさくなってくる。

もちろん、この学校は、悪くない。前の学校よりずっといい。

駆が五年生まで過ごした小学校は全校で千人近い児童がいた。けれど、ここではたったの三十人だ。体育館は同じくらいの大きさだから、席と席の間に余裕があって、ゆったりしていた。駆は人ごみでは息が詰まるので、これは本当によかった。

ただし！　ものすごく蒸し暑い。扉はすべて開け放しているのに、顔にうっすら汗が浮かんだ。まわりを暖かな海に囲まれて、空気そのものが違うとおやじが言っていた。駆は、こういう暑さは嫌いじゃないからいい。きょうはじめて着たシャツの袖で、迷うことなく顔をぬぐった。ハンカチを使えとか注意する人はいない。

ふいに少し空気が動き、首筋に風が当たった。希実が壇上から戻ってきたのだ。ちょうど駆の隣の席だった。駆に向かって笑いかけ、「ねえ、校長先生の秘密、教えようか？」と言う。

「はあ？」

「校長先生は宇宙人」

「どうして？」

駆は司会をしている校長先生の姿をまじまじと見た。ぱりっとしたスーツを着ていて、体育館で一番きちんとした身なりをしている。頭ははげているけれど、涼しげな雰囲気の、本当に校長先生っぽい校長先生だ。どう見ても地球人以外には見えない。

「うちの父さんが言ってる。あの先生は宇宙人だって」

「ええ？　どうして？」

希実が返事をする前に、まさにその校長先生がマイクの前で声を出した。

「では、次に、宇宙遊学生のみなさんにあいさつしてもらいましょう。今年は、五人の遊学生が多根南小学校で学びます。六年生が二人、五年生が一人、三年生が二人です。では、みなさん、前に出てください」

ねえねえ、どこが宇宙人なの？　と駆は口を開きかけた。

でも、希実は駆の背中をぽんと叩いた。

「はやく行きなよ」

自分で話しかけておいて無責任。おまけにおせっかい！　でも、正しい。もうほかの子は席を離れているのに、駆だけが座ったままだった。

壇上に立ってみると、広い体育館がスカスカなのがよく分かった。席と席の間には、結構、余裕があったし、人がいるのは体育館の前の三分の一くらいまでだ。

全校児童三十人なのだから仕方ない。それも、五人は地元の子ではなく、親元を離れて来た遊学生だ。それがみんな、前に出てしまったわけだから、児童の並びも歯が抜けたようになっていた。

自己紹介をしなければならないのに、駆は「宇宙人」だと言われた校長先生をちらりちらりと見た。角度のせいできちんと見えないので、諦めて前に向き直ったら、体育館の壁にかけてある垂《た》れ幕の標語が目に飛び込んできた。

〈多根南から宇宙へ！　空に咲く花になれ！〉

言っていることも、垂れ幕の大きさもデカかった。同じ言葉が、校舎の上にも掲げられていて、はじめて見た時にはびっくりした。

「では、最初に、天羽駆くん、おねがいします」

校長先生が言った。

駆は最後に壇に上がり端にいたので、順番が最初になってしまった。

宇宙人がどうのとか、気を取られている場合ではなかった！

でも、慌てたのは一瞬だけで、すぐに持ち直した。どうせ言うことは決まっているのだから。

「はじめまして。六年生の天羽駆です。この一年間、島の暮らしをめいっぱい楽しみたいと思います！」

だってそれ以上でもそれ以下でもない。この時だけはがんばって元気よく言えば、大人も子どももだいたい満足してくれる。心の中にはもやもやの雲があっても、おもて向きは元気いっぱいじゃないと、まわりの人を心配させてしまう。駆は、心配されるのは嫌だ。

駆の努力は一応成功していて、母さんはよく「駆は本当に手のかからない子ね」と言っていた。宇宙遊学に行きたい！　と伝えた時にも、特に心配はされなかった。

「自分で決めたのなら反対しないよ。駆は本当にロケットみたいね。どんどん飛んでいってしまう」

寂しそうでもあったけれど、どこかほっとした雰囲気だったのも予想通りで、駆はもっと元気よく続けたのだ。

「島にはたくさん自然があって、いろんな種類の生き物がいるんだって！」

「駆はきっと楽しいだろうね」と母さんは目を細めた。

実際に、駆は本気で楽しみだった。里親さんになる予定の「おやじ」に手紙を書いたら、「うちの近くにはいくらだってカブトムシがいるぞ」と返事が来て、もっとワクワクした。

「——では、橘《たちばな》ルノートル萌奈美《もなみ》さん」

校長先生の声で、駆は我に返った。

同時にざわっと、空気が動いた。

呼ばれたのは、駆の隣の子だ。さらっとした長い黒髪で、肌はとても白かった。白いというよりも、薄いかんじで、目も茶色だった。

「わたしは、五年生です。宇宙遊学、楽しみで来ました。わたし、わたし……」と口ごもって、なにやら早口に言った。

「みんな、今の分かりましたか」と校長先生。

「英語？」「英語だぜ」とざわざわした中から声があがった。

「フランス語……です」と萌奈美が自分で言った。

「日本語、とくいじゃないです。この前までフランス……いました。今、みんなとなかよくなりたいと、言いました！　あと、海が好きです。よろしく、おねがいします」

「はい！」とみんなが返事をした。その中で一番はっきりと聞こえるのは、やはり児童代表の希実の声だ。

「大日向さんと橘さんは、五六年生だから同じクラスですね。仲良くしてください」と校長先生が言ったものだから、希実はさらに大きな声で「はい！」と言った。

五六年生が同じクラスというのは、駆もここに来て知った。人数の少ない学校では、複式学級といって、一二年、三四年、五六年を同じクラスにすることがあるそうだ。

「五六年の女の子はあたしたちだけだから、仲良くしようね、モナちゃん！」

萌奈美が大きな声に戸惑って後ずさりしているのに、馴《な》れ馴れしく呼びかけている。やっぱりこういう女子には要注意。

ただ、もっと注意しなければならないやつがいることに駆はすぐに気づいた。

校長先生が、「本郷周太《ほんごうしゅうた》くん」と言うと、「おっす！」ともっともっと大きな声がしたのだ。

駆から萌奈美を挟んだ向こうにいるのが、遊学生のもう一人の六年。がっしりした体格で、駆よりかなり大きい。顔も濃くて厳《いか》つい。でも、目をキラキラさせて、いきなりこう言った。

「六年、本郷周太！　多根南から宇宙へ！」

それだけだ。壁に書いてある標語をそのまま言うのだから、はきはきと流れるようにしゃべっているようで実は口数は少ない。駆はこういう子をこれまで知らなかった。声が大きい子はたくさんしゃべるし、無口な子は声が小さい。そんなふうに思っていた。でも、堂々として、口数少ないってどういうことなんだろう。

「本郷君も宇宙に興味があるのかな」と校長先生は聞いた。

「だれもが、宇宙港から飛び立てる日が来るッス」

どこからともなく拍手がわきあがった。なにか自信いっぱいというふうで、みんなが巻き込まれてしまったみたいだ。

でも、駆は巻き込まれない。心の中の警戒信号機には、黄色のランプが点滅していた。標語を大きな声で言うのって、政治家みたいだ。さっきの希実もそうだけれど、前向きなのに巻き込むのはやめてほしい。駆は自分のペースでしたいことをしたいのだ。

「自分は考えました！　今年の五六年生クラスで、宇宙について勉強する宇宙探検隊をつくろうと思います！　それが一年間の計画ッス！」

一瞬しんと静まったあとで、うぅあと歓声があがった。

座って話を聞いていた希実が、立ち上がって「すごい！　あたしもやる！」と大声で応えた。彼女は、目をキラキラどころではなく、はっきりウルウルさせていた。

「ね、五六年生みんながんばろう！」と希実が言った時、駆はぞくっと背筋《せすじ》が冷えた。

そうだ、五六年生ってことは、自分も入っているのだ。

駆はこんなふうに巻き込まれるのが本当に嫌だ。実家から一年、離れたくて、ここなら好きな昆虫やほかの生き物もたくさんいる。そういう理由で自分で決めた。申し込みの時には、「宇宙に興味がなくても別に問題ない」と確認した。「とにかく島でよく学び、よく遊び、一生の思い出をつくって帰ってください」と受付係の人には言われた。

だから、みんなを巻き込んで宇宙探検隊って……。本当にやめてほしい。要注意人物だったのは、大日向希実ではなく、本郷周太の方だったのだ。

そんなことを考えていたら、駆はほかの遊学生たち、つまり低学年の子たちがかわいらしく自己紹介するのをすっかり聞き逃してしまった。

元の席に戻ると希実がさっそく周太をつかまえて「すごいよ！　今年は特別！　忘れられない年になりそう！」と話しかけた。

校長先生が今度は前に出て、これからの予定について教えてくれた。

「遊学生のみなさんも、地元の子も、きょうから多根南小学校の児童として一緒に学びます。今、大日向さんが言ったように、きっと忘れられない一年になります」

「ロケットは何機上がりますか。ウェブに出ているのと変更はありますか」と周太がさっそく質問した。

「小さいものも含めたら、たくさんですよ。大型機は四機の予定だと聞いています」

「ゼータ3型のフルスラスト構成のものも予定通りですか。メインエンジン三本にブースターもつけたやつです。あと、深宇宙の計画はどうなりそうですか。自分はおもしろい軌道に興味があります」

周太がたたみかけるように聞いた。無口というのは、あてはまらないとよく分かった。

「来週すぐに宇宙港に見学に行きますから、聞いてみるといいでしょう。みなさん知っていますか。多根南小学校は、世界で一番、宇宙港に近い小学校です。ロケットの射点から十キロほどです。打ち上げが昼間なら、授業中でも校庭に出て見ます。でも、宇宙だけじゃありません、全校行事はいろいろあって楽しいですよ。担任の先生に聞いてください。おじゃりもーせ！　すばらしい一年にしましょう！」

「おじゃりもーせ！」と児童たちが声を合わせて、式はおしまいになった。

五六年クラスの担任は、若くて、眼鏡をかけていて、色白な女の先生だ。悪い先生ではないと駆は思った。始業式と歓迎式が終わるとすぐにジャージに着替えるくらいで、細かいことにこだわらない。

朝の教室で、まずは名前を黒板に書いて自己紹介した時も、気取ったかんじがしなかった。

「田荘千景と書いて、タドコロチカゲ。田んぼのある風景が美しいみたいな平凡な名前です。小学校の先生になって、多根南小学校が二つ目の学校です。ここに来たばかりなのは、遊学生のみんなと同じです。地元の人は、いろいろ教えてね。人数も少ないことだし、居心地のいいクラスにできるといいですね」

なんとなく眠たそうなのんびりした声は親しみが持てたし、「居心地のいいクラス」というのはいい。「みんな仲良く」「互いに思いやれる」とか、そういうのとは、駆にとっては大違いなのだ。駆だって、居心地よく過ごしたい。でも、仲良しや思いやりを強制されるのは嫌だ。

「ちかげセンセイ！」と萌奈美がたどたどしく呼びかけたのをきっかけに、みんなが、ちかげ先生、と呼ぶようになった。

歓迎式の後、教室に戻ってから、ちかげ先生は、校長先生が言っていた宇宙港の見学などこれからの計画について説明してくれた。

「ええっと、聞いている範囲で言うと、四月中に宇宙港見学があるわね。それと最初のロケットの打ち上げは、四月後半だそうよ。これは昼間なので校庭から見る、と。あと同じく四月中に、地元特産の『赤米《あかまい》』の田植えがあって、五月には『コイクミ』。四月、五月の行事はそんなところです。夏休み、二学期、年末年始は、もう盛りだくさんすぎて、先生には分かりません」

「コイクミってなんですか」と駆は聞いた。

コイが、魚の鯉《こい》じゃないかと思ったから。だって、通学路の途中にある川には鯉がいる。それをみんなで釣るのだろう。餌《えさ》は練り粉みたいなものを使うのだろうか。

「先生もはじめてだから、大日向さん説明してあげて」

「はい！　コイクミのコイは、魚の鯉です！」

やっぱり！　当たった！　駆はうれしくなった。

「川をせき止めて、水を掻《か》き出して、そこにいる魚やエビを捕まえます。一番大きいのは鯉です！」

すごい！

駆は思わず、小さくガッツポーズをしてしまったほどだ。駆にしてみれば、宇宙探偵団とか宇宙探検隊だかよりも、こういうものの方がうれしいのだ。

「あと、今年もニワトリとウミガメと宇宙メダカの飼育、というのがありますね。これも五六年生が中心に責任を持って飼うって。全員がいきものがかりです。ちなみに、先生は生き物は苦手です。みんながんばってください」とちかげ先生。

駆は、胸がドクンと強く脈打った。

全員がいきものがかり！　ニワトリは東京の学校にもいた。宇宙メダカは、宇宙でメダカがどう泳ぐかとか実験した時に連れていったやつの子孫だそうだけど、メダカはメダカだ。これも東京の学校の池にいた。ただ、ウミガメだけは違った。普通に学校にいるはずがない生き物だ。

本当にすごい！　駆は、ウミガメをどうするんだろうかと想像して、その背中に乗ってみたいとか、いろいろ頭に思い描いた。

やがて、ちかげ先生の話は、クラスの進め方についてに移っていった。五六年生は全員でもたった七人しかいない。六年生は三人で、希実と周太と駆。五年生は遊学生の萌奈美のほかに、地元の子が三人いたけど、みんな男子だった。この七人で居心地よく！　というのが先生の話の一番言いたかったことだと思う。

「七人といえば、アメリカの宇宙飛行士で最初の七人になった、オリジナルセブン、みたいッス！　自分ら、多根南小の宇宙探検隊オリジナルセブンになります」

なぜか周太は、二十世紀の古い宇宙開発の歴史に詳しいのだった。

「ほんとうによく知ってるわねぇ」と先生に感心され、周太はかなり得意げだった。

「自分の父ちゃんは、宇宙飛行士に応募して、いいところまで残ったことがあるッス。月に行ったアポロなんて、すごく詳しいッスよ」と自慢する。

「それはすごいわねぇ。先生もまだ生まれていなかったわ」

先生すら生まれる前って……人が月に行ったのってそんなに昔のことだったのかとびっくりした。

学級会が終わり、クラス解散になると、駆は気になっていたことを希実に聞いてみた。

「ねえ、メダカやニワトリ小屋は見たけど、ウミガメってどこで飼うの？」

「ほら、あっちの教室」と希実は窓の外を指さした。

多根南小学校は一階建てで、長方形の校庭の二方向に建物がある。五六年の教室から少し離れたところで直角に折れて、そこから先は理科室や音楽室などの特別教室だった。そして、特別教室の一番端に「ウミガメ」と書かれた看板があった。もっと先にはニワトリ小屋があるのだが、駆には「ウミガメ」の文字だけがくっきり見えた。

「卵を孵化《ふか》させて、海に帰すんだよ」と希実が言った。

「ええっ、本当？」

すごく興奮して大きな声を出してしまった。ちょっと恥ずかしくて、うつむいた。

すぐ近くで、周太が五年生の男子をつかまえて、宇宙港に行ったらなにをするかとか、ロケットの打ち上げはどこで見るかとか話しだしても、駆はウミガメのことを考えていた。

その間、駆はとても幸せな気分だった。

でも、ふと思い出すと、申し訳ないような悲しいような気分になった。母さんや弟の潤《じゅん》は東京にいるのに、自分だけ遠い島にいて、楽しいことを考えているなんて。

「宇宙に行けるっしょ。ここならできるっしょ。島に来られて、おれたちはラッキーなんだぜい」と周太がいきなり肩を組んできた。

周太は、かしこまると「自分」っていうのに、普段は「おれ」って言うんだ……。

別にそれがどうしたってわけじゃないけれど、まるでわき上がる雲のようなもやもやが、駆の中でまた大きくなった。

帰り道、一人きりで歩く。

東京にいる時も、学校にだらだら残るのは嫌いだったから、教室から一番先に抜け出すのは駆だった。でも、家にいるのが好きというわけでもなく、駆はよく寄り道した。母さんは、いろいろ忙しくて、家に帰ってもまだいないことが多かったから、寄り道はたいていばれなかった。いつも、駆は生き物を探して時間を過ごした。春なら蝶がいる公園。夏ならコクワガタがいる屋敷林も知っていた。神社の境内のアリジゴクやハサミムシも好きだった。夢中になって追いかけて、ふと気づくと日が暮れかけていることもあった。

でも、多根南小学校の始業式があったこの日は、帰り道を急いだ。里親さんを心配させると悪い。給食がない日なので、お腹も空《す》きはじめていた。それに、半日、学校にいるだけで、結構疲れてしまった。そういえば、校長先生が宇宙人って話、結局、聞きそびれた。

でも、いいや、って思うくらいだった。

学校の校舎の裏は、背の高い赤い岩山だ。駆の里親さんの家は、その向こうにある別の丘にあった。駆は、間に広がった水田をぬう道を進んだ。カエルが水路でぴちゃっと跳ねるのを何度も見た。ふだんならそこで夢中になるのに、それでも駆は先を急いだ。太陽は高く強く、これでまだ四月だというのだから、くらくらした。もう前だけを見ることにして、一歩一歩足を先に進めた。

すると、目に入ってきたものがある。

空が広く青い。

ビルに切り取られることもなく、ただひたすら広く、少しだけ浮かんでいる雲をのぞけば、目に見えるほとんどが青だ。これは単純にすごいなあと思う。

東京では、下ばかり見ていた。上を見ても建物があるだけだから、地面や植え込みの中にいる虫を探した方が楽しかった。

でも、ここでは、空が見えるんだ……。

それがきょう一番の発見だったかもしれない。

河童《かっぱ》とロケットの浮き彫りがある不思議な橋を渡ると、家にたどり着く前にひとつだけ曲がらなければならない交差点がある。その先で、おやじが待っていた。

「よう、早いな」

ぼそりと言って、すたすた歩いていく。

おやじは、口数が少ない人で、ぼそっと話す。そのせいもあって、いざ口を開くと、自然と集中して言葉を聞いてしまう。穏やかで、不思議な雰囲気がある人だった。

駆は後ろからついていった。おやじの髪の毛はかなり白くなっている。それでも、まだおじいさんというほどでもない。駆自身の父さん母さん、そして、おじいちゃんとおばあちゃんの中間くらいだ。里親さんというのは、駆にとって、親でも祖父母でもない、でも、他人でもない、不思議なかんじの大人だった。

おやじの背中は、広い。黙々と歩くものだから、なんとなく気詰まりだ。わざわざ迎えに来てもらわなくてもよかったのに、と駆は思う。ちゃんと家に帰り着く自信はあった。だって、例の交差点を曲がれば、緑の丘の途中に立っている大きなアンテナが見えるからだ。駆がこれから一年を過ごす茂丸《しげまる》家は、アンテナのすぐ近くにある。

「茂丸さんは、きょうは仕事はいいんですか」とうっかり名字で呼びかけてしまった。

「朝、ちょっと沢歩きしてきた。おやじって、呼んでくれ」

「ああ、ごめんなさい、おやじ」

「あやまることはない」とぼそっと言って、「おかあが、昼飯を作って待ってるぞ」と続けた。それだけで、駆はお腹がぐーっと鳴った。育ち盛りの小学生の腹の具合を、よく知っている。

駆にとって、今から一年間、お世話になる里親さんだ。最初に「おやじ」と呼んでくれと言われた時には、面食らった。「一度、呼ばれてみたかったのよねぇ」と大声で笑ったのは、おかあで、おやじはその間むすっとしていた。

おやじの仕事は漁師だ。海に出ることもあるけれど、多根島では珍しい川漁師をしている。沢を歩いて川の生き物をとる。

「きょうは、なんかいましたか」と駆はおやじに聞いた。

「カニ籠《かご》にウナギがはいった。まだ小さいから放しておいた」

「わあ、見たかったなあ！」

「今度、来っか？」

「行きます！」と元気よく返事した。一緒に川に行くなら、網を持っていってヤンマのヤゴとか、水棲昆虫を捕まえてみたかった。

会話が途切れて、しばらく黙々と歩いた。坂をどんどんのぼっていくと、いったん木立にさえぎられたアンテナが見えてきた。

「おやじ、あのアンテナは、なんのためにあるんですか」

どう考えても、テレビ受信用ではなさそうだ。茂丸家がある集落は郷上《さとがみ》というのだけれど、集落全体の電話とかネットとか全部をこのアンテナでつないでいるのかな、と思っていた。

「あれは、宇宙港のものだ」とおやじ。「ロケットの追尾をやっているそうだ」

「へえっ」と言って、それで話題は終わった。おやじ自身、それほど興味がありそうではなく、駆も正直、ロケットの追尾というのはよく分からなかった。

おやじは、家を通り越して進んだ。ええっ、昼ご飯は？と思ったけれど、駆はそのまついていった。

「学校、どうだ」とおやじはぼそっと聞いた。

「普通、です」

「さっき、暗い顔しとった」

なんか、鋭い。

駆は、心配させるのは嫌だ。せっかく多根島でのんびりするために来たのに、心配されるのは一番嫌なことだから、それは避けたい。

「空、広くて青くてすごいなあって思いました」

駆は明るい声で言った。駆がきょうの帰り道で、一番、心動かされたことだ。すげーっ、と思ったのは間違いない。あと、学校の行事に鯉くみや、ウミガメを飼うのも楽しみだった。

そうだ、楽しいことはたくさんある。ちょっと元気すぎる新しい友だちに圧倒されて疲れただけだ。もっと楽しいことを考えて、明るい顔をしていなきゃ。

やがて、アンテナの前を通り過ぎた。

「あっち」とおやじが指さした。

家から見るとアンテナの反対側はきれいに切りひらかれていて、菜の花畑になっていた。さえぎるものがないから、海まで見渡せた。

「うわあ」と駆は歓声をあげた。

なにか、もやもやしていた気持ちが吹き飛ぶみたいだった。

「この眺めは、地元のもんしか知らん」

「うん、すごい！」

青緑色の海、深い青の空、そして、大型ロケットの射点がまるまる見えた。丘の途中でまわりには木が生えているのに、ここだけ畑になっていて、見晴らしが良い。海と空と、ロケットの射点。こういったものが、一緒に見えるなんて、本当にすごい。おまけに、ここは、駆が一年間を過ごす家のすぐ近くなのだ。

「あ……」と駆は声をあげた。

見晴らしがすごいのとは別に、心をざわめかせるものに気づいた。

声も出ないほど、駆は目を凝《こ》らした。

菜の花の黄色のあいだをふわりと飛んでいるぼんやりした白いかたまりだ。それは雲みたいに漂っていて、時々、しゅっしゅっと素早く動いた。白いとはいっても、ちょっと透《す》けるようでもあって、つかみどころがなかった。小さな生き物が集まったものだと駆はすぐに分かった。

「春先、きょうみたいな天気がよくて湿っぽい日に出る。おまえさんなら興味があるだろう」

「……うん」

駆の返事は、まるで上《うわ》の空だった。

「家の前から、見えてたんでな。腹減ってるかもしれないが、これだけ集まってくるのは珍しい」

「うん」

上の空の返事を繰り返しつつ……あ、来た、と思った。

時々、すごいものと出会うと、駆は自分をおさえられなくなる。発作みたいなものだ。

久々にそれがやってきた。

穏やかな海と空とが融《と》け合って、どこが境界なのかよく分からない。

大型ロケットの射点の手前に見える鮮やかな黄色い花畑の中で、白いものが地上に降りてきた雲のようにふわりふわり飛び回る。

蝶？　それも、一頭や二頭ではない。数えきれないほど。

それらがぎゅーっと集まってひとつの群れになると、まわりの菜の花の黄色に縁取《ふちど》りされて、くっきりとした白いかたまりになる。なにかの拍子にばらけると、今度はもやもやっとした綿菓子だ。菜の花が切れたあたりに生えているタンポポが、たくさん綿毛を飛ばすから、目の中に入るものがますます白いふわふわに見えた。

「おやじ、しばらく見ていたい」

駆はきょうはじめて、自分の意思をはっきりと口にした。

「すぐにメシだからな」とだけ言って、おやじは家の方に歩いていった。

薄白い生き物はあいかわらず、集まっては散り、散っては集まった。

そのたびに、空と海と菜の花畑の色が、白くかき乱された。

海から吹き上がってくる風に、駆は気づいた。

ふーっと最初は優しく、次第に強く、また優しくなったかと思うと、ふたたび強く。

小さな生き物が集まったり、散ったりするのには、風が関係しているようだった。

そして、ひときわ強い風が吹いた。白いかたまりは、菜の花畑からいっせいにふわっと浮き上がった。地上に近い小ぶりの雲みたいでもあったし、輪郭がぼやけたひとつの大きな生き物になったみたいでもあった。

そいつは風に乗った。ぐんっと押し上げられて、こっちに迫ってきた。

「うわっ」と駆は声をあげ、そのまま黙り込んだ。

タンポポの綿毛ごと、ぶつかりそうな勢いで迫ってきて、思わず息を止めた。

そいつは頭の上を、すごい勢いで通り過ぎた。この近さから見ると、白いかたまりではなくて、透きとおっていた。風の向きに引き伸ばされて、細長い川になって、きらきら輝きながら頭の上を流れていった。あまりに速くて、一頭一頭は見えなかったけれど、羽ばたきの音は聞こえた。

我に返って、去っていった方を振り向き、行方を探しても、もう見つけられなかった。あっけなくいなくなってしまった。

どこから来たんだろう。どこに行くのだろう……。

駆はしばらく、同じ場所にたたずんで、そいつが消えていった方向を見ていた。

「すごいもん見たなあ」と男の人の声がした。

おやじではなく、もっと若い声だった。

「あれはなんだ。もやっとしてよく見えなかったが。カゲロウかなにか？」

青いつなぎ服を着たおじさんが、すぐ近くに立っていた。無精髭《ぶしょうひげ》をはやして不審者ぽかった。でも、駆はこの人がどういう仕事をしているのかすぐに分かった。青い服には、この島に来たらあちこちで見かける、ＪＳＡのロゴが胸に入っていたからだ。日本宇宙機関という意味だそうだ。

「宇宙機関の人ですか」と駆は聞いた。

「まあね」と男の人は答えた。「さっきのはすごかった。追尾アンテナのところから見てたんだが、あいつら、海を渡ってきたんだぜ。それから谷沿いをすーっと上がってきて。風任せなんだろうな」

「本当ですか！　すごい！　海から来たんですね」

駆はまた胸がドキドキしてしまい、途中で舌を嚙みそうになった。

「ぼくには蝶みたいに見えました。蝶が海を渡るって聞いたことあります」

「そうか。おれの近くには来なかったんだ。ちょうど、君の上を飛んでいっただろう。だから、そっちの言うことの方が正しい」

「でも、ぼくも自信ないんです。ちゃんと見えたわけじゃない」

「スカイフィッシュとか、そういうのだったらおもしろいな。でも、まあいい。おれたちは、もっと高いところまで旅をするんだ。海と空の間、つまり、大気圏を抜けてもっと遠くへ」

男の人はさっと手を上げて、空を指さした。

駆は意味が分からず、まじまじと見た。

変な人だ。いきなり大気圏を抜ける話って……。

ああ、そうか、宇宙機関の人だからだ、としばらくしてやっと気づいた。指さす空の先は、宇宙。

「雲を破って、天を突く。地上ではない遠いどこかへ、今すぐ旅立とうぜ、我が友よ！

と言いたいところだが、大人の世界には、いろいろ事情もある。次の大型ロケットの予定は、なかなか厄介だ」

やっぱり本当に変なおじさんだった。JSAのマークが入った制服を着ていなかったら、駆はとっくに逃げていたかもしれない。

「きみも、宇宙好きなんだろ。天羽駆くん。天を駆ける、いい名前だな」

肩をぽんと、叩かれて、駆は、あ、と声を出した。学校にいる間、それも初日だけつけるはずの名札をそのままにしていた。「宇宙遊学生」という文字も大きく書いてある。

「興味があってこの島に来たのなら、ここはいいところだ。少なくとも一年くらいなら」

「あ、はい」と駆は思わず答えた。

「おれはカセ。加えるに勢いで加勢だ。残念ながら、今のところ名前ほどの勢いはない。きっと、また会うだろう、宇宙少年」

男の人は背を向けたまま手を振って、近くに停めてあった車で走り去った。

駆はしばらく、その場に立っていた。通学路で感じていた心のもやもやが、また戻ってきた。

でも、さっきまでとはちょっと違う気がした。

駆がずっと感じているもやもやは、居心地のよくないものだったけれど、これからは、ひょっとすると、時々、胸ときめくような白い生き物の群れがつくるあのもやもやも混ざってくるのかもしれない。だとしたら、悪くない。

ちょうど、「ごはんだよぉ」とおかあの大声がして、駆はそっちに向かった。

「かける！　早く戻っておいで！」

おかあは、もう駆のことを呼び捨てにしている。そして、駆もこれから一年間、瓦葺《かわらぶ》きの一階建てのこの家を「うち」と呼ぶ。

「早々に、白影《しろかげ》を見るとは縁起がいい」

おやじが玄関の前で待っていた。

「すごかった。でも、シロカゲって……蝶？」

「さあなあ。白影は、いろんな形で出てくる。そのうちに川でも見るようになる」

また、おかあの「ごはんだよぉ」の声が明るく響き、おやじはそのまま家に入った。後を追うと、廊下の床がぎしぎし鳴った。

「子どもが走ることとなんてなかったからねぇ」と台所のおかあが目を細めた。

低いテーブルの前にあぐらをかいて座り、仏壇にちーんとやってから、「いただきまーす」と声をあげてみんなで昼ご飯を食べた。

刺身と焼き魚と野菜とご飯。魚はおやじが前の日に海でとってきたもので、野菜はおかあが家の裏庭に作っている菜園でできたものだ。お腹が空いていたので、ぜんぶおいしかった。

午後はもう何もやる気が起きなかった。子ども部屋には、学習机があって、駆は母さんと父さんと、弟の潤に手紙を書こうかと考えた。

でも、やめた。

まだ一日目だ。早すぎる。

駆は、暖かな午後に、机につっぷして、少しうとうとした。

はじめて会ったクラスの友達や、宇宙探検隊だとか、青い空と青緑の海とか、白い生き物の大群だとか、変なことを言う不審者みたいな宇宙機関の人とか。新しいことがたくさんありすぎて、やっぱりもやもやしてる雲の中で、駆はとりあえず心地よい午睡の中にいた。

＊

加勢遙遠は、カウンターの向こうでアブサンのボトルを開けるジャスティン・ニーマンの指先を見ている。

身長百九十センチ近い大男だが、身のこなしは繊細だ。傾けて持った小さなグラスに、粘りけのある透明な液体を注ぎ込む一連の動きには、一切の無駄がない。最後にグラスをテーブルの上に置くと、揺れる液面に細長いイグナイターを寄せた。ふわっと青白い炎が立ち上がった。

「アルコール度数七十パーセント、だったっけ」と遥遠は言った。

「たぶん八十パーセント以上でしょうね。これ、うちにある中で一番いいやつだから」

ジャスティンは流暢《りゅうちょう》な日本語で応えた。やや女性的で柔和な抑揚《よくよう》は、日本人女性と結婚して、配偶者から日本語を習ったからだと聞いている。

「なんか、本当にロケット燃料に使えそうだな。かなり純粋なエタノール」

「南山《なんざん》酒蔵のおっさんの道楽なのよ。ベースはウォッカじゃなくて黒糖焼酎の〝なんちゃってアブサン〟ね。でも、ニガヨモギは島内産。危険な味よ」

ジャスティンは青白い炎の上から、ガラスの蓋をして火を消した。そして、遥遠の前にある大きなグラスに、注ぎ直した。大きなグラスには氷が入れられており、透明だったアブサンはすぐに白濁した。

「シュガーキューブ代わりの黒糖はいる?」

「いや、いらない」

遥遠はグラスから、白濁した液体をくいっと飲んだ。むせた。さすが八十度。ロックにしたからといって度数が急に下がるわけではない。

「はい、チェイサーにどうぞ」

ジャスティンがミネラルウォーターを入れたグラスを差し出した。

「ほどほどにね。この前も、あなたのところの上司、部下にかつがれて帰っていったよ」

「じゃあ、メニューに載せておくなよ。ロケット燃料《フュエル》とか書いてあると、うちの会社や打ち上げで島に来た連中、みんな頼むだろ」

「それが狙いよ」

「二日酔いじゃすまないぞ、この度数は。そりゃあぶっ倒れるやつもいるさ」

「あと、アルコール依存ね。ロートレックもゴッホも、これで身を持ち崩したのよ。本当はこういうものは、ロケット燃料にして燃やしてしまえばいいと思うけど」

ジャスティンは、多根島南部ではもっとも垢抜《あかぬ》けたバー「ムーンリバー」の店主であり、バーテンダーであり、自称アーティストでもある。照明を落とした店内は、宇宙をイメージさせる趣向が凝らしてある。所々に掲げられたジャスティン自身による絵やポスターは、打ち上げの瞬間を描いたものなど、宇宙にかかわるものが多かった。結構な腕前だが、オリジナリティには乏しい。ことごとく既存の名画風。ゴッホのタッチで描かれたロケットの離昇や、ロートレックのキャバレー画に似せた月面上の〝MOON RIVER〟のポスターなど。

黒い天井から、月やアポロ宇宙船のモビールが垂れ下がり、カウンターの片隅にはバイキング計画のランダーが並んでいた。今、開発が進んでいる火星有人宇宙船のモデルもあった。そして、ちょっとマニアックな宇宙探査機が、少し高いところにあるボトルの棚に置いてあった。マニアックだと分かるのは、遥遠ですらその名を知らなかったからだ。

「あれ、通信衛星じゃなくて探査機だよな。パラボラが二つあるのはともかく、変な方を向いている。あまり見ない形だ」

「そう、あれはWMAP《ダブリュマップ》というマイクロ波宇宙天文台よ。だからパラボラがあるわけ」

「ほう」と遥遠は口を丸めた。

WMAPはNASAの科学探査機で、日本ではあまり有名にならなかったが、現代宇宙論を変えるほどの革命的な成果を挙げたと聞いている。たしか、宇宙マイクロ波異方性探査機、というのだったか。

「じゃあ、あのパラボラは、差分検出法か。通信衛星じゃありえない形なわけだ。要は、二つのパラボラを別の向きにしておいて、入射するマイクロ波の差分をひたすら見たわけだよな。それで宇宙《C》マイクロ波《M》背景放射《B》の精密なマップを作ったのだっけ」

「さすが、ハルト。よくご存知で」

ジャスティンも宇宙ティストのバーをやっているだけあって、時々、あなどれない。ウケ狙いでやっているのとは、一味も二味も違う。だから、遥遠は時々ここに来る。

「それで、きょうはいいことあったわけ?」とジャスティン。

「ないよ。どっちかというと、よくない日だったかな」

やたら忙しかった。そして、自分がやりたい計画にはまったく着手できなかった。室長にオーケイをもらうには、相当の理論武装が必要だとよく分かった。「デモフライト＋《プラス》計画？　それ、広報の仕事か？」と言われてしまえば、ぐうの音《ね》も出ない。

「ハルトは、ムズカシイ顔ばかりしているから、ラッキーが逃げていくのよ。笑う門《かど》には福来たると昔の人は言いました」

「うるさい。酒を飲みに来たところで、また言われたくない」

「ほう、職場でも言われているわけね。そりゃあそうね」

ジャスティンが笑うのを聞きながら、遥遠はますますムズカシイ顔にならざるをえなかった。

「あ、そうだ。さっき聞いたけど、次のローンチは、ちょっと遅れるって？」

二週間後に迫っている大型ロケット打ち上げのことだ。JSA、日本宇宙機関の職員は、現地採用の者をのぞいて、だいたいはこの中心街、真中《まなか》のあたりに住んでいる。特に遥遠のような単身者は、宿舎住まいが基本だ。宿舎の職員は、ほぼ毎夜、定食屋や居酒屋やバーに行くわけで、情報は筒抜けになる。広報担当としていちはやく情報に接しているはずの遥遠よりも、ジャスティンの方が先に知っていることは結構ある。

「直前になって不具合が見つかってな。さっきプレスリリース出たよ」

遥遠はそのために残業していたのである。東京の広報本部が対応してくれているが、現地情報とすりあわせる必要がある場合、遥遠はその面倒をみることになる。

「そういえば、この前、ゾノさんが言ってた。余剰品の小型ロケットエンジンが――」

ジャスティンが途中まで言いかけたところで、空気が動いた。

「やっぱり、加勢さん、ここなんだ」と女性の声。

「ナナちゃん、いらっしゃい」とジャスティンが即座に言った。同僚の大日向菜々《なな》だ。この島にいるジーンズにシャツを着たふわりとした髪型の女性は、同僚の大日向菜々だ。この島にいると、どの店にいても同僚と鉢合わせる可能性がある。

しかし、よりによって菜々とは。遥遠は軽くため息をついた。担当は違うものの同じ部署で、場合によっては憎まれ口をたたき合う関係だ。

「ジャスティン、ごめん。きょうは、ちょっとのぞいただけなの。加勢さんがきっとここだろうって。いつもの柑橘《かんきつ》ジュース、一杯だけもらえるかな」

そう言うと、菜々は遥遠の方を見た。

「みんな、カラオケ・エイミーにいますよ。加勢さんがいるなら、合流するように言ってこいって言われたんですけど。あ、わたしは、もう帰るとこですけどね」

「分かった。気が向いたら行く」

「気が向かなくても、行った方がいいですよ。行ったら行ったで、気が向いてくるかもしれないじゃないですか」

遥遠は「ロケット燃料」のグラスを揺らしながら、今度は大げさにため息をついた。

大日向菜々は熱心で優秀な広報である。しかし、職務に熱心すぎるのとお節介なのが玉に瑕《きず》。遙遠は職場でもしばしば閉口している。いや、彼女の場合、職務だけではなく「趣味」にも熱心で、滔々《とうとう》と語られるとその方面に関心がない者には結構きつい。

「ナナちゃん、宇宙港ネイチャーツアーの次回分、開催できそう？」

「島の柑橘ジュース」のグラスを滑らすように差し出しながら、ジャスティンが聞いた。

「微妙。打ち上げが延びて、立ち入り禁止地区の解除が遅れそうだし」

「じゃ、うちのお客さんに言っとく。何人かナナちゃんの案内で行きたいって人がいるのよ。噴射で焼け焦げた荒れ地のパイオニア植物ってテーマに食いつくのってどんだけマニアなのかしら。そうだ、そこのムズカシイ顔をした同僚さんが『ロケット燃料』を気に入ってくれてね。漬け込んでいるニガヨモギとか、またナナちゃんに探してきてもらわないと」

「まったく、訳の分からないことを……」

と言いつつ、遙遠は菜々が「島のアブサン」を作っている南山酒蔵の親戚かなにかだったと思い出した。彼女は島で生まれ育ったので、地元に血縁者が多い。そして、アブサンを作るのに必要な薬草、ニガヨモギを探してきたのが菜々というわけだ。菜々は大学で植物学だったか生態学だったか進化生物学だったか、とにかくその系統の勉強をしており、今でも「宇宙港ネイチャーツアー」を企画している。宇宙港の企画として、それを立ち上げてしまったのだから、ずいぶんな馬力だ。

「あ、そうだ。宇宙授業の件ですけど、打ち上げが延びた分、日程に余裕ができたみたいです。通しちゃっていいですよね」

「問題なし」

「では、進めます。じゃ、わたしは帰りますから。もう一度言いますけど、カラオケ・エイミーでみんな待ってます。加勢さんも、一人でムズカシイ顔をしてるより、歌った方がいいですよ。それで、デモプラの件だって、室長に取り入るといいんです」

「うるさい」と遥遠が言い、ジャスティンがふふっと笑った。

遥遠は「ロケット燃料」を口に運んだ。氷が融けてようやく度数が下がりつつあったが、それでもやはりむせた。同時に、体が火照《ほて》った。

「コンビニでも寄って、水買って、帰る」と遥遠は腰を浮かせた。

「あら、カラオケは？」とジャスティン。

「まったく、加勢さん、社交性ゼロ」と菜々が言い、「島の柑橘ジュース」を飲み干した。

「それで結構。エヴリバディの『島の水』一・五リットルがおれを呼んでいる」

ムーンリバーから数十メートルでコンビニ「エヴリバディ」があり、さらに数分歩けば宿舎だ。宇宙港までは車で通勤する距離だが、いずれにしても半径数キロの小さな世界が、今の遥遠の生活圏だった。ひどく気疲れしており、この小ささがむしろありがたかった。

遥遠は、バーの天井からぶら下がっている月と月着陸船を指さした。そして、むしろ自分の指先をじっと見つめた。小さい世界で満足している自分ってのは、どうだろう。今ようやく動き出している火星有人計画に参加したいと思っていた頃が、遠い昔に思える。

宇宙港は地球上から宇宙に開いた窓。しかし、ここにへばりついている生活では、地べたを這いながら毎日数キロの距離を行ったり来たりするだけで、窓の外には手が届かない。宇宙港勤務と言っても、遙遠は自分でロケットや人工衛星や探査機や有人宇宙船を作っているわけではない。ロケットを打ち上げる射場の整備をするわけでもない。まったくもって、ぱっとしない。

「すごいですよね、アポロって、わたしたちが生まれるずっと前に月に行っているんですものね」

菜々が言うのが、なぜか心にしみた。

「水、どうぞ」

なにかを察したジャスティンが、新しい水が入ったグラスをすっと差し出した。遙遠は自分が、半端に立ち上がったまま、放心していたことに気づいた。

2　宇宙授業

宇宙遊学、と言っても、知っている人はそれほど多くない。

駆自身も知らなかった。ただ、塾の友だちのお兄さんが昔、行ったことがあると聞いて、興味を持った。自分でネット検索をしたら、これだ！　と思った。

〈宇宙遊学生募集！　自然豊かな宇宙港の島で、小学校の一年間を過ごしてみませんか〉

というのがウェブページの文句。

「あー、びっくりした。本当に宇宙に行くわけじゃないのね」と母さんが納得し、

「これは、いわゆる山村留学ってやつだ。自分が小学生だったら行ってみたかったな」と父さんが言った。

山村留学というのは、子どもが一年くらい家を離れて、田舎の小学校などに通う仕組みだそうだ。宇宙遊学の場合、「宇宙」に惹かれる子もいるだろうし、「遊」という字が入っているのがいいという子もいるだろう。駆は、自然の中で遊ぶのを考えたらすごく楽しくなった。だから、自然が多い小学校を希望、と書いた。

五年生の秋にはもう次の春からの宇宙遊学が内定した。冬には茂丸さんの家にお世話になることが決まって、そうこうするうちに春休みがやってきた。始業式の前の日には、自分一人で飛行機に乗って多根島に来た。島まで送ると言った母さんに「一人で行く」と言い張ったのは、母さんは弟の潤と一緒にいてほしかったからだ。

空港まで迎えにきてくれた里親の茂丸さんは、なんども電話したり、メールをやりとりしていたから、声を聞いたとたんにすぐに分かった。「心配いらん。きっと楽しい」と肩を叩かれた時、お日様と海と森が合わさったみたいなにおいがした。この島のにおいだとすぐに気づいた。

無事に歓迎式が終わると、次の日からは学校は普段通りに始まった。

茂丸家の朝は早い。おかあはたぶん夜明け前に起きていて、おやじは夜明けと同時に川や海に行く。駆はおやじの仕事についていきたいと言っている。でも、今のところ、オーケイが出ていない。学校に慣れるまでは、やめとけって。

だから、駆は朝は自然と目が覚めるまで眠っている。それでも、ふとんの上に日が差すので、だいたい目覚ましよりははやく起きた。そして、朝一番に、まず学習机の上に置いてあるノートや教科書をまとめて、ランドセルの中に入れる。きょうの科目は……と連絡帳を見て自分で必要なものをより分ける。東京にいた時よりも、意識してきちんとやるようになったと思う。

その日、ノートの山の一番上に置いてあったのは自由帳だった。それを開くと、前の日の学級活動の時間のことを思い出した。

自然と外の空気を吸いたくなり、駆は自由帳を持ったまま、部屋からつながっている裏庭に出た。

裏庭には石垣があって、その向こうに太陽が見えていた。森の向こうにちょっとだけ顔をのぞかせる海は、きらきら輝いていてまぶしい。

うん、ここは多根島だ。駆は自由帳にふたたび視線を落とした。

一ページをまるまる使って日本地図を描いていて、多根島の位置には大きな花丸。そして、次のページには多根島の全体図があった。

担任のちかげ先生、つまり、田荘千景先生は、学級活動の時間を使って「多根島の地理と歴史、それから未来」という授業をしてくれた。ただ、それは、ちかげ先生が教えるというわけではなく、地元の子たちを先生役に立てた。

「先生も宇宙遊学生も多根島に来たばかりです。地元の子は、三年生の時に『わたしたちの多根島』という教科をやっています。だから、きょうは、先生も教えてもらう側になろうと思います」

ということで、六年生では一人だけ地元出身の大日向希実が中心になって、多根島についての授業をした。

希実はまずカッカッカッと素早く黒板に日本地図を描いて、「さあ、多根島はどのあたりでしょう？」とはきはき大きな声で言った。

「では、五年生に説明してもらうね」と地元育ちの五年生男子を指した。

その五年生男子は、希実が描いた日本地図の下に多根島を描き込んだ。名前が「タネ」だけに、細長い「種」みたいな形の島だった。

「北緯三〇・四一度、東経一三〇・九度に、ぼくたちの多根島はあります」とその子は言った。

「北海道の札幌は北緯四三度、東京は北緯三五・七度で、大阪は北緯三四・七度くらいです。だから、北緯三〇度の多根島は日本でもかなり南の方です」

地図帳に出ている数字を書き出した原稿を読んでいるみたいだったけれど、ちゃんと言えていた。駆は、こうやって地図で見ると、本当に結構南の方なんだなあとびっくりした。

別の男子が出てきて、今度はもうちょっと詳しいことを教えてくれた。

島の面積は四百四十四平方キロメートルで、日本の主要四島以外では十番目の面積。標高二千メートル近くある隣の島は海から突き出た山のように見えるのに、多根島は一番高い山でも二百八十メートルくらいなので平ら。人口は三万人。などなど。

そして、五年生の男子は付け加えた。

「多根島は歴史の島です。三万五千年前にはすでに人が住んでいましたが、全国的に有名なのは、火縄銃、鉄砲の伝来です。一五四三年に漂着した中国船に乗っていたポルトガル人によって伝えられたと言われています」

「ロマンよねぇ」とちかげ先生が目を潤ませて言い、

「すげーッス！　火薬はロケットの燃料！　さすが宇宙港の島！」と周太が続けた。

新学期が始まってすぐに分かったのは、ちかげ先生がすごく歴史好きなことと、周太が黙っていられない子だということだ。この日の「地理の授業」も、周太はずいぶん騒々しかった。それでも、クラスの人数が少なくて距離が近いので、授業が聞けなくなるほどではなかった。

多根南小学校の学区は、多根島宇宙港を囲むようなかんじになっている。中でも一番、宇宙港に近いのは、駆が住んでいる郷上のあたりだ。ほかにも、漁港の柴崎《しばさき》や、浜沿いにある花山《はなやま》や、「一番近いコンビニ」がある真中といった地名を、駆はノートに書き込んだ。小学校がある田んぼ地帯は、多根南地区といった。

駆は、一夜明けて、ノートに描かれた地図と家の裏庭から見る景色を照らし合わせ、なんだかうれしい気分になった。だってこの地図には、まさに今、駆が立っている場所がすっかり示してある。見える景色も、あれはどこだ、というふうに分かる。

多根南町の大部分は田んぼになっている平地で、駆が住むことになった家は、数少ない山、というか、丘の上なのだ。おかげで景色がいい。おまけに、宇宙港が見える！　鉄砲伝来の地として有名な岬もわりと近くだし、なにかすべてがこの景色の中にあるような気がしてきた。本当にすごい。

　何かが、さあっと動くのが見えた。自由帳から顔を上げて探すと、小さなサワガニがいた。川や池がそれほど近くにあるわけじゃないのに、不思議だった。それでも、一匹だけじゃなくて、何匹もさーっさーっと動いていた。

　そういえば、おやじが言っていた。家の近くの道路脇でサワガニを見た時のことだ。

「地面の下にも川がある。雨が降ってしみこんだ水が流れる川だな。ほんの小さな割れ目みたいな川でも、サワガニは行ったり来たりできるんだろう。思いがけない場所に出てくることがあるぞ」

　ああ、これもそういうことか。駆は納得する。東京で住んでいた町には川がなかった。本当はあるのだけれど、コンクリートの蓋をして見えないようにしていると知ったのは高学年になってからだ。多根島では目に見える川があって、地下にも川がある。その間を小さなサワガニが歩き回る。太陽にかざした手のひらの血管みたいに、宇宙港も鉄砲伝来の岬も、多根南町のすべてがつながっているかもしれないと想像したら楽しかった。

「駆！」と呼ばれ、我に返った。おかあの声だった。駆は、部屋に戻って、すぐに廊下の方に進んだ。

「おかあ、めっかりもうさん！」と元気よく言う。

多根ことばの「おはよう」だ。土地の言葉は、やっぱり、ここで使うとしっくりくる。

「駆、めっかりもうさん！」おかあが返す。

せっかく島に来たのだから、あいさつは島風に、と最初に決めた。おかあは、わりと古い言葉を知っている人で、いろいろ教えてくれた。今じゃ「島の若いもんも話さないけどねぇ」とか言いながら、うれしそうだった。

朝ご飯は、味噌汁と白いご飯と魚が出る。味噌汁は、おやじが川でとってきたモクズガニで出汁《だし》をとっている島の味だ。

そして、おかあと一緒に食べる。おかあは、シャキッシャキッと動きが速い。自分も食べながら、「おかわりするかい」「お茶飲むかい」「きょうは学校で何があるんだい」とよく声をかけてくれた。駆は、弟の潤と母さんが出かけたあとで、一人で朝ご飯を食べることが多かったから、こうやって話しながら食べるのは新鮮だった。

食べ終わるとすぐに、「いたてくらーよ！（いってきます！）」と家を出る。この頃になると、もう太陽は結構高くて、ああ、本当に南の島に来たんだな、多根島に来たんだなと、駆は実感して楽しくなってくるのだった。

四月になってから晴れ続きで、駆は今のところ雨の多根島を知らない。

毎日、行き来する通学路は、二週間もたたないうちに、すっかりなじみのものになっていた。最初みたいにいちいち驚いたりしない、いつもの風景だ。駆は、その「いつも」が好きだった。

河童とロケットの浮き彫りがある橋の十字路で、少し先を行く小さな背中に「めっかりもうさん！　おはよ」と声をかけた。

橘ルノートル萌奈美は、驚いて振り向き、「ボンジュール」と小さく返した。

萌奈美は物静かな五年生で、五六年が複式学級になっている多根南小学校では、六年生の駆と同じクラスでもあった。

黒く長い髪で、彫りの深い顔の作りと白く薄い肌をしていた。本人はまだ日本語が上手ではなくて、あまり話さなかった。「ボンジュール」はフランス語だからすらりと言った。異国っぽい抑揚に駆はドキッとした。

この十字路は、萌奈美の家から学校に向かう一本道と、駆の家の方から来て川沿いを進む道がちょうど交わるところだ。朝、ここまで来ると、たいてい萌奈美の姿が見えた。駆は萌奈美が進んでいればそのまま後を追ったし、まだなら少しくらいは待った。これも多根島でできあがった「いつも」の一部だった。

そのまま黙って歩く。無理におしゃべりする雰囲気ではないから、駆は田んぼや学校裏の赤い岩山の光景を楽しめた。稲がすくすく育っている田んぼでぴちゃっとカエルが跳ねる。たったそれだけで、駆は体の中で弾《はじ》けるものを感じる。つまりウキウキする。

でも、たいてい、そんな平和な時間は長く続かない。

「グーッド・モーニング」と大きな声で、息を切らせながら追い付いてくるのは本郷周太だ。十字路で通学路が合流するのは同じだけれど、いつも少し遅れてくる。駆たちに追い付くと、そこからは歩き始める。

周太は、萌奈美と違ってうるさい。

「里親さんがさ、宇宙の仕事してて、それで教えてくれたんだけど――」

とにかく宇宙の話題がしたいみたいで、主に駆に話しかけた。駆は、いちいち「へぇっ」とか「うんうん」とか相づちを打たなければならず、さっきまで感じていた身の回りの生き物のにぎやかな声を聞けなくなってしまうのだ。

やがて、校門が近づくと、駆はもうほかのことを考えるのを諦めた。学校とは逆側から通学してくる六年生の女子、大日向希実が手を振りながら、「おはよー、モナちゃん！六年生男子諸君。きょうも元気？」などと、本人が一番元気そうな声で近づいてくるから。

希実、萌奈美、周太、そして駆。この四人が揃えば、学校でも一緒に動くことが多い班の完成だ。駆の頭の中も、もう学校のことに向いてくる。

校門から校舎に向かいつつ、希実が「宇宙授業」のことを話題にした。

「毎年ね、宇宙港の人が来て宇宙について授業してくれるんだけど、今年はＮＡＳＡの人なんだって！」

希実の家は、なにか情報が集まるところみたいで、こういう話は誰よりも早く知っている。学校の先生よりも早いみたいだ。

「え、宇宙授業？　ＮＡＳＡ？」と周太がきらりと目を輝かせたけれど、希実は気にもせずに続けた。

「ＮＡＳＡって、アメリカだよね。どんな人が来るのかな。あたし、世界中にトモダチを作るのが夢なんだ。宇宙遊学生で来る人って、日本のあちこちから集まってるから、あたし、友だちになれてうれしいんだよね」

「そんなことよりも、ＮＡＳＡ！　宇宙授業」と周太。

「そうだ、周太、四月なのに、札幌で雪が降ったってニュース見たよ。寒そうだよね」

希実と周太の会話はたいていかみ合わない。これも、毎日のように見かける光景の一部だ。

「北海道はね、寒い寒い！」と北海道出身の周太がしぶしぶというふうに話を合わせた。

「朝、学校に行く時なんか、吹雪《ふぶ》いていると遭難しそうになる。おれ、ほんとに、雪の中で死にかけたことあっから。きょうなんて、北海道の夏みたいだ」

「モナちゃんのフランスはどうなの？」

「わたしの家、南の方で、あったかかった。ジメジメしていない。そう、スゴシヤスイ？」

萌奈美は、ひとつひとつ日本語を確かめるような話し方になる。「ボンジュール」と言う時のすらっとしたかんじとは違う。

「じゃ、駆は？　あたし、東京なら、いとこのお姉さんがいた時に行ったことあるんだよ。東京っていいよね。何もかもが最先端で」

「うーん、こっちの方がずっといいよ」と駆はすぐに返した。

「なんで？　宇宙遊学で来た子って、たいていそう言うよね。去年の人も言ってた」

「だって、空が広いし、のんびりしてるし、食べ物がおいしいし」

「そうかなあ。あたしは、東京みたいに刺激がいっぱいある方が好きだなあ。モナちゃん、あたし、いつかフランス行きたいな。あ、周太の北海道にも行きたい。雪が積もるの見たい。世界中にトモダチ作りたい！」

希実がトモダチ作りの夢を語るうちに、教室に到着。まだ他には誰も来ていなかった。

ここでランドセルを下ろして、身軽になって、ふうっと一息ついた。

「そろそろ、宇宙探検隊の最初のミッション、考えなきゃだろ」と周太が言う。

「ミッションって、なに？」と希実。

「ミッションはミッションだ」

「ミッション、ミシオン……ニンム？」萌奈美が小さく言った。

「そう、任務、任務、最初の任務が必要だ。『宇宙探検隊』の最初の四人《オリジナル・フォー》に相応《ふさわ》しいやつを。まだ誰も来ていないうちに、ちゃっちゃと決めちゃおうぜ」

周太は、なぜ四人がこの時間に来ているのか、忘れているらしい。

「じゃ、最初のミッションは決まっているね」と駆は言った。

「お、なんだ」と周太。

「いきものがかり」

「そうだよ、いきものがかり」と希実もすぐに調子を合わせてくれた。

「そのために早く来たんだからねー」

この四人はクラスの、いや、学校の「生き物係」だ。だから、今のところ、最優先の「ミッション」は、生き物の世話なのだ。

「さあ、行こう！」と駆は元気よく言った。

「まずは、宇宙メダカ」と希実が先頭を切る。

職員室の前にある大きな水槽にメダカがたくさんいるので、それに餌をあげる仕事だ。

萌奈美が、粉末の配合飼料をぱらりぱらりと水面に落とした。メダカたちはすぐに寄ってきて水面に小さな波を立てた。

「モナちゃん、あげすぎたらダメなんだよ」と希実。

「いや、今はもうちょっとあげていいかも」と駆は指さした。

「ほら、何匹か、お腹が大きくなってる。お母さんメダカで、もうすぐ卵を産むと思うんだ」

「うわー、そうか、春だもんね。モナちゃん、もうちょっとあげよう！」

そんなやりとりをする間、周太は体を小刻みに動かしながら、なにかつまらなそうにそっぽを向いていた。

「宇宙メダカだよ、興味ないの」と駆は聞いてみた。

「それ、二十世紀のだろ」と周太。

水槽の脇にある説明の文には、一九九四年に日本人宇宙飛行士が宇宙から持ち帰ったと書いてあった。

「いくらなんでも古すぎ。今は二十一世紀なんだぜい」

周太は、訳の分からないところにこだわりがあるらしい。

「なら、宇宙ニワトリは？」と希実が言い、全員、ぽかんとした顔になった。でも、希実は問答無用で歩き出した。校庭に出て、ずんずん進む。

校舎の端に、金網がはられた小屋があった。

「どうしてだよぉ。どこが宇宙なんだよっ」と周太が顔をしかめた。

小屋にいたのは赤っぽい色のニワトリだった。

「インギードリ……」萌奈美が小さく言って、後ずさった。

そうだ、インギー鶏。多根島にしかいないニワトリで、駆の目にはくるくるっと巻いた尾っぽの羽が面白かった。多根南小学校では、なぜかこのニワトリを大事に飼っているのだった。

「宇宙インギー」と希実が言った。

「なんでだよ。それ、歴史のニワトリだろ。宇宙じゃないし」と周太。

歴史のニワトリ、というので、駆は思わず噴いた。

実は、多根島の地理についての学級活動の後に、歴史についても一時間を使って勉強した。その時、インギー鶏についても教えてもらった。十九世紀の終わり、つまり百年以上前にイギリスの船が遭難した時、助けた村人へのお礼としてニワトリが贈られた。そのニワトリは、日本にいない種類で、島の人たちはインギー鶏と呼んだ。なお、インギーは、「イングリッシュ」がなまったもので、当時、だれも英語ができなかったから、「訳の分からないもの」という意味で使われた。

「そうよ、インギーよ。この子たち、あたしが知る前からずっと宇宙ニワトリなのよ」

周太がぶるっと体を震わせた。五羽いるニワトリが、小屋の中で羽をばたつかせて騒ぎ立てたからだ。

「ええっと、名前がついているんだよね」と希実。

「一番大きいオスがマモルン。このメスがちぃちゃん。それでこの子がタッキーで、こっちの子たち……誰だか分かる?」

なんだそれ？　すごくインギー！　ニワトリに人の名前をつける意味が分からない。つまり、訳が分からない。

でも、驚いたことに、萌奈美がすらすらと言った。

「コウちゃんとか、ナオちゃん？」

「そうそう、そっちの方向よ、モナちゃん」

「ソウちゃん、サトちゃん、アキちゃん、キミちゃん、タクちゃん……エリソンやダニエルも？」

「あ、それ、これまでに宇宙に行った日本人宇宙飛行士ってことか！」と周太が大きな声を出した。

「じゃ、エリソンやダニエルってだれ？」と周太が首をひねった。

「ジャポネ……ニホンジン」

「インギーなこと言ってるよな」

「インギーじゃない、フランセーズだよ！　日本語では、ニッケイジン？　正しい？」

「ああ、日系アメリカ人のこと！」と駆が気づいて言った。

つまり、アメリカ人だけど祖先に日本人がいる宇宙飛行士なのだ。でも、なんで萌奈美がそういうことを知っているんだろう。「モナちゃんすごーい」と希実は単純に驚いていたけれど、駆にしてみればすごく謎だった。

ちょうど低学年の集団登校が校庭に入ってきて騒がしくなって、話題はそこで終わった。

「インギー小屋」の水を替えて、餌を補充して、手を洗って、「さあ、授業だよ。みんな戻ろう！」と希実が号令をかけた。

「こんなの宇宙じゃねえ。インギーすぎるぜい。宇宙授業を待つしかねえ」と周太が訳の分からないことを言い、それがおかしくてみんな笑い、学校の一日が始まった。


先生が黒板の予定表に「宇宙授業」という言葉を書き足した。

島に伝わる赤米という特別な米の「田植え祭」もあるし、すぐに遠足にも行く。遠足は宇宙港見学がコースに入っている。そして、五月になれば、駆が心待ちにしている「鯉くみ」があった。黒板に並べて書いてみると、なにか行事ばっかりで、駆にとっては楽しみな四月、五月だった。

「じゃあ、打ち上げは？」と周太は言う。

「本当だったら、今週」と希実。

「なら、なんで上がらない？」

「ロケットの不具合。それ以上はよく分からない」

「おれたち、宇宙遊学に来てるんだから、ちゃんと打ち上げてもらわないと、先に進まない。低軌道なんて、とっとと済ましちゃってほしい」

打ち上げはもちろん学校の行事ではないから、学校の都合で決められない。でも、周太にはそんな理屈は通じない。打ち上げを見なけりゃ来た意味がないとまで言う。いや、それ以上に欲張りだ。「打ち上げりゃいいってわけじゃない。月よりも遠くへ行かないと。行けると分かってるんだから」なんて不思議なこだわりがある。駆にしてみると、「周太こそインギー！」と言いたくなる。

次の打ち上げは、地球のまわりをまわる低軌道の人工衛星だ。「低軌道」という言葉を覚えたのは駆にとってはすごいことだったけれど、周太は最初から「低軌道なんて」とバカにするためにその言葉を使った。

「せいぜい地上から四百キロだろ。地球儀で言ったら、このあたりを飛んでる。地面にへばりついているみたいなもんじゃねえか」

周太は教室にある地球儀の少し上を手でなぞった。たしかに表面すれすれで、ぱっとしない高さだった。

「じゃあ周太は、宇宙授業なんて楽しみじゃないでしょう」と駆は聞いた。

「いや、ちょっと期待している。NASAの人が来るんだろう」

NASA、アメリカ航空宇宙局はこれまでに一番たくさん「月より遠く」に人や探査機を飛ばしてきたところだから、周太はそれなら興味がある。

そして、宇宙授業の当日。

駆が多根島に来て、はじめて朝からの雨だった。分厚い雨雲の下を、傘をさして歩いて登校した。最初はしとしと降っていたものが、駆が校庭にさしかかったあたりでかなり激しくなった。急に寒くなって、雷も鳴った。

そんな中で、一時間目が宇宙授業だった。

場所は校長室の隣にある集会室。大きなスクリーンがある部屋だ。

まず、町のえらい人が出てきてあいさつをした。町の議員さんで、なんとか委員会の委員長で、公民館の館長で、駆は宇宙遊学生の歓迎式の時にも顔を見たことがあると思った。

「わたしたちの多根南町は、宇宙港の町です。見ての通り、田んぼや山に囲まれたところですが、未来に続く宇宙港があるのは、子どもたちにとって大いに刺激になることです。こうやって宇宙港の方からご講演いただけるのも素晴らしい」

とても力を込めて話すおじさんだった。

「暑苦しい」と希実が言った。

「書生《しょせい》倒れっていってね、子どもの教育のためなら家が傾いてでも勉強させるって意味。この地域ってすっごく教育熱心なんだって。ここに生まれた子どもは、しんどいよ」

ため息をつきながら言う。駆は、きっといろいろあるんだろうと思って、深くは聞かなかった。

そして、頭がてらりとした校長先生がスーツ姿で出てきて、あいさつを続けた。一部では「宇宙人」と噂される校長先生だ。駆にはまだ、その理由が分かっていない。

「多根南小学校は、一番、宇宙港に近い小学校です。学校・家庭・地域・地球・宇宙。すべてを感じられる場所です。そこで、毎年、宇宙授業が行われます。打ち上げを控えて、お忙しい中、ありがとうございます！　今年はどんな魂を震わせるソウルフルなお話になるんでしょうか。楽しみです」

さっきの町のえらい人が熱い話し方だったのに対して、校長先生は熱いというよりはノリノリなかんじだった。

「それでは、多根島宇宙港・広報室の加勢遥遠さん、よろしくお願いいたします」

校長先生が言ったとたん、駆の中で何かがピカリと光った。

二つの考えが、順々に浮かんだ。

NASAの人じゃないぞ。周太はがっかりする。あとで文句たらたら言われるのは面倒だ。

それと、この人の名前、どこかで聞いたことがある。青い作業服を着て、壇上に登ったおじさんの姿を見て、すぐに分かった。なぜなら、本当に会ったことがある人だったからだ。始業式・歓迎式の日、家に帰る少し前に、駆はこの人と家の近くの追尾アンテナのところで会った。駆の名札を見て、宇宙遊学生だと見抜き、「宇宙少年」と呼んだ。

なんか面白くて、熱い人だった。空を指さして、「雲を破って、天を突く」といきなり言った。駆はびっくりしたけれど、その直前に見た白い生き物の群れと一緒に、今もしっかり覚えている。カセというのは、加えるに勢い、だったっけ……。

「おはようございます。本来でしたら、次に打ち上がる『全球観測主衛星』のNASA側の主任研究員に話してもらう予定だったのですが、残念ながら、打ち上げが延期になって目処《めど》が立たないので一度アメリカに帰ることになりました。それで、私が代役です。ところで、全球観測主衛星って聞いたことがある人、どれくらいいますか――」

ここまできて、駆は、あれ？　と思った。

なんというのか、前よりも肩が落ちていて、元気がない。いや、あの時だって、何か微妙なことを言っていて、元気いっぱいってわけじゃなかった。それでも、まっすぐ空を指した時の顔は、なんていうか清々《すがすが》しかった。きょうの話し方は、なにかだるそうで、ちっとも楽しそうではなかった。

そうか、天気のせいかな。どんよりした日には、どんよりした気分になりがちだ。

「ひどい雨です」とおじさんは言った。

やっぱり、と思った。本当に、天気が気分に影響する人だったんだ。

「おまけに雷。こういう時、地上からだと目に見える範囲は広くありません。雨雲レーダーの映像がネットで見られますが、あれもせいぜい数十キロくらい先までです。そこで、宇宙から見てやれば、こういう雲もいっきに全部見渡せるというわけです。今この時点でも、何十個も観測衛星がぐるぐる地球のまわりをまわっています。あ、その前に、まわらない衛星の話が先かな。本当はまわっているのに、まわっているように見えないものが人工衛星にはあります」

「静止衛星」と周太がぼそりと言った。

おじさんにも聞こえたようで、「うん、そう」とうなずいた。

「地球がまわるのとちょうど同じ速さなので、地球から見るといつも同じ場所にあるように見えるわけです。本当はぐるぐるまわっているんですよ。でも、そうは見えないだけ。地球からの距離はだいたい三万六千キロメートルと決まっています」

おじさんは、スクリーンに絵を映して説明した。人工衛星が飛ぶ高さ、つまり地球との距離の違いによって、地球をぐるぐるまわる速さが違ってくる。地球から近いと速く、遠いと遅くなる。そして、ちょうど三万六千キロメートルの高さを飛ぶ人工衛星は、地球の自転とちょうど同じ速さで回転するので、地上から見るといつも同じ場所にあるように見える。

それにしても、三万六千キロメートルというのは地球のかなり上だ。少なくとも、地球儀の表面をなぞるみたいなかんじではない。

「静止軌道にある気象衛星は、例えば『ひまわり』ですね。これは、いつも日本の上にあって、雲なんかの様子を見てくれているものです。ただし、欠点は、遠すぎること。もっと近くに来れば見えるはずのものがその距離だと見えないことがあるんです。だから、もっと近い、低軌道――低い軌道――に今では、たくさんの観測衛星が飛んでいます。近すぎて全体は見えないので、何十機もの情報をあわせて、天気予報に使ったり、天気の研究に使ったりします。これから打ち上がる全球観測主衛星は、まさにその親分みたいな衛星です」

スクリーンの絵は、地球のまわりの低い軌道をぐるぐるまわるたくさんの人工衛星の様子だった。静止衛星よりもずっと地上に近いので地球全体は見られないけど、自分がいる真下のあたりはよく見える。どんどん動きながら観測するので、人工衛星の動きに合わせて観測できたところが細長いテープみたいにつながっていく。それが何十機分もあると、地球をぐるぐる巻きにしたみたいになる。「今回の全球観測主衛星は、これだけあるたくさんの観測衛星の中心になるだけじゃなくて、これから上げるもっと小さな観測衛星すべての親分になります。小さな観測衛星は全部で、そうだなあ、たぶん百個くらい。低い軌道を飛ぶので、薄い大気に引き込まれて、しばらくすると落ちてきちゃうんだけど、数がたくさんなので、たくさんの場所のことが分かるんです」

スクリーン上の地球に、まとわりつく小さな羽虫みたいに人工衛星が増えた。するとこれまでテープでぐるぐる巻きになったみたいに見えていた地球の上からテープが消えた。

テープが重なり合って、ぐるぐる巻きだと分からなくなったのだ。これで地球の全部が見えた！　ということになる。

低軌道にもいろいろあって、極軌道とか、太陽同期軌道とか、太陽非同期軌道とか、言葉は難しかったけど、なんとなく分かった気になった。

「ここで、問題。宇宙から地球を見る場合、デジカメと同じように人間の目で見える光を記録する方法がまずひとつあります。でも、この場合、雲があるとかないとか、それくらいしか分かりません。雲の中まで透視するためには、どんな方法があるでしょうか」

しーん、と体育館は静まった。

駆は隣の周太を見た。さっき「静止衛星」と言ったのと同じような調子で、答えてくれるんじゃないか、と。

でも、周太はとてもそんなふうではなかった。

なにかつまらなそうに、体育館の天井を見たり、床を見たり、壁を見たり……つまり、宇宙授業をまったく聞いていなかったのだ。

駆が肩をつっつくと、「低軌道なんて、やってられないよな」と天井を見上げたまま言った。

なんか変なの……。

「雲の中までのぞいてみる方法は、目に見える光ではなくて、目に見えない光、つまり電波で見てやること。特に、マイクロ波。電子レンジでチンする時に使うのが、マイクロ波なんだけど、それで地球を見てやると、雲の中のことや、雲の下のことが分かるんです」

動画を見ると、まず海からマイクロ波が出ていて、それが雲の中を通り抜けるために中が透けて見える。また、人工衛星からもマイクロ波を出して、それが雲の中で反射してもどってくるのを見て、もっと細かいことが分かるそうだ。お医者さんが超音波を使って患者さんの体の中を見るのに似ている。理屈は分からなくても、駆はそんなふうに理解した。

体育館の外の空が強く光り、すぐにゴロゴロ音が聞こえた。

「ちょうどこれ」とおじさんは画面を指さした。「今ある観測衛星が多根島の上を通った時に観測したデータから再現した雲の様子です。たぶん、きょうと同じかんじじゃないかな。雲ができて雷が落ちるくらいに発達している。こうなったら、ロケットも飛ばせないね」

駆は目をみはった。そこにはくっきりと雲を縦に切った断面図があった。

そして、体がふわふわするのを感じた。

形があって、形がないように感じていた雲だけれど、宇宙からマイクロ波というので見るとこんなふうに中身が分かるなんて！　それだけで、なにか感動してしまった。

隣で周太があいかわらず落ち着かず、上履きで床をとんとん叩き、天井や壁や床や、自分の爪の先を見つめていた。そして、とうとう我慢できないとばかりに手を挙げた。

「それで、いつ打ち上がりますか。延期されたまま、新しい予定はサイトにも出てこないッス」

おじさんは、戸惑ったように首をかしげてから、答えた。

「不具合を今、確認した上で、対策を練っているので、近いうちにお知らせできると思います」

「近いうちっていつですか。自分ら、一年しかここにいられないッス。宇宙港の人は、ロケット飛ばす仕事のはずっしょ。ちゃんと仕事してください!」

ざわっと空気が揺れた。

先生たちがあたふたして、周太をなだめにかかった。

「本当にそうなんだよね。でも、今、このまま打ち上げたら、失敗します。慎重にいかなければならないんです」

はっ、と周太が荒く息を吐いた。なぜか体が震えていた。それ以上、何も言わなかったけれど、周太の内側ではもやもやした気持ちが渦を巻いているのだ。

なんでだろう、こんなに素敵な話を聞いたばかりなのに。駆は不思議でならなかった。

講師退出の時に、宇宙機関のおじさんと目が合った。軽くうなずきかけられた気がするけれど、すぐに視線は周太の方に移った。

「ハイタカ3のスイングバイはどうなんッスか。延期している打ち上げより、ずっと大きなイベントじゃないッスか！」

　宇宙機関のおじさんが立ち止まった。

「スイングバイは、物理法則に従って確実にやってくる。あっちはもう、地球から離れた天体も同然だよ」

「それでも、イオンエンジンを噴射するわけだから、慣性飛行じゃなくて、動力飛行なわけッスよね！　いつも軌道計算をし続けて、スイングバイの前にはきっちり軌道修正するッスよね。自分は、そういうの好きで、個人的にも予想の計算をやってます。夢は、深宇宙ッス」

　おじさんは、ほうっというふうに口を丸めた。

「軌道計算を、かい。すごいな。それも地球を離れて深宇宙……。そういえば、一番遠くの宇宙を見るためにはどうすればいいか知っているかい」

　周太はさすがに分からなかったみたいで首を振った。

「マイクロ波だ。全球観測衛星のパラボラアンテナを逆向きにして、宇宙の方を見たとする。そうすれば、今度は宇宙の始まりが見える」

　ええっ、と駆はびっくりした。周太に話しかけているのに、自分に言われたみたいだった。

　宇宙の始まりが見えるって？　マイクロ波というのは、雲や雨の中身を見るための電波、それも、電子レンジで使われているのと同じ電波だと聞いた。それを使うと宇宙の始まりが見えるって？　いったいどういうこと？

質問するよりも前に、周太が声を出した。

「だから、自分は、観測ではなくて、飛ばしたいッスよ。本当は、自分が行きたいッス。ハイタカ3のスイングバイは今年一番の注目だと思います！」

「分かったよ、超宇宙少年。いずれにしても、その時はやってくる。スイングバイについては、相模原《さがみはら》の運用チームから詳しい情報も出る。地球のアマチュア観測家のために、詳しい軌道要素も毎日発表されるはずだ。楽しみにしておくといい」

そして、おじさんは早足で集会室から出ていった。

ハイタカノスイングバイ。

これについては、周太とおじさんの間だけで通じた。

ほかの人にとっては、ちんぷんかんぷんだったはずだ。周太はその日、ずっと同じことを言い続けたから、駆はそれを呪文のような音の列としてまず覚えた。ハイタカ3が宇宙探査機の名前で、スイングバイというのが遠くを目指す探査機の航法のひとつだと知ったのはずっと後だ。

そして、駆が本当に気になった「宇宙の始まり」の話は、あまりにさらりと言われただけだったから、すぐに忘れてしまった。

＊

ＪＳＡ・日本宇宙機関は、多根島宇宙港の運用を任された半分お役所、半分民間のような立場の組織だ。宇宙港の運用は、大きな業務の一つだが、その他にも、定番的な通信系、観測系人工衛星の開発支援や、宇宙探査の企画開発、新規ロケットの開発なども請け負ってきた。そういった事業は、多根島ではなく東京、つくば、相模原、宮城、秋田などにある研究センターに割り振られる。もっとも、新規ロケットの開発は、このところ基礎研究しかやっていない。

職員は、みなし公務員である。だから、守秘義務など、やたら厳しい。官僚的な部分も多々あって、閉口させられる。特に、多根島宇宙港の事務系職員が集まっている事務棟、通称ＨＱ（ヘッドクォーター）では、その傾向が強い。個人のスタンドプレイを嫌う風土があり、息苦しさを感じる。

というのが、加勢遙遠の実感だ。工学部出身で、技術者としてＪＳＡに採用されたし、最初の何年かは開発の仕事をした。歯車が狂い始めたのは、多根島への異動が決まった時だ。ここでの業務は、技術者としてのものではなく、広報担当者だったのだ。

「加勢君は、興味の幅が広い。これまで通常業務の他にも、数々のプロジェクトに首を突っ込んできたと聞いている。社内審査会の自主企画で一番、名前を見るのが加勢君だとか。

その経験と意欲を活かすために多根島に行ってほしい」

「多根島宇宙港で、新規ロケットシステムの開発をする仕事ですか」

遙遠はその時、最終段階に入っていたゼータ3型ロケットのフルスラスト構成チームに入るのだと勘違いした。そして、心の中で大きくガッツポーズを決めていたことを認めなければならない。

「いや、広報だ」

「コウホウ？」

「宇宙港の広報は宇宙開発の総合店舗。すべてにかかわり、すべてを見渡す立場だ」

最初、言葉の文字列がランダムに割り振られた記号に思えたほど、意味不明だった。それほど、遙遠にとって意外であり、青天《せいてん》の霹靂《へきれき》に等しかった。

実際に多根島宇宙港に着任してみると、たしかに宇宙港付き広報の仕事は、宇宙開発一般に対する幅広い興味と深い理解が必要だと納得した。次から次へと新しい打ち上げがあるわけで、その都度、焦点となるトピックは違う。ただ宇宙に興味があればいいというわけではなく、サイエンスやエンジニアリングとしての勘所《かんどころ》は押さえておかないと、おかしな情報の出し方になってしまうことがままある。

というわけで、自分がここにいる意義を見いだすことはできたし、また、積極的に他の業務にも首を突っ込んだので、飽きることはなかった。宇宙開発の総合店舗。すべてにかかわり、すべてを見渡す。そういう惹句《じゃっく》もあながち嘘とは言えなかった。

ただし、時間が過ぎるとともに、遙遠はしばしば苛立ちを抱くようになった。

ふとした時に、自分の指先を見つめ、そのまま立ち止まる。隙間《すきま》に汚れのない爪先や、油のしみひとつない指の腹に、なにか物足りなさを感じてならない。この指は、パソコンに向かってキーボードを叩くのではなく、もっとゴッゴッした仕事をしたがっている。一応、現場扱いの職場だから、作業服は着るが、オイルのしみひとつないきれいなものではコスプレと変わらない。

などと今の自分に違和感を覚えつつ、書き進められる原稿ではない。なにしろ、JSA、日本宇宙機関に興味がある学生に向けた特設ウェブサイトで、宇宙港広報の仕事を解説せよというのがお題である。「広報は宇宙開発の応援団」とタイトルをつけたものの、だんだん暗澹《あんたん》たる気分になってきた。

遙遠はキーボードから指を離し、デスクに置いてあるコーヒーカップを口に運んだ。すでにぬるくなっていて、思わず噴いた。と同時に、周囲の視線が集中していることにも気づかざるをえなかった。

「みんなで昼ご飯、賭けてたんですよ。加勢さんが、あと何分間、同じ格好のままでモニタとにらめっこしているか」

軽口を叩くのは、同じ部署の同僚、大日向菜々だ。

「だれが勝った？」

「わたしです。五分以上十分未満で正解。きょうはインギー鶏定食でも室長におごってもらおうかなあ」

「仕方ないなあ。加勢君のおかげで災難だ」

広報室長の久世仁《くぜひとし》が面倒くさそうに、あくびをしながら言った。

「昼飯で外に出るついでに、龍満《りゅうまん》神社にお参りでもしてくるか。不具合と言ってもアライアンス側の問題となると、僕たちの出る幕はないものな」

久世は、またあくびをしかけて、嚙み殺した。

まったくもって、ゆるみきった職場だ。その根源は、おそらく室長の久世自身にある。

「やる時しかやらない」と本人が言う通り、だいたいにおいてやる気がない。平時は右から左へと情報を流すのが広報室の役割だと思っている。

「まったく室長、見事に覇気を感じさせませんね。動物園で昼寝する大型ネコ類のような雰囲気です」

遥遠は笑いそうになるのをこらえた。久世の体軀は、無駄に上半身マッチョで、ディズニーかなにかのアニメに出てくる二足歩行の大型ネコを思わせる。

「仕方ないでしょ。僕が本気になっているのを見ると、ロケットが落ちそうだって言われるんだ。ひどいよねぇ。僕は、全職員に、だらだらしていてほしいと思われているんだから、期待に応えなくちゃ」

　遥遠は菜々と目配せし、肩をすくめた。

　久世室長は、「僕の得意技は禁断の敗戦処理」と言って憚《はばか》らない。かつて、中型ロケット、大型ロケットが連続して失敗した宇宙港の歴史の中で最悪の暗黒時代、殺気立つ現場を仕切って、綱渡り的な危機管理を乗り切ったという伝説は、遥遠にとってはただの伝説でしかない。

「でも、室長は、まだ打ち上げをこっち側でやっていた頃を知っているんですよね。JSAでは最後のローンチ・コンダクター、発射指揮者だって、ゾノさんが言ってましたけど。アライアンスに委託する前のゼータ2型、ラストの機体です」

　血気盛んだったはずの頃を思い出してもらい、若い者には好きにやらせてはいただけないか、などと思って言及してみたが、久世室長はもうひとつ追加であくびを嚙み殺しただけだ。

「そういうこともあったかね。昔取ったなんとやら、だね。今はすっかりアライアンスさんの時代だから。ゼータ3シリーズなんて初号機から運用を委託しているわけだし、開発にかかわっていたゾノさんよりも、僕の方が現場のブランクは長いよ。でも、それでうまくいっているんだから問題なし。平穏が一番」

　その口調にどこか忸怩《じくじ》たる思いがにじみ出ている部分はないか、と耳をそばだてたものの、一向に感じられなかった。

遥遠は、今書いている文章のために画面に呼び出している組織図を見た。並列されている部署は、大きな括《くく》りで三つ。

・総務部
・射場安全部
・射場運用部

遥遠がいる広報室は、総務部の中にある。さらに、射場運用部の下にぶら下がる形で、

・射場技術開発グループ

というものがあった。

かつては、「射場」がつかない、単なる「技術開発部」が、組織の中での最大勢力だったそうだ。その頃は、大型ロケットの燃焼試験などをばんばんやって、新規の開発を進めていた。ところが、今では同じ「技術開発」でも、ロケットの射場としてのメンテとアップグレードを目的とした部署だ。例えば、追尾用のアンテナの設備更新や大型ロケット整

備組立棟の維持改良などが中心的な仕事になっている。つまり、射場運用のための開発部門として、細々と組織が生き長らえている。

これはまだ良い方で、昔、JSAがみずから打ち上げをこなしていた頃、「発射管制部」という部署があったことは、今の組織図からはまったく見ることができない。これは、文字通り、ロケットの打ち上げと軌道投入までに責任を持つ組織だ。今は打ち上げを委託している民間会社、通称アライアンスがその役を担っている。宇宙港側で発射指揮者《ローンチ・コンダクター》、略してLCDRを務めたのは、今、遙遠の上司である久世仁が最後だ。そのような晴れ舞台を経験しながら、以前よりも現場感の乏《とぼ》しい宇宙港業務をよしとする室長の心中を、遙遠は正直、理解できずにいる。

「そうだ、加勢君」と室長が言った。

「アライアンスの発射管制チームが、ドライランのシークエンスのアイデア、相談したがっていたぞ。加勢君の、イジワルが今回もほしいそうだ。余裕があったら面倒をみてよ」

「分かりました」と言いつつ、遙遠は釈然としない。

たぶん、これは一週間以上前に依頼されているはず。久世室長は、案件を握りつぶさないにしても、途中で遅らせることがある。

「加勢さん、すごいですね。イジワルなところがいいんですね。うちの組織、宇宙オタクだと逆に浮いちゃいますけど、加勢さんくらいになると、むしろ、尊敬されるわけです」

菜々は本当に尊敬しているのか、茶化しているのか分からない口調で言った。

宇宙オタクだとは、自分では思っていない。でも、宇宙への思いを口にしすぎると、組織の中で浮く。宇宙港業務のプロ集団だから、それぞれ細かな分掌《ぶんしょう》があるし、宇宙開発の夢がどうしたとか言っていては務まらない時もある。それでも、遙遠は、そこのところを忘れたらここにいる意味がないと思っている。煙たがられるのは知っているが、分かってくれるやつだっている。例えば、ドライランの件だってそうだ。

遙遠は菜々のことを無視して、とりあえず担当者にメッセージを出しておいた。いつでも打ち合わせ可、と。たぶん、相手の方が忙しい。間違いない。

ドライランとは、この場合、打ち上げ五日前に行なう当日のシミュレーションだ。機体や通信の不具合だとか、燃料の異常だとか、これでもかというくらいのトラブルを仕込んでおいて、対処する訓練をする。これは、ロケットの発射を指揮する発射管制棟、発射前の段取りや発射後の管制をする総合司令棟といった現場のための訓練なので、自分たちでたたき台を作った上で、第三者がアレンジをする伝統だった。その時の第三者の一人として、遙遠はしばしば声をかけられていた。ミッションの性質や打ち上げのシークエンス、ロケット本体やペイロードの性質に詳しくなければならないから、なかなか人材難であるらしい。

「さて、ここでちょっとやる気を出して、軽くミーティングやっとくかい。加勢君の手が止まったようだしね」と室長がやはり脱力した声で言い、遙遠は部屋の片隅の打ち合わせ用テーブルに移動した。宇宙港広報室は、全国採用の職員が三人だけで、あとは現地採用職員、協力会社の職員などで成り立っている。大きな話題がある時は東京の本部広報から応援があるし、ルーティンになっている仕事はどんどん現地採用でやってもらっているのでなんとか回っている。

「ええっと、最大の懸案である打ち上げについては、さっきの会見でも出た通りだから、明日まで動きはないだろう。長丁場、非日常の中で日常業務をこなさなければならないのがしんどいが、がんばろう。で、ほかの懸案は？」

「来週も地元小学校の宇宙授業ウィークです。NASAの側は打ち上げ日程が立たないと厳しいので、やっぱり我々がやるしかなさそうです」

「まったくやっかいなことを抱え込んだね。これも、去年は協力会社に委託したら、薄い内容になってしまって、不満が出たのだったね。かといって、自分たちでやればよくなるかというのは別問題だ――」

「大日向に頼んでいいかな」と遙遠は久世室長を制して言った。

「第一弾は加勢君がやってくれたんだよな。どうせやりかけたんなら、全部やってしまってもいいんじゃないのかな」

「どうも、おれは向いていない気がして。それにこの件は、実際に進めたのは大日向ですし」

「ほう、加勢君の後ろ向き発言。珍しいものを見た。いつもの組織批判ならまだしも……」

なんとも反応のしようがなく、遥遠はテーブルの上に視線を落とした。

実は遥遠は、この件で、やや凹んでいる。代役で出た宇宙授業の出来がよくなかった。過不足ない情報は提供できたはずだが、小学生相手なのだから、情報ではなく夢や希望を与えなければならない。どうやら今の自分にはそれが決定的に欠けているらしい。終始、つまらなそうにそっぽを向いていた少年は、質問した時の内容からしても、本来は宇宙大好きな子のはずだ。なのに、あの子を熱中させることができなかった。

「別に、わたしはいいですけどね。ネイチャーツアーの方は、打ち上げが終わるまで無理みたいですし」

「では、菜々君にお願いすることにして、宇宙技術歴史館の展示更新について――」

といったふうに話題は転がり、遥遠はとりあえず頭の中から宇宙授業のことを追い出した。

四つ、五つ、案件を処理したあとで、室長が「それでは、ミーティング終了」と述べた。

「外に出て、インギー鶏定食でも。きょうは奢《おご》る」

「いえ、室長、まだあります。おれの企画です」

　遙遠はわざわざデスクにもどり、紙を一枚、持ってきた。すでに見せてあるものだが、念のため、だ。

「うん、デモプロね」

「いいえ、デモプラです。デモンストレーション・プラス」

「企画書は預かったが、今のままでは社内審査に持っていくこともできんと思うが。宇宙オタクが自分の現状に不満を覚え、はけ口を求めて出した企画、っていうふうにしか見えないんだよなあ」

　のんびりした口調だが、歯に衣《きぬ》を着せない。正直、グサッとくる部分もあるが、この程度でひるんでいるわけにもいかない。

「ゾノさんは乗り気なんですけどね」

「そういう問題じゃないだろ」

「若手への技術伝承、そして、士気の向上。ゾノさんみたいな、開発経験のあるエンジニアがいるうちにやっておきたいじゃないですか」

「それをなぜ、うちでやる？　広報の仕事じゃないだろ。なあ、菜々君」

　突然、話を振られた菜々が、鼻の上に小さなしわを作った。

「どうでしょうね。わたしの宇宙港ネイチャーツアーだって――」

「ああそうか、この件については、菜々君も加勢君側か。おまけにゾノさんが噛んでいると。まったく嫌らしい企画だよ。しかし、やはり広報の仕事ではないな。だいたい、予算なんて何も手立てがないだろう。僕に期待してもダメだぞ。組織内の力など、まったく持っていないからね」

「そうですかね。わたしが思いますに――」菜々が言いかけたところで、ドアが開いた。

「おー、いたいた」

明るい声でドアを開けたのは、中園郁夫、通称、ゾノさんだ。

「いやあ、揃いも揃って、こんな忙しいはずの時期に暇をかこっているのも、今どきの宇宙港らしいね。わたしらが若い頃は打ち上げの延期なんてことになったら、当事者としてかけずり回っていたもんだが」

「ゾノさん、今ちょうど話していたんですけど、正直、困ってますよ。うちの若い連中を焚きつけないでいただきたい」

「焚きつけてなんていないだろう。くすぶっている火は、焚きつけるまでもなく、風向きが変わっただけで燃え上がるもんだ。ジン、おまえさんも、そうだったよな。発射管制の委託への移行期で、もうこっち側からはLCDRは出ないとふてくされていた。おまえさんにとって、風向きが変わったのは、皮肉なことに打ち上げの失敗だったっけかな……」

「ゾノさん、そういう話は……」

久世室長はバツが悪そうに目をそらし、少々、顔を赤らめた。遙遠にしてみれば、上司のそういう側面を見るのは新鮮な思いだった。

「いや、昔話を蒸し返そうと思ったわけじゃない。むしろ、蒸し返されてしまった昔の話を報告に来たんだ」

ゾノさんは訳の分からないことを言う。

「ほれ、加勢くん、これを見ろ。おまえさんが好きそうなものだ」

ゾノさんは、手提げの紙袋に手を突っ込んで、テーブルの上に中のものをドンと置いた。

黄ばんだ古い冊子が何冊か。

「古本ですか。英語ですね」

「わたしらの先輩方が読んでいたものだよ。一九五〇年代の資料だ。あの倉庫の別の区画で見つけた」

菜々がひとつを手にとって、タイトルを読んだ。

「HOW to DESIGN, BUILD and TEST SMALL LIQUID-FUEL ROCKET ENGINES、小型液体ロケットエンジンを設計し、作る方法って、そのまんまなタイトルですね」

「アポロの頃のだよ。我々の先輩方は、そういうのを読んで勉強したんだろうね」

遙遠は俄然《がぜん》興味が湧いてきて、その下にあった別の冊子をとった。ルーズリーフを綴《と》じただけの素朴な製本で、紙が青かった。前世紀の複写技術である。

「青焼き……ですか」と言いつつ、最初に目に入ってきたのは、この一行。

FUNCTION MANUAL, VANIER ROCKET ENGINE VR101-NA-3, June 1953

「おおっ」と遥遠は小さく声を出していた。

「ええ、そんなに驚くものですか。これ、なんですか」と菜々。そして、菜々はその先の単語のつらなりを流暢に読み上げた。

「TECHNICAL MANUAL, USAF MODEL SM-65D MISSILE WEAPON SYSTEM……。技術マニュアル。アメリカ空軍ミサイル兵器システムって、なんか穏やかじゃないですね。SM-65Dって、なんですか、加勢さん」

「ATLASロケットを使った世界初の大陸弾道ミサイルがSM-65シリーズで、Dというのはその中の型番だろう。ってのでいいのかな。でも、それよりも、こっち——」

遥遠は“VANIER ROCKET ENGINE VR101”の部分を指さした。

「ゾノさん、バーニア・ロケットと、VR101っていうのがミソですね」

遥遠は視線を上げて、ゾノさんを見た。

「その通り。なにかの拍子に青焼きコピーが手に入って、回し読みでもしていたんだろうね。アメリカ空軍の資料だから、当時としては極秘だったはずだ。厳重に隠してあったよ」

「えーっと、つまり、VR101というのが、空軍のバーニア・ロケットなんですよね」

と菜々が確認した。

「我が国の初期ロケットは、アメリカからの輸入だったわけだけれど、それと一緒にこのバーニア・エンジンも入ってきたわけだ。奇《く》しくも、世界初の大陸弾道ミサイルのシステムに組み込まれているのと同じものだったから、国内としてはライセンスを受けた川嶌《かわしま》重工業のものを使いながらも、裏マニュアルとしてアメリカ空軍のものを参考にして運用していたというのが、わたしの推理だね」

菜々が目をぱちぱちとしばたたいているのを見つつ、ゾノさんはふたたび遙遠の方に視線を移した。

「それでだな」ともったいぶって言う。

「そのマニュアルが見つかった区画、おまえさんが見たら、気を失いかねんぞ。いったい、何本出てきたと思う？」

「え、出たんですか」と遙遠は聞き返した。

「出たって……お化けとか、そういう話ですか」と菜々が茶化すように言ったが、それに反応する余裕もなかった。

3　川沿いの秘密基地

タン、タン、タターンと、太鼓の音が響き、陽気な雰囲気だ。

一列に並んだ人たちが、中腰になり水田に稲の苗を植えていく。白い服をはおった駆も、その中の一人だった。水はもう温かいのに下の泥はひんやりしていて、足を動かすたびに指の間にぬるりとした冷たいものが通り抜けていく。

空は雲も少なく、ただひたすら青い。広い空の下で、太鼓の音を聞きながら、ミズスマシやゲンゴロウがいる田んぼに足をつけていると、満たされた気分になった。

あぜ道に生えた草の下から大きなカエルが顔を出した。

「イボバック！」と一緒に作業をしているおじさんが言った。

「バックは英語で背中。イボが背中にあるからイボバック」

島では、ヒキガエルをそう呼ぶそうだ。ひょっとすると、インギー鶏が来た時に、イギリス人に影響されてできた言葉かもしれない。

バシャッと水を叩く音がして、「うぉっっ」と変な叫び声があがった。

カエルではなかった。バランスを崩した周太が、駆の隣で尻餅《しりもち》をついたのだった。みんなが大声で笑ったものだから、イボバックはすっと消えてしまった。そのかわりに背中まで泥だらけになった、ドロバックの周太が立ち上がった。

「おれ、泥遊びするために、宇宙遊学に来たわけじゃないっての」と周太は口を尖らせた。「舟田《ふなだ》に赤米を植えられるのは多根南小の子だけなんだから、がんばろ」と駆は我ながら優等生みたいなことを言った。実際、田んぼはごくごく小さいので、それほど時間がかかるとは思えなかった。周太も文句を言うよりやってしまった方が早いのに。

「これ、田植えじゃなくて、お祭りだよな」と周太はぶつぶつ言いながら続ける。「お祭りなら、お祭りらしく、屋台とか出ればいいのに」

駆は思わず噴き出した。たしかに変な田植えかも。舟の形をした不思議な田んぼだし、始まる前には、馬の着ぐるみを着た人が踊った。そして、苗を植える間中、太鼓や笛の演奏が続いた。

赤米の田植えは、ホウノウギョウジ、って言われたっけ。ホウノウギョウジというのは、カミサマに捧げる行事ってことだ。赤米は島の特産で、ずっと昔から植えられている古代米だから、カミサマのもの。多根島では、普通、三月に田植えをするのにここだけ四月だと聞いた。三月の普通の田植えは、まだ駆たちが来ていない頃で、前の代の宇宙遊学生が参加した。けれど、赤米はもっと暖かくなってから植えて、ゆっくり成長する種類だそうだ。

「この田んぼ、本当に舟みたいだよね。ここで作った米は、カミサマのところまで旅をするのかな」

駆は、豊かに稔《みの》った田んぼが、カーペットのように空を飛び、カミサマの国へ向かうのを想像した。

「知らねえって。そんなの希実に聞きゃあいいじゃねえかよ」

といっても、希実も萌奈美も田には入らずに見学していたから、近くにいなかった。

田植えを終えて足の泥を洗い落としてまた靴をはいた時、女子二人がくすくす笑いながら近づいて来た。

「ねえ、赤米の舟田って……」と聞くと、希実が「二人とも、目の下についてるよ！」とさえぎった。

米ではなくて、泥のことだった。

「パンダみたい！」と萌奈美も笑った。

「そんなん笑ってねえで、一緒にやればよかったのに。なら、もっと早く終わった」と周太。

「結構、楽しかったよ」と駆。

「でも、女子はだめなんだよ。神様の田んぼだから、女子は入れない決まりになってるんだよ」

希実が言った。当たり前のことは当たり前というふうに。

「へえ、そうなんだ……」

それは残念。

「じゃ、おれも女子と一緒に見学でよかった。ほんと、泥遊びするために来たわけじゃないんだぜい」

周太が同じことをぼやく。

駆は、カミサマの田んぼはなぜ女子が入れないのか不思議に思ったけれど、周太がぶーぶー言ってるし、希実もこの話題はそんなにしたくないように思えたので、黙っていた。

学校からの引率は、ちかげ先生で、帰る前に寄り道した。近くにある龍満神社だ。先生がぜひ見ていこうと言うのに反対する理由もなかった。

「聞くところによると、ここは日本でも数少ない宇宙神社だそうよ。地球だけでなく宇宙も守るすごいカミサマなのね。龍神様とその娘を祀《まつ》ったもので、島の聖域になっている。先生は、歴史を感じさせるものが好き。この社《やしろ》もいつの時代からあるのかしらね。今から千何百年も前に書かれた『日本書紀』という本に多根島のことが出ていて――」

先生は楽しそうに話し続ける。

「歴史、わたしも、好きです」と萌奈美が、話に食らいつく。

この前、キリスト教の宣教師で、聖人フランシスコ・ザビエルが、日本で最後に立ち寄ったのが多根島だとか、とてもマニアックな歴史の話題で盛り上がっていた。フランシスコ・ザビエルはフランスでも有名だそうだ。

「神社が宇宙と関係あるなんて、自分は信じられないッス」と周太は面倒がっていたけれど、参道の途中で足を止めて、「これは……」と静かに指さした。

石段の左右にある灯籠《とうろう》だ。灯籠を寄贈した人や会社の名前がそれぞれに書かれていて、どう見ても宇宙関係の会社の名前が入っていた。

奉納　国際宇宙機システムズ
奉納　あけぼの・スペースアライアンス
奉納　多根島宇宙観光協会
奉納　真夏のロケット団
奉納　川嶌重工業
奉納　岩堂エアロスペース
奉納　南山酒蔵・南山エナジー
奉納　温水宙航きょうだい社

などなど。

「へえ、すごい！　神様って宇宙にもいるんだね」と駆は素直に言った。

「ロケットの打ち上げって、いくら人間ががんばってもどうにもならないところがあるから、最後の最後は神頼みしたくなるんだって」と希実が地元っ子らしいところを見せて、解説した。

「ロケットは雷に弱いって、ＪＳＡの広報の人が言っていたわよね」とちかげ先生。「ヒトが神様のところまで出かけるようなものだから、これから行くんでヨロシクって先にあいさつしておくんでしょうね」

駆は、そういうのって面白い！　と思いながら、周太の方を見た。

周太は、先生の言葉を聞いていなかった。ただ、奉納した企業の名を刻んだ灯籠を見て、黙り込んでいた。

周太は、先生に会うと朝一番に聞く。

「宇宙港見学はいつですか」と。

「まだ分かりません」と先生が答える。

「じゃあ、打ち上げはいつですか」

「先生が知っているわけありません」

というふうに押し問答して、周太は不機嫌になる。それが毎日のことになった。

「いつもなら宇宙港は、打ち上げ三日前まで見学できるんだけどねぇ」と希実は言っていた。

「今回は特別、厳しいみたい。宇宙授業で教えてもらった全球観測主衛星のほかにも、小型情報収集衛星というのも一緒に打ち上げるから、って。それは国の大切な極秘情報なんだって、父が言っていた」

希実は、この島で生まれた地元の子だから、すごくよく知っている。時々、先生よりも情報が早い。その希実に言わせれば、このままでは遠足は宇宙港見学なしで、自然めぐりをするだけになるかもしれない。

「どうすんだよ。宇宙探検隊のミッションがまだ何もないじゃないか」と周太は休み時間ごとにぶーぶー言った。

毎朝のいきものがかりも大切なミッション。そう言っても、納得するはずがなかった。

「結局、周太のことは、駆が面倒みてあげるしかないよ」というのが希実の意見だった。

「そうなのかなあ」

「だって、同じ小学校の六年生男子で、通学路も途中まで一緒で、同じく宇宙遊学生ってことは、いつも一緒ってことじゃない。だから、面倒みてあげないと」

たしかに、通学路は川のところの十字路からこっちは同じだし、土日にある宇宙遊学生の子ども会イベントでも一緒だ。顔を合わせることは、とても多い。

というわけで、周太のことをいつも気にかける役になってしまったわけだが、駆には何をしていいのか分からなかった。せいぜい帰り道は必ず一緒に歩くことにしたくらい。たっぷり宇宙についての話につきあえば、気が晴れるんじゃないかなあ、とか。

でも、周太はだんだん黙っている時間が増えた。そして、とうとうある日、校門から分かれ道までひとことも話さなかった。

駆は、「じゃ、また明日」と言いかけて、途中で止めた。

周太がこっちを見ていたからだ。それも、ずっと黙っていた間に何かをたくらんでいたらしく、ニヤリと笑った。

「仕方ないから、やるか」と周太。

「え？」

「やるだろ、当然、ここに来たら誰だってやるだろ。おれたち、宇宙探検隊にはまだミッションがない。でも、気づいた。今のままじゃ、計画を練ろうにも、教室じゃ先生が聞いていたり、とてもやりにくい」

「え、え、いったい何を言ってるの」駆は目をぱちぱちさせた。

周太は、ランドセルを下ろして、中から自由帳を取り出した。「秘密ノート」とでかでかと書いてあるのがあまり秘密っぽくなかった。

開かれたページには、ぎっしりと文字と絵があった。周太は授業とは関係なく落書きみたいにノートを取っていると思ったのだが、実はこれだったのか。

「秘密基地。宇宙探検隊には当然、秘密基地が必要だ。ミッションには機密事項が含まれる」

周太は自由帳の一ページを見せながら、胸を張って言った。ドームみたいな形の建物が描かれていた。

「秘密基地……」

駆はなにか面倒くさいことに巻き込まれそうだという予感を抱きながら、言葉の響きにしてやられた。なんだかワクワクするのだ。

「どこに作る？」と聞いた。

「秘密がもれないところだ」

「じゃあ、あの辺は」と駆は指さした。川沿いの茂みの中だった。あそこなら、外から見えない。それに、生き物もいっぱいいる！　周太だって満足するだろうし、駆も満足だ。

「じゃあ、いったん家に帰って十五分後、橋の上に集合」と周太が言った。

島の学校はのんびりしている。ゆっくり時間が過ぎる。

そして、放課後はもっと長い。塾にも行かず、遊んでいられる。

ただし、宇宙探検隊の最初の四人《オリジナル・フォー》の中でも、希実や萌奈美は、女子バレーボールの練習だ。なぜか、このあたりは小学生の女子バレーがさかんで、女子はみんなやることになっている。

そして、男子は、野に放たれる。

いったん家に帰ってから、おやじが準備してくれていたマウンテンバイクに乗って坂道を駆け下り、川原まで。川沿いの背の高い草の間に隠れている秘密基地に行く。

捨ててあったベニヤ板や、段ボールを床や壁にして小屋を作り、その上に草をかぶせたものだ。ベニヤ板から出ていた釘は、近くに転がっていた「バールのようなもの」できれいに抜いた。駆はバールというのを知らなかったが、周太が「それは、バールのようなもの、だぜい」と言ったので、従った。

小屋の形を作るのは、時間はかからず一日で済んだ。でも、中をきれいにして、くつろげるようになるには何日もかかった。周太が自由帳に描いていたイメージ図に似せて、屋根はドームの型にした。草をその形に盛っただけだけれど、おかげで草の中に埋もれて見分けがつかない。

駆は、おやじから、日が暮れるまでには帰ってくるようにと言われていた。それでも、この時期、日が沈むのは七時くらいだったので、たっぷり時間はあった。

では、秘密基地で何をするのか。

それは、秘密だ。

と、二人で決めていたけれど、実は大したことはやっていなかった。

例えば、マンガ雑誌やコミックを読む。草の深いところには、時々、雑誌が捨てられていた。中には、どうみても大人向けのものもあった。「捨ててあるんだから、もらってもいいってことだよな」と周太は平気でそういうものを集めてきた。そして、秘密基地にこもって読みふけった。

女の子たちに見つかったら軽蔑《けいべつ》されそうだなあ、と思いつつ、ここは秘密基地だ。駆だってドキドキしながら読んだ。

でも、それよりももっと大事なものがあった。

ここは、東京にいたのでは味わえない自然の宝庫だ。

駆は、誰からも見られない水辺で、生き物のにぎわいを楽しんだ。

紫色のアザミのような花が咲いていて、そこにアサギマダラが飛んでミツを吸っていた。アサギマダラは、遠くまで旅をする蝶だ。でも、この時期はもっと南に行くはずだから、はぐれて居残ったのかも。

水辺の方は、川が曲がったところに小さな池ができており、蓮《はす》の葉のような植物に小さな黄色い花が咲いていた。また、川沿いの小さな水路には、エビやカニがいた。エビは、テナガエビで、地元の人はダクマと呼んでいた。駆はペットボトルを途中で切って、飲み口を逆に付け替えた罠《わな》で捕まえた。持ち帰ると、おかあが「ダクマのフライ」にしてくれるはずだった。

それと、川にはなんだかよく分からない半透明の白い魚が行き来していた。家から持ってきた網をふるっても、さーっと逃げてしまう。あまりに速くて、はっきりとした形は分からなかった。ほかにもいろいろな小魚が泳いでいたから、駆は深追いしないでそのまま川面を見ていた。

ただ、周太が邪魔をする。マンガ雑誌やコミックを読んでしまうとのっそりと外に出てきて、「宇宙たんけんたーい」とテキトーな歌を歌いながら、水たまりの土を集め、「泥爆弾！」と叫んで、川に投げ込んだりする。

「やめなよ！」と言ってもやめなかった。

せっかく流れの中に水の生き物が見えるのに、みんな逃げてしまい、しばらく待たないと元に戻らなかった。

「なんでそんなことするの」

「今、やることないしなあ。火星やもっと遠くに行く宇宙船の軌道計算して宇宙旅行の計画を立ててるけど、宇宙港の人に見てもらわないと先に進まないだろ」

「なんで、周太はそんなに宇宙、宇宙って言うの？」

本当に不思議でならなかった。島の生活はのんびりしているといっても、新しいことばかりだ。秘密基地も作った。なのにどこが不満なのだろう。ずっと不機嫌で、宇宙のことばっかり言っている。

「宇宙遊学に来たのに、宇宙って言わない方がおかしい」

「そうかな」

「おれは、そのために来たんだぜい。来年の三月までに見る打ち上げが何と何なのか知ってるか」

「最初のは全球観測主衛星。あとのは知らない」

「ありえねえ！」

「ええっ、周太は全部知ってるの？」

周太は、やれやれといったふうにため息をついた。

「最初の打ち上げは低軌道だけど、そのあとのが面白い。調べてみたら、第二ラグランジュ点に行くやつだ。月よりももっと遠くて、地球圏を離れて太陽系の天体になるってことだ。その後のやつはぱっとしないが、年末にはハイタカ3が帰ってくるんだぜい！」

本当によく知っている。そして、楽しげに話す。

「でも、どうして？　火星とか、月より遠くとか、本当に遠すぎてよく分かんないよ」

周太はにやりと笑うと、また秘密基地の屋根の下にもぐってしまった。そして、今度は携帯端末でできるゲームを始めた。なにか宇宙船を飛ばすようなゲームだった。すごい集中力で、話しかけても生返事すらしなかった。

結局、周太のことはよく分からない。

だから、駆は秘密基地のまわりの生き物たちに夢中になって時間を過ごすばかりだ。輪郭がはっきりしない透きとおったかんじの白い魚がますます増えて、川を行き来するのにはもう言葉もなく目を奪われた。すると、どこからともなく、赤米の田植えをした時みたいな太鼓の音が聞こえてきた。そういえばここは神社が近い。

駆は夕食の時に、おやじに白い魚のことを聞いてみた。

「ああ、それは河童の子だ」とおやじは答えた。

「まさか」と駆は返した。

「いやいや、河童様の子じゃったもねぇ」とおかあも言った。

じゃったもねぇ、は、かもしれないね、という意味。おかあは、よく使う。

「カエルも子どもの時はオタマジャクシだろう。河童様も子どもの頃は違う姿じゃったもねぇ。わはは」と豪快に笑った。

「音は聞こえたか」とおやじはぼそっと聞いた。

「そういえば、なにか太鼓とか笛みたいな音が」

「そうだろう。季節がいいし天気もいいと、河童の子は川で遊ぶもんでな。白影は出たか？」

「え」と駆は声をあげた。

シロカゲというのは、駆が島に来てすぐに見た空を飛ぶ不思議な虫の群れだ。海を渡ってきて、丘を駆け上り、まるで流れる雲みたいに動き、最後は龍か蛇みたいに細長く伸びて、飛び去った。駆はすごく近くで見たのに、あまりに速くてどんな生き物なのか見分けられなかった。

「見なかったよ。だって水の中だよ」

「そうだけどな。河童の子と、白影は、関係がある」

「関係？」

「そうだなあ、親戚、みたいなもんかな」

よく分からなかったけれど、おやじが言うと説得力が違う。

多根島は、宇宙だのロケットだの河童の子だの正体不明のシロカゲだの、いろいろが混ざり合っている。やっぱりすごいところだ。駆が住み始めて一カ月目でいだく感想は、結局、そういうことだった。

川沿いの秘密基地に通ったのはせいぜい二週間もなかったと思う。

最後の日、周太は家から荷物が入った袋を持ってきた。「パーティ、しようぜ」と突然言って、袋を開けた。中には花火が入っていた。包装が破れたセットで、昔の使い残しみたいだった。

周太はいきなり手持ちの花火を取り出して、着火用の細長い棒の先から出る炎を近づけた。湿っていてしばらくくすぶっていたけれど、いったん燃え始めると勢いよく火と煙が噴き出した。それを川に向けたので、泳いでいた魚がさーっと逃げていった。

「やめなよ！　やめろ！」と駆は叫び、花火が入った袋を力任せにもぎとった。

そして、飛び出して地面に落ちたものを、蹴散らした。でも、すぐにやめた。落ちたのが花火だけでないと気づいたからだ。

例の秘密ノート。それが紫色の花の草むらに引っかかって開いた。

写真が挟まっているのが見えて、駆はあわてて拾い上げた。

男の人と小さい男の子が写っていた。

男の人は背が高くて、男の子を肩車しながら空を指さしていた。くっきりした顔つきが、誰かに似ていると思った。肩車された男の子の方は、小さなロケットの模型を空にかざして笑っていた。

「かえせ！」とひったくられた。

そして、周太は秘密基地の中に入ってしまった。ベニヤ板の扉をピシャッと閉じて、呼んでも出てこなかった。

駆はしばらく待っていたけれど、そのうちにバカらしくなった。

どうせゲームをしているに違いないんだ。周太は自分勝手。気にするだけ損だ。

駆は、秘密基地のまわりを歩き、花火のせいで荒れたところがないか確認した。落ちていた花火は拾って、秘密基地の扉の前に置いておいた。

茂みの中から出て、倒してあった自転車を引き起こした。

まったく、つきあってらんない！　駆は怒ったままペダルをこいだ。

低くくぐもった音を聞いたのは、河童とロケットの橋のあたりだった。

駆ははっとして、自転車の方向をくるりと変えた。ふだん聞くことがない、不思議な音だったし、なにか嫌な予感がした。

煙が見えた。秘密基地の方だ。

急いで進んで自転車を飛び降りると、駆は草をかきわけた。

煙が出ているのは、予想した通り秘密基地だった。

周太は外に出ていて、ぼーっとそれを見ていた。

「水！」

転がっていた壊れたバケツで川から水をくみ、秘密基地にかけた。

「周太も！」

駆はバケツを周太に渡すと、今度は転がっていたペットボトルをつかんだ。泥に足を取られて靴を汚しながら水をつめ、くすぶっている部分に振りかけた。

本当に火が着いたら手がつけられなかっただろう。でも、どこにも燃え移らなかったみたいで、煙も少なくなってきた。

「中で花火なんて、どうしてそんなことするかな」駆は鋭い声で聞いた。

「そんなことしてねえし」と周太が答えた。

「煙、出てるよね」

「花火を壊して火薬を集めた。だからロケット燃料だ。宇宙探検隊の第一歩だ。多根島は、鉄砲伝来の島だから、ロケットの島なんだぜい」

もう訳が分かんない理屈だった。

「なんで、そこまで宇宙、宇宙、言うの？」と駆は前と同じ質問を返した。

周太はだまって答えなかった。

「さっきの写真、関係ある？」

「あれ、おれの父ちゃん」

周太がぼそっと言ったところで、車のエンジンの音がふいに聞こえてきた。急停車するブレーキの音も。

二人は目を見合わせると、わっと駆け出した。

秘密基地はともかく、火薬を爆発させたのがばれたらまずい。

自転車に飛び乗った時、車のドアが開く音が聞こえた。さいわい草むらのおかげで見えないあたりだった。

二人とも全力で逃げた。誰も追いかけてこなくても安心できなくて、ひたすらこぎ続けた。

やっと一息ついたのは、何分か後、川沿いの道路から一本奥まった通りに入ってからだ。駆の家とは反対側に来てしまった。

「ここ、うちだ」と周太が言った。

目の前に建っているのが、周太の里親さんの家なのだ。

びっくりするくらい大きかった。

「岩堂《いわどう》エアロスペース？」と駆は看板を読んだ。

「一階、工場だから。住んでるのは上」

周太が黙って外階段を上がり始めたので、駆もそのままついていった。

二階の踊り場に扉があって、それが玄関みたいになっていた。「ただいま」と言っても、中には人がいる気配がなかった。

周太は入ってすぐの居間を横切って、その先にある階段をさらに上がった。

「おれの部屋は三階。屋根裏」

周太が三階でまた扉を開けると、薄暗く狭い部屋の輪郭が分かった。

すぐに目が慣れて、様子が見えてきた。まずベッドがある。駆の部屋は畳の間だけれど、こっちは板張りで洋風だ。

そして、机には黒っぽく大きな塊があった。

「なんか、すげっ」思わず声が出た。

川沿いに作った秘密基地よりも秘密基地っぽい。机の上に黒光りするでっかいものが置いてあった。いつか父さんと一緒に見た映画に出てきた「モノリス」みたいだ。

「ゲーム・パソコン。うちから持ってきた」

「うちって、北海道？　よくオーケイだったね」

多根島に来るのだから、コンピュータとか携帯端末とか、一年間なしで過ごしたら？　とか言われる。絶対に、という話ではないけれど、それが宇宙遊学の基本だと聞いた。

周太は、答えずに天井を指さした。そして、壁に立てかけてあった金属の梯子《はしご》をするすると伸ばして天井にある取っ手のようなものに引っかけた。

「この部屋、もともと屋根裏の倉庫。それを片付けて部屋にした。屋根の上にすぐに出られるから、気に入ってんだ」

梯子を登って、天板を外すと、「屋根裏の屋根裏」みたいになっていた。そして、その先にはまた扉があり、屋根の上に出られた。

青いトタンで、ゆるい斜面だったから、外に出ても怖くなかった。

景色が素晴らしくて、うわーっとなった。

駆の家から見えるのとはかなり違う。

射場と海ではなく、ひたすら田んぼが続いていた。駆の家は島の外側を向いているけれど、この家は内側を向いている。それだけで、全然、景色が違うんだ。

遠くには小学校も見えた。田んぼの中からにょっきりと立ち上がった宇宙船型の建物は、もう公民館だと知っていた。

車のエンジンの音がした。

「いけね、里親さんだ」と周太が、いったん屋内に戻り、すぐにまた出てきた。

「屋根に出てるのは秘密なんだ。ちゃんと閉めておかないと」

周太は屋根の上に大の字になって転がった。駆も隣で横になった。

空がもう暗い紺色になっていた。端っこの方はうっすら赤かった。

「おれの実親さんが、子どもの頃から宇宙ファンでさ、宇宙飛行士になりたかったけど、体が悪くてなれなかったんだよな」と周太が言った。

さっき写真で見た男の人のことだ。

周太はそこで言葉を区切って、黙り込んだ。駆はそれ以上、深く聞きはしなかった。

風がちょうど気持ち良くて、駆はふわりと浮き上がるような気分だった。風に乗るシロカゲのように町のあちこちを飛んで回るような。とても気持ち良かった。

しばらくして、駆は空がもっと暗くなっていることに気づいた。

そろそろ帰らなきゃ。駆は上半身を起こしたけれど、周太が指さした。

「ほら、見える」

「何が」

「ＩＣＳＳ、国際協力宇宙ステーション」

駆が目を凝らすと、光の筋がすーっと動いていくのが分かった。

「今から、三分三十秒後に消える。太陽の光があたるところを通り過ぎてしまうから」

駆は息を呑《の》んだ。さすがに、ＩＣＳＳ、国際協力宇宙ステーションは知っている。でも、それが実際に見えるなんて考えたこともなかった。

本当に数分後、光の筋は消えた。

「周太、どうやったの？　なんで分かったの？」

「簡単な軌道計算」

周太は手に持った携帯端末を振ってみせた。

「地球から見える低軌道の人工衛星の位置とかは、わりと簡単に計算できる。雲があったらアウトだけど。一番分かりやすいのが大きなＩＣＳＳで、ほかにも今、見える可能性があるのは……」

周太は携帯端末を手早く操作した。まるで、ゲームをしているみたいだった。周太がゲームをしていると熱中してしまうと思っていたのは、実はこういうことだったのか！

「ええっと、あの辺。さっきよりは暗い。おまけに速い。でも飛行機じゃないんだぜい」

目を凝らしたら、見えた。

宇宙ステーションよりは暗いけれど、言われてみればはっきり分かった。

「おれ、あまり目がよくないからさ、暗いのは分かんない。駆は見えるのか」

「うん、言われたら本当に見える！」

周太は、端末を見ては、あそこ、こっち、と指さした。その半分くらいは、駆は見つけることができた。

ああ、空のあちこちに人工衛星が飛んでいるんだ。いつも気にしていないだけで、ぼくたちの頭の上を行き交っている。世界が一気にぐんと広がったみたいな感覚がおそってきた。

「しょせん、低軌道だけどね」

周太は、低軌道の人工衛星のことを悪く言う。

「すごいよ、低軌道だからとかそんなの関係ないよ。宇宙なんだよ、宇宙」

本当に、周太はインギーだ。訳が分からない。

周太は黙ったまま携帯端末の電源を落とした。

あたりは完全に暗くなっていて、ものすごい星が降ってきた。

駆は、島に来てはじめて、おやじとおかあとの約束を破ってしまったことに気づいた。

＊

多根島宇宙港の正面玄関ともいえる南ゲート付近には、多くの一般客が訪れる。

二十世紀に開発された歴代の主力ロケットがずらりと野外展示されている「ロケットの森」が人気で、旅行ガイドブックにもたいてい写真が掲載されている。宇宙技術歴史館も「森」の中にあるから、訪問者はあまり移動することなく、日本の宇宙技術史を理解することができる。

「建築基準法だか消防法だか、いろいろクリアしなければならないものがあって、大変だったんだそうだよ」と話すのはゾノさんだ。「ロケットの森」を通過しつつ、助手席の加勢遥遠に対して、昔話語りモードになっている。

「大型ロケットを、立てて展示できないのが残念だがね。ゼータ1型ロケットは、フェアリングをかぶせたら四十メートル、ゼータ2型は五十メートルだ。これを立てて並べたら、さぞかし壮観だろうに」

「今この状態でも、充分に壮観ですよ」と遥遠は率直に言った。小型・中型ロケットが林立するだけでも、人々の視線は上を向く。大型ロケットが寝かせてあるのは、むしろ観察しやすくていい。

遙遠は、町の中心部、真中集落にある宿舎に住んでいるので、通勤には南ゲートを必ず通る。つまり、毎朝、過去のロケットたちを見上げては、厳粛な気分になり、同時にいささかの胸の痛みを感じる。こういったものを開発した技術者に対する嫉妬《しっと》を抑えきれない。

中でも一番巨大なゼータ2型は、完全に自国開発した最初の機種で、たしかゾノさんが宇宙港の母体である宇宙機関に入った時期に運用されていた。ゾノさんが、直接、開発にかかわったのは、2型の発展形と、現行機種ゼータ3系列だ。つまり、若手として、シニアとして、二度の大型ロケット開発を経験している。一方、遙遠は、今後十五年以上、新規の大型ロケット開発がない時期に宇宙機関に入ったため、当面、そのような機会はなさそうだ。

「おまえさん、なぜゼータなのか知ってるか」

ちょうどゼータ2型の隣を通過しつつゾノさんが聞いた。巨大な固体燃料ブースターに「ζ《ゼータ》」の文字が描かれているのが見えた。

日本の大型ロケットの型番は、アルファベット一字と決まっている。アメリカのように、サターンだとか、アトラスだとか、神話に源を持つような深みも色気もない。

「ただの識別記号じゃないんですか」と遙遠は答えた。

「うん、それはそうなんだがね。でも、ゼータって、ギリシア文字で書くと、なにか竜が空に昇るような雰囲気があるじゃない。だから、竜の勢いで飛べ、みたいな願いがあったみたいなんだよね」

「たしかに、にょろにょろってかんじの文字ですからね。でも、竜かなあ——」

ちょうど観光客を乗せたバスとすれ違い、会話はそこで途切れた。

南ゲートを出てすぐに、最初の三叉路に当たった。右に進めば田園風景の中を走り、やがて宿舎のある真中に至る。遙遠自身の通勤コースだ。しかし、ゾノさんは、左の道にハンドルを切った。そちらには柴崎漁港という看板が出ており、すぐに海沿いの道になった。

しかし、極端だ。三叉路をどっちに行くかで、田園と漁港の風景にくっきり分かれる。狭い島にいろんなものが詰まっているからこういうことになる。この漁港も射点から三キロ圏ぎりぎりだ。アメリカの大型ロケット打ち上げ基地などでは考えられない距離感である。

これだけ近くにあるのに、遙遠と漁港とのかかわりはこれまで書類上のことのみだった。打ち上げの時、周辺の海には漁船も含めて船舶は立ち入り禁止になる。漁もできない。そのため、打ち上げの日時と、立ち入り制限海域の連絡は、欠かせない。

「警戒区域の設定って、今回はいつもよりちょっと南寄りなんですよね。柴崎漁港のまわりはすっかり覆われちゃってますね」

「投入する軌道がかなり高緯度までカバーするから、角度が必要なんだね。いつも通り打ち上げて、後で曲げてもいいんだろうが、燃料の無駄遣いだという判断かもしれないね。

そのあたり、情報収集衛星の軌道のこともあるから、単純には決められないね」

「ドライランのシナリオには、警戒区域に船が入り込むというのも入れましたよ。最初はテロの可能性もありますから、緊迫します。結局、漁船だったという設定ですが。先日のテロ騒動のせいで、リアリティあるかなと思って」

「ん、川沿いの爆発の件かい。あれは、子どものイタズラだったたんじゃないのかい」

「おれも間接的に聞いただけですけど、それっぽいですね。どのみち大した火薬の量じゃなかったたし、近くに花火の袋や燃えかすがあったそうですから。打ち上げ前の時期で、過剰に反応したんだと思います」

「きょうは、その第一発見者に会えるだろう。網元の家系で、今は、地元企業の経営者だが——」

ゾノさんは漁港施設の狭い駐車スペースに器用に停車させた。ドアを開けると濃密な潮の香りが漂ってきた。

と同時に、遙遠は近くの海面に目を奪われた。

防波堤の内側で、風は微風。

空をそのまま映す水面から、翼のような帆が突き出していた。

遙遠が思わず指さすと、ゾノさんは目を細めた。

「ウィンドサーフィンか。やっている子は、結構いるね」

「うまいですね」

黒いシーガルを身につけた髪の長い女の子がセイルを操り、狭い漁港の中で器用にボードを走らせていた。風をとらえる勘がよいのか、風向きの関係で推進力が得られなくなるデッドゾーンを避けて、くるりくるりとターンする。遙遠はマリンスポーツとは無縁だが、一応、航空力学をかじったものとして理屈は知っている。あれは、単に風に押されているのではなく、飛行機が飛ぶのと同じように揚力《ようりょく》を得て進む。低い夕陽の中で女の子が見せる鮮やかな滑走は、セイルの翼で飛ぶ妖精を思わせた。

「あの子は、遊学生じゃないかな。前にもここで会ったことがあるよ」

ちょうどその時、女の子はくるりとボードをターンさせて、こっちに顔を向けた。ゾノさんが手を振ると、片手でセイルを持ったまま手を振り返した。絶妙なバランス感覚だ。

「さあ、行こう」

ゾノさんは、そのまま歩き始め一番近くの建物に近づいた。

看板には「多根島宇宙観光協会」とあった。比較的新しくしつらえられたものだ。その隣には、古く錆が出た文字で、「柴崎漁港・漁業協同組合」とあった。今、漁協は町全体で統一されているので、この名前の漁協は実在しない。この建物が「旧漁協」と呼ばれている所以《ゆえん》だ。

扉には、宇宙に飛んでいく漁船が描き込まれていた。有名アニメの宇宙戦艦をイメージしたらしい。魚やカニやウミガメがやはりロケットで飛ぶイラストも添えられていた。

部屋の中から漂ってきたのはまたも濃密な香りだ。少々生臭くもある。水を張った生《い》け簀《す》のせいだろうか。

「カニ用のものだよ。季節になれば、あそこがいっぱいになる」

ゾノさんは軽く解説してから、急に声を張った。

「おーい、みなさん。加勢くんを連れてきたよ。ほら、JSAでは珍しい、例の宇宙オタクだ」

おおっ、とどよめきがもれた。

遥遠は、一瞬、目がくらむのを感じた。

室内の目がすべてこちらを向いている。だいたい男性で、女性は数人くらいか。

生け簀がある空間に会議用のテーブルがあり、パイプ椅子がたくさん並べられていた。

奥のホワイトボードには、大きく標語らしいものが描かれていた。

GKCCU・ガッカチチウ!!

感嘆符がやたらと大きく力強い。

「学校・家庭・地域・地球・宇宙、の略だそうだよ」

ゾノさんが耳元で言った。

「さて、もうすっかり始まっている。いや、できあがっているようだが、加勢くんは、まだ勤務中だから、お酒はやめておいた方がいいか。帰りの運転をお願いしたいしね。でも、カニは食べた方がいいよ。いい匂いがするでしょう。もうすぐ茹《ゆ》で上がるよ」

なるほど、濃密な匂いは生け簀よりも、奥にある調理室でカニを茹でているからだ。

ゾノさんはすでに、グラスになみなみと注いだ焼酎のお湯割りに口をつけていた。酒宴に目がない古き良きパーティピープルだが、別の面から見るとダメな大人である。

「地元の宇宙関連観光を盛り上げる会議、じゃなかったんですか」

「まあ、だから、カニを食べなさいよ。まあ、この時期、冷凍ものだけどね」

ゾノさんは、奥から運ばれてきた茹でたてのカニが載った紙皿を遥遠に差し出した。真っ赤に茹であがった甲羅は、やや縦長の奇妙な形をしている。目が飛び出ていて、そのまま巨大化すればウルトラ怪獣だ。

「はじめまして。多根島宇宙観光協会の事務局長をやっています、温水《ぬくみず》です」

黒縁眼鏡の男が隣に立っていた。遥遠に手早く名刺を手渡すと、テーブルに戻って、今度はウーロン茶の入ったグラスを差し出した。

「アニキ、宇宙オタク氏に紫芋《むらさきいも》南山でもどうやろ」と逞《たくま》しい体格の男が近づいてきた。なぜか関西弁で、手には地元焼酎の高級ライン、紫芋シリーズのボトルがあった。

「弟です。宇宙観光協会の青年会長をしています」と温水が言い、温水・弟を制した。

「加勢さんは、今は飲めないんだよ。だいたい、会議になると三十分もせずに飲み始めるのはどうかしている。せめて、議題の一つや二つ、決めてからにしてくれないか」

「まあ、かたいこと言わんといて。コミュニケーションが大事やて、アニキだっていつも言うてるやろ」

姿形も性格もなかなか対照的な兄弟のようだ。

「お恥ずかしいところをお見せしているようですが、たしかに島ではこういうコミュニケーションも大事なんですよ。それで、加勢さん、我々には技術的なアドバイザーが必要です。以前から懇意にさせていただいている中園さんにお願いしたところ、加勢さんの方が適任だということになりまして」

遥遠は温水・兄の顔をまじまじと見た。

「おれは、しがない広報員ですよ。まったく、ゾノさん、何を言ってんだか」

きょうここへ来たのは、広報室長にも話が通っている公式の仕事だ。多根島宇宙観光協会と宇宙港広報室の連携を深める会合に出る、という建前。本来なら地元出身の大日向菜々が来ればいいと思っていたのだが、ゾノさんが遥遠を指名したのは別の理由があったわけである。

「この前の宇宙授業のこと、校長先生から聞いています」

「耳が痛いですね。あまり出来の良い授業ではなかった」

「そうですか？　我々の考えを理解してくれる人材だと校長が言っていましたよ。ガッカチチウ、学校・家庭・地域・地球・宇宙、です。多根島宇宙観光協会は、足下から宇宙へと継《つ》ぎ目なくつながる観光を目指しています。これから、力を入れていくのは多根島宇宙港を起点にした宇宙観光ですね」

「なるほど、そういう話ですか」

やっと本題に到達したようで、遥遠は胸をなで下ろした。宇宙港広報室は伝統的にマスコミ対応が中心業務だが、地元の観光にもっと貢献できるはず。遥遠としても異存はないし、業務としてできることはする。

「宇宙港から、宇宙に飛び立ち、観光して帰ってくる。それでこそ、宇宙港ですよね。もうずいぶん長い間、宇宙観光の可能性は言われてきましたが、今も安定して飛んでいる観光キャリアはありません。それを、多根島宇宙港で実現しようというわけです」

「それ、どういう意味ですか」

遥遠は、ふたたび温水・兄の顔をまじまじとのぞきこんだ。

「言った通りですよ」

温水・兄は、携帯端末を遥遠の目の前にひょいと差し出した。

「参加予定企業――」と遥遠は文字を読み、さらにその後を目で追った。

山猫《ワイルドキャット》アストロノウツ、コズミックプレーン3、真夏のロケット団……。

「これ、なんですか」

「ですから、宇宙観光のために参入したいと打診があった宇宙企業のリストです」

温水・兄の眼鏡の縁が、きらりと光った。

「有人飛行を誘致するんです。じゃないと、宇宙観光じゃないでしょう」

遙遠がごくりと唾を飲み込むと、ふわりと風が吹いた。ドアが開いており、赤みがかった夕景が見えた。

「寒く、なってきた」

ドアのところにいる女の子の声が言った。さっきウィンドサーフィンで遊んでいた子だ。

「おお、モナさま、タオル、タオル……」

すでに酔っ払っているはずの温水・弟が、奥の方から大きなタオルを持ち出して、タオルを差し出した。そして、大きな体をかがめて髪を拭くのを手伝った。

「宇宙遊学生ですか。何か、お姫様みたいですね」と遙遠は率直な感想を述べた。

「そうです。あの子は、プリンセス、お姫様ですよ。我々に、インスピレーションを与えてくれる」

温水・兄が目を細めた。

4　かに座回帰線

秘密基地で、花火から取り出した火薬を集めて、爆発させてしまった。

火事にはならなかったけれど、煙がたくさん出て、目立った。

天羽駆は、秘密基地を一緒に作った本郷周太とあわてて逃げた。大人が見つけて、近づいてくるのが分かったからだ。

次の日の朝礼で、ふだんは眠たそうな顔をしている田荘千景先生が、この日ばかりはぱっちりと目を開けて言った。

「最近はテロですとか、怖いことがあるので、みなさん、知らない人、不審な人がいたら気をつけてください。特に打ち上げが近い時は、知らない人が怪しい動きをしていたら、知っている大人に教えてください」

駆は、それで、自分たちのことがさわぎになっていると知った。

教室はしーんと静まりかえり、誰もこっちを見ていないのに、注目されているような気がして、落ち着かなかった。

「ほら、今回の打ち上げ、情報収集衛星を一緒に上げるから、みんなピリピリしているんだって父が言ってた。本当に困るよねえ」と希実が隣の席から顔を寄せて、耳打ちした。

「情報収集衛星」がどれだけすごいものなのか分からない。秘密基地での子どもの遊びにピリピリするなら、かなりのものだ。

「それと、あのあたりは古いガオウかもしれないんだって。地元でも忘れられているくらいだから、今さらってかんじだけど、一部の人はそれで怒っているかも」

「ガオウ？」

「なんか、怖い山みたいなとこだよ。神様が住んでいて、用がないのに入ると怒られる。ほら、赤米の田んぼの隣の山もガオウだよ」

そういえば、秘密基地のあるところは川沿いの草むらの中でも、ちょっとだけ土地が高くなっていた気がする。

「はい、そこ。大日向さんと天羽君。今は、先生の話をきく時です」

「すみません！」「ごめんなさい」駆と希実がほとんど同時に言った。

希実はおしゃべりについてあやまったけれど、駆の方はそれだけじゃなかった。

先生！　それ、ぼくと周太のせいです！　テロとか不審者じゃないです。

喉から出そうになった言葉を、駆は飲み込んでしまった。

周太がいたら、違ったと思う。「自分らがやったッス！」とさっさと言って、不審者の話なんて吹き飛ばしたかも。

駆は短いつきあいの中で、周太が面倒くさいのが大嫌いだともう知っていた。自分がやったことを悪いと思っていなくて、だから、隠し立てなんてせずに、やったことはやったと言ってしまいそうな気がした。うん、きっとそうだ。

でも、そうはならなかった。

周太は学校を休んだからだ。

いきものがかりで早めに学校に来たら、周太だけいなかった。宇宙メダカに餌をあげて、メスが水草に産みつけた卵を別の水槽に移す。インギー鶏のマモルンやちぃちゃんたちが大騒ぎして餌を食べるのを萌奈美が面倒をみている間に、希実と駆でささっと小屋を掃除する。その間、十五分。

教室に戻ると、ちょうどちかげ先生が来て、「本郷君はきょうはお休みです」と言った。

そういうわけで、ちかげ先生が「不審者」のことを言った時、周太はいなかった。

休み時間になっても、この話題が続いた。

「うちのお兄さんたちにも、ソウサ、来たよ」と萌奈美が言う。

里親さんの家には、大きなお兄さんが二人いると聞いている。

「ふーん、温水のお兄さんたち、不審なんだ。たしかに、不審だよねー」と知っているらしい希実。

「ボランティアとシュミでモデルロケット飛ばしてるから。家にカヤクがあるだろうって」

モデルロケットというのは、宇宙まではいけないけれど、結構高く飛び上がる模型のロケットのことだ。多根島では結構さかんだ。

駆はやはり、ちくりと胸が痛んだ。

胸が痛むのは、学校だけではなく、家でも、だった。

駆は、おやじとおかあとの約束をはじめて破ってしまった。

周太の家で、夕方の空に夢中になっていたら、暗くなるまで長居してしまった。自転車を必死にこいで家に帰ったけれど、もうあたりは真っ暗だった。

「あばよー、どけぇいたちょった？　心配したぞお」とおかあが、大きい声で言い、「ごめんなさい」と駆は答えた。

「夕方になって、星が見えて、見とれてたら、もう夜だった」

嘘ではなかった。でも、やはりちょっと嘘だった。

翌日、ちかげ先生から騒ぎのことを聞いて、駆は、放課後、家に帰ってからまた出かけるのをやめた。帰りの時間の約束を破ったばかりだから、というのが一番の理由。でも、周太も学校を休んでいたので、どのみち遊び相手がいなかった。

次の日も、その次の日も、駆は放課後、家のまわりで過ごした。おかあが「でかけねぇのか？」と心配するほどだった。駆の放課後や休みの過ごし方は、まったく変わってしまった。

自転車で出かけるかわりに、おやじの後をついて歩く。夕方は、川にカニ籠を仕掛ける時間だ。それを引き上げるのは翌朝で、学校がある日は無理だけど、週末には一緒に見て歩いた。

「すごいねぇ。カニが意外なほど簡単に入っていた。すごくたくさんいるんだね！」

駆は最初、いちいち興奮した。

カニは、山太郎とかツガニとかいって、本州で言うモクズガニだそうだ。河口までいくとガザミ、ワタリガニもいる。

「おまえさん、鯉くみ、やるだろ」おやじは物静かに言った。

「うん、もうすぐだよ」

「魚なら、鯉くみの方が、すごいぞ」

「ええっ、そうなの？」

「このあたりには、鯉はいないからな。まあ、鯉くみをやりすぎると魚が減る。だから、みんなやらなくなった」

「へえっ」と駆は感心した。

おやじは、獲《と》りすぎを心配している。だから、カニ籠にウナギが入っても小さいものは逃がす。これから大きくなるのを待つためだ。大きくて立派なやつも逃がす。たくさん子どもを作ってもらうためだ。

「どうだ、河童の子は見えたか」とおやじは、時々、聞いてきた。

「見えないよ。最近は、見ない」

川を泳いでいる半透明の魚のことをおやじは「河童の子」と言っていた。例の秘密基地の近くの川でも見た。いや、その前に見た、透明な羽虫の群れ、シロカゲのことも、おやじは河童の仲間だと言っていた。

「そうか、あれも季節がある。最初は春先だ」

「そうだね。花でも虫でも、春のやつは多いよね」

「そして、次は秋だな。川を行き来するんだな。ツガニだってそうだ。川で大きくなったやつが海に下って産卵し、海で生まれたやつが川を上ってくる」

「そうなんだ!」

ツガニが海と川を行き来しているのはすごいと思った。考えてみたら、ウナギもそうだ。何千キロも海を旅して、深海の海山の上で卵を産むのだっけ。

「まあ、そういうのは、ぜんぶ河童の子で、白影の仲間だな」

おやじは、時々、駆ではなくどこか遠くに視線をただよわせた。そして、ふいに駆を見ると、今度は黙り込んだ。

そして、まったく違うことを話し始めた。

「前に、地下にも川があると言っただろう。おまえさんに言わせればサワガニの道だ」

駆はうなずいた。

雨が降ればそれが直接に川に流れ込んだり、地下水になって湧き水になって川に合流したり、結局、海に流れていく。地面の上を歩いているつもりでも、実は水の流れる道の上にいる。サワガニはその地下の川を辿って移動する。

「よく考えると、サワガニだけじゃないな。みんなつながっているな」

「あ」と駆は声を出した。違う話だと思ったのは、実はつながっていたんだ！

「サワガニは、うちの裏庭から川まで行ったり来たりするけど、ツガニは川と河口の間を行ったり来たりするって、おやじ、言ったよね。カニが山から海までリレーしてるみたいだ」

「ああ、ツガニは子どもの頃は、プランクトンになって河口のあたりでぷかぷか浮いているぞ。浜にはシオマネキがいて、ガザミはそれより海側だ。もっと海が深くなると、このあたりじゃアサヒガニがいるな。それにしても、カニのリレーとは、いいな。考えもしなかったな」

おやじは笑った。駆も笑った。

森や川で聞くおやじの話は、川のきれいな水をぎゅっと固めて作った宝石のかけらみたいだった。そのかけらをつなぎ合わせれば、地図になる。おやじはすごく大きな地図を心の中に持っていて、そこに描き込まれていることを少しずつ駆に話してくれている。だから、バラバラに思えても、どこかでつながっている。駆はそのことだけは確信していたから、いつか「全体」を知りたいと願った。


「明日、海まで行くか」と言われたのは、金曜日の夜だ。

「あばよー、海かい」とおかあは心配そうな顔をした。

駆は「行く！」とすかさず言って、おかあが何か言うのをさえぎった。

「河口までだ」とおやじはおかあを見て言い、すぐに駆に向き直った。

「よおし、朝早いぞ」

朝は五時に起きて、六時にはもう山道を下っていた。

おやじがいつも連れていってくれる川は、宇宙港の北側で海に注ぐ。駆と周太が秘密基地を作ったのは、宇宙港の南側で海につながる別の川だ。駆は家の裏庭から毎日、宇宙港のまわりの景色を見ていて、北側と南側ではずいぶん違うことに気づいていた。

南側はなだらかで、港がある。船がよく出入りするのも見える。北側は建物が少ない。でも、時々、風に乗って、空気がばりばり割れるような音が聞こえてくることがあって、駆は不思議に思っていた。川辺の秘密基地で遊んでいた時に聞いた太鼓や笛の音とはまったく違った。

河口までの道は、急な斜面の連続だった。一時間近く歩いて、突然、ぱっと視界が開けると、いきなりそこが河口だった。水の中から木が生えているのでびっくりした。

「ああいう木をマングローブっていうな」とおやじが教えてくれた。

ここはマングローブの森だ。

おやじは、河口にある小屋からカヤックを引っ張りだした。そして、水面をすいっすいっとミズスマシのように進んでいった。マングローブの木の近くにカニ籠をしかけていて、ひとつひとつ引き上げていった。駆はそれを岸から見ていた。

まだ朝早いので、ちょうど東を向いた河口は、まぶしい朝日できらきら輝いていた。おやじが引き上げた籠に、大きなガザミが入っているのが分かった。駆の足元の浜にはシオマネキがいたし、シャコの巣穴も開いていた。

海の水を近くで見ると、半透明の小さな魚がちらりちらりと見えた。その中には、きっとおやじが言っていたカニの幼生のプランクトンだって混ざっている。駆は手のひらを合わせてきらきら光る水を掬《すく》った。

すると、海から切り離された水は、輝きを失ってしまった。でも、海に戻すとふたたびきらきら光り、ひとつながりの光の道が空まで続く。

やっぱり、つながっているんだ！　昔の人が考えた宇宙の絵で、地面の下にはカメがいて、その上にゾウが乗っかっていて支えているというのがあった。たしか、宇宙についての図鑑の最初の方に出ていた。駆は、ゾウのかわりに、カニが大きなハサミで地面を支えている様子を思い浮かべ、くすっと笑った。

大地を支えるカニの爪が指すのは、空だ。宇宙だ。

宇宙でカニというと、星座のかに座、かな。そういえば、図鑑ではかに座回帰線という言葉を見た。地球から見た太陽は、かに座とやぎ座の間を夏と冬で行き来して、北回帰線とか南回帰線とか言うのだっけ。だとすると、カニが指す先は、かに座回帰線に違いない。回帰線って、周太が好きな軌道と関係あるのかな……。

そんなことを考えていると、駆はふわっと体が浮いて、空に吸い込まれるみたいな感覚を味わった。

川の流れから海に出る。その先には水平線があって、もっと遠くには……と先を考えるよりも、なぜか上に意識が向いた。

雲と青空と、もっと上にある宇宙に。

駆の頭の中は、急に宇宙のことで満たされた。

この青空の上に人工衛星がいくつも飛んでいる。本当にびっくりするくらいにあちこちを飛び回っていて、夜になれば目で見える。宇宙港のおじさんが「宇宙授業」で教えてくれたいろいろな人工衛星が、本当にあるのだと今では実感していた。周太と一緒に夜空を見たせいで、いつでも空の上に宇宙ステーションや無人の人工衛星の気配を感じてしまう。そして、川と森と海にいる様々な生き物のことも同時に感じた。宇宙のことを考えるのと、生き物のことを考えるのは矛盾しなかった。

いろんな種類の鳥が水面をかすめて飛び、沖ではイルカがジャンプした。

結局、おやじは午前中のうちに帰ってきた。ちょうど潮が引き始めて、カヤックが漕ぎにくくなったみたいだった。

家への帰り道、森の中の坂道を上がりながら、おやじは、時々、立ち止まっては水を飲み、駆を見た。

「おまえさん、どうかしたか」と聞いた。

おやじは鋭い。駆は「なんでもないよ」といったん答えたけれど、すぐに続けた。

「えっとね、友だちに、島の自然だとか生き物がすごいって伝えるにはどうすればいいかな、って」

空の上がにぎやかなのを教えてくれたのは周太だ。じゃあ、今度は周太に駆が知っていることを伝えるにはどうすればいいだろう。

「そうか。カブトムシをとりたいなら、このへんだな」

「えっ、本当?」と跳びはねた。

カブトムシなら、周太も好きかもしれない。

「ほら、こういうタブノキがあるところがいい。樹液がよく出る。でも、カブトムシがほしいだけならもっと簡単だ。夜、街灯のまわりをさがせば、落ちているぞ。島の子どもは、簡単すぎてそのうちに興味をなくす」

「そうだね! 樹液を吸っているのを見たい!」

きっとそれなら周太も夢中になるはずだ。駆の知る限り、カブトムシに夢中にならない男の子はいない。

駆は教えてもらったタブノキに近づいて、手のひらで触れた。

木の皮が厚くて、つーんと不思議な匂いがする木だった。カブトムシの匂いだと思った。

「それから、男の子は、秘密基地が好きだろう」

おやじがぼそっと言った。

駆はドキッとして、木から手を離した。おやじは、何か感づいているのだろうか。

「おれも、子どもの頃は、弟と一緒に秘密基地を作った。この辺りの木の上に小屋を作るのは楽しかったぞ」

おやじも、秘密基地を作るような子どもだったんだ!

「ただ、気をつけなければならないのは、ガオウだな。ガオウはだいたい秘密基地にしたくなるようなところにある」

「ガオウってなに？　前にも聞いたことがある」

おやじはすぐ近くの、森が開けているところを指さした。

そこには、こんもりと高くなった塚のようなものがあって、たくさんの緑に覆われていた。たしかに、あの中に基地を作れば、外からは見えにくく、中からはまわりがよく見えるだろう。いい感じだ。

「ガオウというのは、神さんが住む場所という意味だ。なぜそう呼ぶのか、おれも知らない。だが、入るとタタリがある。立ち小便なんかしようものなら、真っ赤に腫《は》れ上がる。入って許されるのは、門番の河童さんに認められたものだけだな」

おやじの顔は真剣だった。駆は、ぶるっと震えた。

「つまり、入っちゃダメってことだよね」

「分かればいい。だが、まだ問題があるな」

カミサマのタタリだけでも充分に怖いのに、ほかに何があるというんだろう。

「ここのガオウのまわりは、千年以上前のお寺の跡だ。寺を作った人たちは、ガオウがあると知っていたのかもしれない。力のある土地だからな。今でも、夜に来ると、幽霊が出るぞ」

なんか複雑だ。カブトムシが樹液を吸って、神様が住むガオウがあって、千年以上前のお寺の跡がある……。

そして、駆は気づいた。じゃあ、カブトムシを夜、とりにきたら……。

実際に、ざっざっと、地面を踏む音が聞こえた。駆もおやじも動いていないのに、だ。

ええっ、いきなりですか？　薄暗い森の中だとはいえ、本当に幽霊ですか！

駆は、すごく古めかしい服を着た人が、ガオウから出てきたのを見た。黒く細長い帽子がゆらゆらと風に揺れていた。おまけに……顔が変だった。仮面だろうか。てらっとした生き物の皮を剝いだようなものを着けている。そして、おやじに知らせる前に、すーっと森の中に消えてしまった。

「幽霊……」

「ああ、そうだ。足音や読経《どきょう》の声が聞こえたりするんだ。幻聴じゃないぞ。弟も一緒に聞いたから、間違いない。若い修行僧がたくさんいたところだそうだからな。ほら、今、足をかけている石。四角いだろう。建物の土台だったのかもな」

うわーっと心の中で思った。駆はその場から飛び退《の》いた。

千年以上前って、すごい大昔だ。そこにお寺があって、修行僧がいて……なんか想像したらくらくらした。それで、さっきの古めかしい人は、昔のえらいお坊さんだったのかも……。

カブトムシをとりにくるのがちょっと怖くなってきた。いや、周太だったら、幽霊が出るなら逆に行きたがるかもしれない。

「まあ、カブトムシをとりにここまで来る前に、鯉くみだな。あれは楽しいぞ」

おやじは、家の方へと歩き始めた。

そうか！　駆は気持ちが軽くなった。駆自身楽しみで仕方がない鯉くみで、周太に生き物について伝えればいい。うん、そうすればいい。

前を歩くおやじが急に立ち止まった。駆はうっかり背中にぶつかってしまった。

「ああ、すまん」

おやじが振り返った。

「ひとつ思い出した。ここは、大型ロケットの射点からちょうど三キロ離れている。警戒区域の少し内側だ。覚えておくといい」

何を言われているのか分からなかった。駆は周太と鯉くみのことで頭がいっぱいだった。

＊

「ゾノさんに、はめられた」と遙遠は言った。

週末、夜のムーンリバーである。夕食の時間帯なので、照明はやや明るい。カウンターにいる店主のジャスティン・ニーマンだけでなく、日焼けした女性がテキパキと動き回っていた。ジャスティンに日本語を教えた元ガールフレンドで、現配偶者だ。ジャスティンが多根島に居着いたのは、彼女との出会いゆえだったと聞いている。

「サチさん自身も、サーファーで、多根島に移住してきた組だからね。この島は来るものを拒まずの伝統があるから、サーフィンしたくて何年か住むみたいな人多いよね。根を生やしちゃう人も確実にいる」

そんな解説をしてくれるのは、大日向菜々だ。遙遠たちはカウンター席から離れたテーブル席を囲んでいる。遙遠と菜々が隣り合わせになり、相対するのは「温水きょうだい社」の温水兄弟。菜々と温水兄弟は小中高の同級生だったそうで、菜々の口調は心なしか気安い。多根南町の人間関係は、詳しく聞くと竹馬《ちくば》の友の頃に遡《さかのぼ》ることが多い。

「この前は、あまりにカニづくしの集まりに来ていただきまして、ありがとうございました。多根島宇宙観光協会は、もともと関心のある事業者たちの飲み会としてスタートしていますので、ミーティングというと酒を飲むもんだと思っているメンバーが多いです。失礼ながら、宇宙港の中園さんもその一人ではないでしょうか」

痩身《そうしん》で眼鏡をかけた、温水・兄がグラスの中の氷を揺らしながら言った。島内産のラム酒のボトルが出ているが、彼が飲んでいるのはモヒート用に頼んだソーダ水だった。

「そして、カニの次は、クソ暑い製糖工場かい」

遙遠は服の袖を鼻の前にかざした。えも言われぬ甘い匂いが染みついていた。それは髪も同じだ。

「多根島がほこるサトウキビ産業ですから。ご覧いただいたのは、水車の動力でサトウキビを圧搾《あっさく》した搾《しぼ》り汁を人の手で煮詰めていく伝統的なやりかたをしている老舗《しにせ》です。ヨーロッパのお菓子コンクールでも受賞しています」

温水・兄は、あめ玉を個装から取り出すと、突き出しに出ているオリーブの皿の隣に置いた。照明の加減で、きらりと光を宿した。

「美しいと思いませんか。まるで黒瑪瑙《くろめのう》、ブラックオニキスのようだ」

温水・兄はうっとり微笑んだ。

確かに、上等なあめ玉だ。さっき舐《な》めたから分かる。サトウキビの汁を煮詰めていく工場は、まさに昔ながらのものだった。かつては、大量の薪で釜を焚いて、一週間がかりで作っていたという絵解きも興味深かった。しかし、これのどこが宇宙と関係しているのか。

遙遠は、宇宙観光協会関係の相談があると聞いて、時間を都合した。大型ロケットの打ち上げは延期のまま一段落しているとはいえ、暇なわけではない。そんなわけで、温水・兄の微笑みに、遙遠は苛立たざるをえなかった。

温水宙《ちゅう》、と前日もらった名刺には書いてあった。宇宙の宙だから覚えている。

多根島宇宙観光協会の事務局長で、実質的に若手のリーダーだが、名前はともかく、いまひとつ言動に信頼がおけない。口ばかりうまい大学生起業家を相手にしているかのようだ。

「まあ、アニキ、ある意味、だましたようなもんやろ。加勢さんが怒ってもしゃあない」

隣で黙々と飲んでいた温水・弟が声を出した。こちらは、航《こう》という名前。兄とは違う筋肉質な体つきで、おなじ企業の専務取締役。まさに「きょうだい社」の片割れだ。不思議な関西弁的抑揚は、大学が大阪だったからと説明を受けた。「俺、東京より、大阪の方が、肌に合いますねん」と。

「そもそも、どうして、会社に『きょうだい』をつけたの？」と菜々が割り込んだ。

「もともとの会社の名前が、温水宙航やろ。アニキが宙で、俺が航。親の願いが詰まった社名や。それを、俺らで引き継ぐ時に、いっそ、きょうだい社、英語でいえば、ヌクミズ・ブラザーズにしたれって」

「へえ、あの会社の名前、やっぱり二人からとってたんだ。面白い名前だとは思ってた」

菜々と温水・弟が地元トークに突入したのを横目に見つつ、遙遠は正面の温水・兄をにらみつけた。こちらが、不快そうな顔をしているのを見ても、微笑みを絶やさない。それどころか、さらに、にこやかに話しかけてくる。

「加勢さん、島から出た大学生にとって、卒業後の進路は三種類あるんです。島に帰る、そのまま都会で就職する、それから、もっと遠くへ行く、です。ぼくと弟はどっちだと思いますか」

遙遠は意味が分からずに、目を瞬いた。

「ぼくたちは二番目です。ぼくは東京、弟は大阪で就職しました。でも、結局一番目になりましたね。親が体調を崩したのをきっかけに、事業を引き継ごうと決めまして。もちろん、地元に帰ることで、三番目の選択肢、もっと遠くへ行くことが実現するかもしれないという目算がありました。その鍵となるのが、宇宙港です」

「宇宙港から、本気で宇宙に行こうってわけか。有人飛行をやる民間企業を呼ぶというのも、かけ声はともかく、本当に進んでいるのか」

「夢を見るのはタダですよ。まあ、今のところは、本業で宇宙関連の仕事を増やしていっているのと、地元の人たちと宇宙観光協会を立ち上げたばかりですから。長い目でやります。そのためには地道な地域連携です」

「それがあの、奇妙なキーワードかい」

「GKCCU、ガッカチチウ。学校・家庭・地域・地球・宇宙です。学校や家庭のように子どもが見る世界は、地域を通して地球や宇宙といった大スケールの世界につながっていきます。そういうのを意識しながら、宇宙観光協会をやっていこうという指針です。まあ、あのキーワード自体、言い出したのは小学校の校長先生ですけど、今では町議会のお墨付きですから」

「まったく、口は達者だな」と言いながら、遙遠はこの若者の容姿をあらためて検分した。どちらかというと繊細な姿形だが、格好悪いことを平気で口にする独特の図太さがある。

だいたい、ガッカチチウ、ってなんだ。感覚を疑う。

「ねえねえ、宙くん、相変わらずかたい話ばかりでつまんないよ。ま、飲みなよ」

菜々がまた会話に戻ってきた。

「いや、ぼくは――」と宙は、ボトルを退《しりぞ》けた。

「アニキは酒を飲めないんで、俺が酔っぱらい担当ってことでやっとります。まあ、とにかく、みんなで島を盛り上げましょ。宇宙は夢があって、ええんちゃいます？　俺ら、本当に似てないふたごですから、ビジネスでも違う役割があるんやって思ってます」

遙遠は、口に運んだオンザロックを、思わず噴いた。

「ふたご……」

「だから、さっきから言っているじゃないですか。同級生だって。当時、複式学級でもなかったし、同じクラスというのは同い年です」

菜々が、温水・兄に差し出したボトルを遙遠の方に向けた。

「加勢さん、気持ちは分かります。はじめて知った人はたいてい似た反応です。でも、わたしの身にもなってください。一クラス、十人そこそこの小中では、九年間、ずっと半径五メートル以内にいたわけです。高校に至っては、部活の朝練の時間とかが一緒で、カブに乗って、この二人に挟まれるみたいに登校してましたから」

へえっ、と遙遠は感心することしかできなかった。多根南町には高校がなく、多根中町の普通科高校までは十キロ以上離れている。ヘルメットをかぶってスーパーカブに乗った制服姿が、水田やサトウキビ畑の間を走っていくのは、朝夕よく見かける多根南特有の日常の景色だ。最初は物珍しかったが、今では完全に見慣れてしまい、特に気にすることもなくなった。菜々も、その「日常」の一部だったわけだ。

それはそれとして、ふたご、だ。

「ええ、ぼくたちは、似てないので驚かれます。宇宙開発的には、ジェミニですね」

宙が微笑みながら言った。

「せや、せや」と航が身を乗り出した。

「ジェミニ計画ががんばってこその、月ロケット、アポロ計画やないですか。俺らも多根南町が宇宙港に相応しい町になるように力をつくしたい、ちゅうわけなんですわ」

「その通り!」と遥遠は思わず膝を叩いた。航の言葉が妙にツボにはまった。

「宇宙開発は、ひとつひとつ課題をクリアして進まなきゃならない。一度くらいの打ち上げで予算削減しているようじゃ、とうていおぼつかない。あの頃のアメリカは、月に行くために、本当に細かくステップを踏んでいる。成功までにどれくらい失敗するかもステップのうちだった。そして、軌道上でのエンジンの再点火、ドッキング技術……月往還を可能にする技術を得るのに、ジェミニは地味だが素晴らしい成果を残しているんだ」

温水兄弟が、うんうんと大きく同時にうなずいた。そのあたりのシンクロ具合が、実にふたごだ。

「ほら、やっぱり、加勢さん、話が合うじゃないですか。絶対、そういうことになると思っていたんです」

菜々の言葉に、遥遠はこほっと咳払いした。

だいたい遥遠の世代では、スペースシャトル以前の宇宙開発についてあまり知らない。子どもの頃、ニュースで見るのはシャトルばかりだったからだ。ましてや、遥遠よりも若い温水兄弟の世代は、シャトルすらまともに知らないだろう。今ここで、ジェミニ計画について語っているのは想定外だ。自分が、こういう話題については冷静でいられないことも自覚している。

「で、結局なんなの、相談って。おれにできることならやらないでもないが」

遥遠はまったくもって単純なことを、回りくどく勿体《もったい》つけて言った。

宙がさわやかに歯を見せて、航が力こぶを作った。

「では、さっそくご相談なのですが、ロケットを作りたいんです」

遥遠は目を細めた。こいつ、何を言っているのか……。

「ぼくたち、世代からいうと、新しい宇宙《ニュースペース》の申し子です。中学生の頃には、スペースシャトルの退役が決まっていて、民間宇宙企業に宇宙開発の門戸《もんこ》が開かれましたから。実は、それよりも前、小学生の頃、加勢さんみたいな宇宙オタクのエンジニアが宇宙港にいて、いろいろ教えてくれたんですよ。ロケットは自分で作れるものだというのが持論で。最終的には、固体燃料ロケットの準軌道飛行を無許可でやってしまって事件になったんですが、ぼくらにとっては忘れがたい記憶です。おかげで、民間宇宙開発と言われた時にすごく納得できる話だったんです。まあ、同時に、アポロやジェミニについての古い知識は、その人経由なわけですが」

その話は、遥遠も聞いたことがある。日本宇宙機関・多根島宇宙港にとって、あまり蒸し返されたくない過去だ。刑事事件にはならなかったものの、不祥事として騒動になった。しかし、当時、交流を持った子どもたちにしてみれば、そんなことは関係ない。

「とりあえず、ぼくたちの小さな一歩は——」

宙は、テーブルの上の黒糖飴をつまみ上げた。

「このあめ玉でロケットを作りたいのです」

「はあっ？」

あめ玉でロケット？　遥遠は、古い映画に出てくる流線型のポップなロケットを想像した。

つまり、おもちゃのようなロケットである。

「あめ玉でロケットって、融けちゃうよね。燃焼させせない模型ならともかく」

「せやから、こういうもんやって」

温水・弟が紙を一枚差し出した。

クロッキーブックかなにかの厚手の紙を一ページ切り取ったものだ。ロケットの形は、流線型で大きな尾翼が三ついたもの。ロケットの原点であるドイツのV2号にも似ているが、尾翼の先端の三点で接地できそうな構造は、むしろ、『タンタンの冒険』に出てくるタンタンロケットか。

やはり、想像した通りだ。子ども向け、あるいはウケ狙いで、機体を飴で作るというのだろう。

「うちで預かっている宇宙遊学生が描いたものなんです。ぼくらが、町のものを使って、何か宇宙に関係があるイベントができないか、と言っていたら、あめ玉はどうかって。最初は女の子らしい発想だなあと思っていたんですけど、その子、お母さんが科学者だそうで、化学の知識があるんですよ。あめ玉って、炭化水素ですよね。燃やせばロケットになるって」

「へえっ」と菜々が大げさに驚いてみせた。

「すごい！　どうですか加勢さん」

遙遠はその絵の中のエンジン部分を注視した。カットモデルのように中が透けて見えるようになっていて、円筒形のエンジンケースの中に燃料が詰まっていた。いわゆる固体燃料ロケットをイメージしているのだろう。そして、固体燃料の部分に、bonbon、つまり、飴、と矢印で書き加えられていた。

「うーん、飴を燃やせば飛ばせるだろうけど、宇宙に行く性能は出ないぞ。それと、こういう固体燃料のロケットエンジンは、取り扱いもちょっと怖いところがある。酸化剤を最初から練り込んで作るから爆発しやすいし。要するに、素人が花火を作るようなものだ」

「そこを、なんとかできまへん？」

「面白いと思うんですけどね。ボンボン・ロケットなんてかわいいし。おまけに、発想したのが小学生！　ロケット競技会の目玉にできると思うんです」

温水・弟と兄が、素早く返した。やはり絶妙のシンクロ。

「ええっとですねー、うーん」

遙遠は、口ごもった。小学生の発想をウリにしたロケットというのは、たしかに広報的には、おいしいかもしれない。おまけに、それが、島内産のあめ玉でできているとしたら、さらにおいしい。だからといって、技術開発としての必然性が薄い無理筋のロケットだとしたら、笑いものになるのがオチだろう。

「ええっと、ゾノさんから伝言を承《うけたまわ》っています。ゾノさんの所見です。覚えている限り忠実に復唱します」

菜々が、こほんと咳払いをして、席から立ち上がった。酔っ払って動きが大雑把になっている。

「固体の炭化水素系なら、燃料を選ばない汎用のロケットエンジンには意味があるかもしれないね。砂糖を燃料に使うこと自体は、ロケットキャンディといって、わたしらが子どもの頃からあった。酸化剤を混ぜて塩ビ管の内で固めて、ロケットエンジンのできあがり。モデルロケットとしてはまずまずの性能を出す。では、あめ玉をそのまま融かさずに、あの形のままで燃料に使えたらどうだい？　宇宙ステーションに取り残された宇宙飛行士が、地球に帰還しようにも燃料がなくなったとする。その時に、食料――パンにせよ白米にせよ、使えると便利だね。ここは、固体燃料だと思わずに、ハイブリッド型だと思えばいい。炭化水素を詰めた燃焼室に酸化剤を流し込んで燃やすんだよ。以上」

「まったく、ゾノさんはとっくに知っていたってわけか」

「おまえさんなら、興味を示すんじゃないかと思ってね」

菜々がゾノさんの口まねをした。そして、もう一度、咳払いをしてから着席。

「ロケットキャンディって、本当に作る人がいるんですか？」

「ああ、ゾノさんが言っているのは、アメリカのアマチュアロケッティアのことだ。民間宇宙開発以前のレベルで、趣味のロケット野郎みたいなのがたくさんいて、安く手に入る砂糖を使った固体燃料ロケットを自作していた。それこそ調理用のボウルの中で、砂糖と酸化剤の硝酸《しょうさん》カリウムを混ぜて練り固める」

「へえ、いいなあ。ロケットキャンディ！」

「ゾノさんが言っているのは、別だぞ。混ぜて練り固めるんじゃなくて、あめ玉に液体酸素でもぶっかけて猛烈に燃やせってことだ。ゼータロケットのタンクから液体酸素をあめ玉にぶっかけて燃やすのを想像してみてくれ」

「うわ、それは猛烈です」

遙遠は胸ポケットからボールペンを取り出して、絵に描き加えた。エンジンケースの上に、液体酸素のタンク。ゼータシリーズのような大型ロケットの場合はターボポンプだが、さすがにこのレベルで必要とは思えないのでガス押しにすることにして別のタンクを用意する。そして、液体酸素をエンジンケースに導く配管。

「おおっ」と声がもれた。

「さすが、もう設計ができたってか。加勢兄《ティ》さんと呼ばせていただきます」

航が真剣なまなざしで言った。

「あくまで概念図。ゾノさんが言うように、宇宙ステーションからの脱出用とかいう設定ならありえるかもしれないが、地球の重力を振りほどいて飛ぶにはとても足りない。酸化剤は液体酸素を使うか、伝統的にアマチュアが使っている亜酸化窒素か。これは麻酔の笑《しょう》気《き》ガスと同じなんだが、ロケット推進の酸化剤にもなる。比推力の理論値はどれくらいいくかな。黒砂糖って、果糖とブドウ糖の二糖体が中心だったか。化学構造的には水酸基が多いよな。いずれにしても混ざりモノだらけだから、燃焼時間が長くなると出てくる煤《スス》のコーキングが結構大変なことになりそうだ。どのみち比推力は大していかないだろうが、最適な混合比なんかも……検討しなきゃならないことは多い」

「やってもらえるんですね！」

温水・兄がやけにさわやかな笑顔を見せた。

「やるとは言っていない。でも、技術的な可能性と意義を少しは感じたってことだ」

「ロケット競技会のデモとして、小学生と一緒にロケット製作をするなんてどうでしょう。宇宙遊学生なんかには、宇宙が大好きな子たちが多いですよ。特に今年は、すごいマニアの子もいる。これ、家で預かっている遊学生の情報ですが」

遙遠は胸がちくりと痛んだ。最近、熱心な宇宙遊学生をがっかりさせてしまったばかりだ。

「まったく、加勢さん、ムズカシイ顔しちゃって。素直じゃないですよね。本当はやりたいくせに。加勢さんの企画のデモプラと合流できる内容かもしれないじゃないですか」と菜々。

「だが、おれたちには、本業があるだろ。島内産のボンボン・ロケットはかわいいが、言うほど簡単じゃないぞ。おれ、学生サークルでも、ＪＳＡに入ってからも、小さなロケット燃焼試験にはかかわってきたから言っている」

「またまたー、だからこそやりたいくせに」

菜々はなにやら、不遜《ふそん》な笑い顔である。

遙遠はむっとするが、一部はあたっているかもしれず、反論できない。しかし、自分がやりたいことがあめ玉を燃やすロケットなのかというと、明らかにそれは違う。

「あ、メール。室長からですよ！」

突然、菜々が大きな声を出し、また大きく雑な動作で立ち上がった。

「加勢さん、明日、ドライランです。つまり、打ち上げ予定、決まりました」

「そうか、忙しくなるな」

「はい！　それで、わたし、加勢さんのイジワルシナリオのテストを受けるみたいです」

「実況のＭＣか」

「ひゅー！　菜々ちゃんも、ご活躍ですなあ。今や打ち上げのネット中継の華ですやん」

「つきましては、声を出す練習をしないと。みなさん、これから、カラオケ・エイミーで発声練習します。いいよね」

訳が分からん！　遙遠は頭を抱えた。

「じゃ、いきましょう」

「いきまっせ」

遙遠を除く全員が席を立った。好きにすればいい。自分はここでもう少し飲む。氷を入れたグラスにラム酒を注ごうとすると、両側に温水兄弟が立っていた。両腕を抱えられ、有無を言わせぬ雰囲気のまま、腰を浮かすことになった。

「加勢さん、持ち歌はどんなんです。聞きたいですね」

耳元で、宙が甘い声を出した。

ちょうど目が合ったカウンターのジャスティンが、口の端で笑ってウィンクした。

5　鯉くみとゼータ

宇宙探検隊は、多根島宇宙港に一番近い小学校、多根南小学校の五六年生合同クラスで結成された。

言い出しっぺは、宇宙遊学生で宇宙大好きな本郷周太。他のメンバーは、同じく宇宙遊学生の橘ルノートル萌奈美と天羽駆、そして地元っ子の大日向希実。四人で宇宙についてどんどん調べて探検していこうという話だ。でも、うまく進んでいなかった。

四月中にあるはずだった宇宙港での大型ロケットの打ち上げが延期されたのが、第一の原因だ。おかげで、宇宙港見学は中止になってしまったし、女子に内緒で周太と駆だけで作った秘密基地では、火薬の爆発さわぎを起こしてしまった。秘密基地は諦めるしかなかった。

その後、周太が学校に来なくなった。宇宙探検隊は、希実と萌奈美と駆だけになり、ということは、結局、やることはいきものがかりくらいだ。こんなのは、宇宙探検隊じゃない。

そんな時、「ロケコン」の誘いが、学校に来た。ちかげ先生が、眠たそうに「ロケコンはロケット競技会、コンペティションの略だそうです。やりたい人、いる?」と聞いた。

周太がいたらやりたがっただろう。いや、逆にバカにしたかな。小学生がロケットを作るというのだけれど、宇宙には届かずにすぐに落ちてくるものだから。

「あたしたち、やりたい！　ねえ、モナちゃん」

大きな声で言ったのは、希実だった。萌奈美も、うんうん、とうなずいた。

「周太がいないから、宇宙探検隊はなんにもやっていないし。駆もやるよね！」

希実の勢いに飲まれて、そういうことになってしまった。まだ先のことだし、近くなったら考えればいいやと、駆は抵抗しなかった。

駆にしてみれば、もっと近くにある行事の方が重大だった。

鯉くみ、だ。周太には、それまでに絶対に学校に来てほしい。いつも川で生き物を相手にしているおやじがすごいと言うのだから、本当にすごいはずだ。宇宙のことばかり考えている周太に、島のすごさを分かってもらうには、一緒に鯉くみをするのが一番だ。

本当に、宇宙港があるということを差し引いても、島は楽しいことだらけだった。周太は、自分が逃しているものがどれだけ大きいか、分かっていないんだ。

遠足では、島のあちこちを回った。サトウキビの畑や、サトウキビから黒糖を作る製糖所。畑では二メートル近い大きなキビを刈らせてもらったし、製糖所では昔の方法で黒糖を作るのを少し体験させてもらった。それから、十六世紀に鉄砲が伝来した浜と、十九世紀にインギー鶏がやってきた浜にも行った。この二つは結構近い。歴史好きのちかげ先生が、目をキラキラさせていた。

駆は、低学年の生き物好きの子たちと一緒に放課後遊ぶようになった。日が沈むのも遅くなってきたし、おやじがいつも川に連れていってくれるわけでもなかった。だから、いったん家に帰ってから、もう一度、自転車で学校のあたりまで出かけた。生まれてはじめて、遊びのリーダーになったみたいで、変なかんじだった。

そんなある日の放課後——。

駆は、特に生き物好きのリョータと、学校の裏側で「アリジゴクの実験」をしていた。木々がしげった日陰にはアリジゴクの巣がすごくたくさんあるので、どんなふうに突っついたら獲物と間違えて出てくるかいろんなパターンを試した。うまくアリジゴクを騙《だま》せた時には、アリジゴクの気持ちが分かったような気がしてうれしくなる。東京でもやっていた遊びだ。

「あー、いたいた」と大声がした。

「駆！　きょう、これから、ちょっといい？　付き合ってもらいたいとこがあるんだけど」

なんと希実だった。

バレーボールの練習の時の体操着だった。荷物を背負っていたから、もう終わって帰るところ。

「今ちょうどいいところだから、希実も見ていきなよ」

「いいから、来なよ」と希実は強引に手を引いたので、結局、そういうことになった。学校の前に停めておいた自転車を押しながら、一緒に歩いた。希実の荷物は自然と、駆の自転車の前籠の中に放り込まれた。まあ、いいけど。

「いったい、なに？」と駆は聞いた。

「周太って、無責任だよね。宇宙探検隊を作るって時はワクワクしたけど、すぐに学校に来なくなった」

「そうだよね……」

「だから、ひっぱり出そうよ。きっと周太は、なにか問題があって、ふんぎりがつかないんだよ。ロケコンのことを言ったら、来たがるんじゃないかなって」

うーん、ぼくは自信ないと言おうか迷っているうちに希実が続けた。

「宇宙遊学生って、大変だよね。うちも遊学生の里親家庭になったことが何度かあるし、毎年、クラスでは一緒だし。最初は、夜、ふとんの中で泣いていたり、おねしょする子だっているよ。里親さんの家から脱走した子もいたな。やっぱり、合う合わないってあるから。それでも、三月になると、帰りたくない、もう一年いたいってみんな言うの」

駆は、はっとした。そんなこと、まったく考えたことがなかったからだ。自分が来る前にも島はあって、希実たちは普通に学校に通ってきた。毎年、違う遊学生がきて、一年たったら帰っていく。当たり前だけれど、今年しか知らない駆にすれば変なかんじだ。

「駆は、寂しくなってない？　家に帰りたくなってない？」

「あ、今のところ、だいじょうぶ」

「実はモナちゃん、ママに会いたいって泣いたみたいだよ。里親さんが言ってた」

希実は、とってもよく知ってる。

「ぼくは平気だよ」

嘘ではなかった。泣いてもいないし、おねしょもしていなかった。

「そうだよね。六年生だものね。でも、周太は心が折れちゃったのかな」

ちょうど河童とロケットの橋を渡り、道が十字路になっているところに差しかかった。まっすぐ行けば萌奈美の家。左に行けば駆、右に行けば周太の家につながる。

あれ……？

思い出した。希実の家は逆方向だ。校門を出たところから、もうずっと遠ざかる方に歩いている。

理由を聞くよりも早く、右に曲がった。

「——というわけで、周太の家に行ってみようよ」

駆は希実をまじまじと見た。

「すごいね……思いつかなかった」

周太のことが気になっていたくせに、家に直接行くのは考えなかった。

実はちょっと気後れしていたかもしれない。駆は、周太の家に行って、そのまま帰りの時間の約束を破ってしまった。だから、なんとなく周太の家に行きにくかった。

でも、駆は周太が心配なのだ。なら、会いに行くべきだ。最近、日が長くなってきたから、暗くなる前に帰るのも余裕だ。駆は自転車をぐいと押して、希実の隣に並んだ。

川沿いの道をずんずん進むと、周太が住んでいる集落が見えてきた。田んぼの中に、建物がまとまってあった。周太の家は、その中でも大きく、立派だ。一階が工場になってい て、住んでいるのは二階だ。

「岩堂エアロスペース。このあたりでは、一番の宇宙企業だよ。宇宙港とか、宇宙港で小型ロケットを上げる人たちからの注文でいろいろ作るらしいよ。もっと大きな工場も別のところにあるんだよ」

家の近くまで行くと、この前とは印象が違った。太いしめ縄が渡されていて、工場じゃないみたいだ。でも、神社に宇宙企業が奉納するのは普通のことだって、龍満神社を訪ねた時に知ったから、それほど驚かなかった。

「一応言っておくけど、ここの里親さん、気難しいので有名だから。一人じゃ嫌だったたから、駆に来てもらいたかったんだ」

駆は希実と声を合わせて、「しゅーうたくん！」と呼んだ。

何度繰り返しても、返事がなかった。

そこで、駆は希実の手を引いて「こっち」と言った。

外階段を上がり、二階にある玄関で「こんにちはー！」と大声を出した。

返事はなかった。希実が扉を引いて、中を見た。

「周太、いる！」

駆は下を指さした。周太のスニーカーが雑に転がっていた。

「行こう」と希実が先に靴を脱いだ。

島では、鍵をかけない家が多いし、友だちの家に入るくらい普通だ。東京とは違う。駆は最近だんだん分かってきた。

だーっと居間を通り抜けて、いつか周太と登った階段へ。上に行けば、周太の部屋だ。

登り切ったところで、駆はつまずいた。

真っ暗だった。

いや、部屋にあるパソコンの画面がうっすら光っていた。ネットで通話するためのウィンドウが開いていた。すぐに画面はスリープして暗くなった。ということは、ついさっきまで誰かが使っていたということだ。つまり周太がいたはずだ。消える直前、画面には

Orbitという文字と、複雑な曲線が見えた。オービットというのは、軌道のことだと周太から教えてもらったことがある。

机の上に、タブレットのメモ帳があった。ハイタカ3、という文字と宇宙探査機の雑なイラストと、なにかよく分からない曲線がいっぱい書き込まれていた。

ああ、これか！ きっとそうだ。

「ハイタカ」と口に出してみた。

「は？」と希実。

「周太が好きな宇宙探査機だよ」

「ああ、ハイタカ3ね！ 去年、打ち上げを、あたしたち――」

希実が言いかけた途中で、指を口の前に持ってきた。「しずかに」のサイン。

足音が聞こえた。

周太？

声を出そうとしたら、今度は口を押さえられた。駆はもごもごと口を動かした。

希実が言おうとしていることが分かってきた。

足音が重たい。子どもの歩幅でも、重さでもない。あれは大人が歩いている足音だ。階段の下の廊下が、一歩一歩きしんでいる。

周太の部屋で、駆も希実も息をこらえて、足音がすぎるのを待った。

階段の上り口のあたりに人影があった。それも、なにか頭に大きな帽子のような兜《かぶと》のようなものをかぶった人だ。

戦国武者の幽霊！　とっさに駆は思った。

幽霊がこっちを見た。人の顔ではなかった。てらりとした皮でできた仮面をかぶっていた。いつか森の中で見たのと同じだ。

なんかよく分からないけれど、島では昼間から幽霊が出る！　いや、お化けかもしれない。本当に飽きない島だ。

なんて、余裕を持っていられるはずがなかった。とにかく、ドキドキしてしまって、じりじりと部屋の奥に後ずさった。

それで、思い出した。この部屋には梯子がある。屋根裏部屋に出て、それから屋上に行けば、太陽が降り注いでいる。梯子はどこだろう。手探りしてみたけれど、希実がぎゅっとしがみついてきて、駆は動けなくなった。

やがて、足音が遠ざかっていった。そして聞こえなくなった。

「行こう」と希実が耳元でささやいた。

足を忍ばせて階段を降りた。まるで泥棒みたいな気分だったけれど、無我夢中だった。

玄関を抜けて完全に外に出て、ほっと一息ついた。

「ああ、どうなることかと思った」と希実。

「怖かった。あれは絶対に幽霊だよ」

「幽霊よりも怖いよ。あたし、小さい頃から苦手なんだよ。あれ、ソラッチっていうんだよ。子どもを見たら、食べちまうぞーとか言うんだよ」

駆は震え上がった。六年生にもなって、こんな話を怖がってるなんておかしいけれど、同じ六年生の希実がやっぱり怖がっている。島には、怪物がいる。それも周太の家に！　周太はだいじょうぶなんだろうか。すごく心配になる。でも、もうあの家に近づけない。せっかく来たのに目的をはたせず、とぼとぼ来た道を帰り始めた。すごく重苦しかった。

「そうだ。打ち上げ決まったみたいだよ」希実が、しばらくして、ぽつりと言った。

駆は最初、何のことか分からなかった。

「だから、大型ロケットの打ち上げが決まったって。これは、父がちゃんと言ってたから間違いないよ」

ああ、そういうこと。希実は切り替えが早い。まだ、周太の家からそんなに離れていないのに、怪物のことは忘れたみたい。

「新しい打ち上げの予定日は、鯉くみと同じ日なんだよ。イベントが重なると疲れるよねえ」

駆は、ロケットよりも「鯉くみ」に反応した。

「すごい！　鯉くみの日に打ち上げなんだ」

「でもね、打ち上げって、うるさいだけだよ。あたし、ちっちゃい頃、怖かったもん。家にいても、窓とか柱とかビビビと震えるくらいだし、大人たちは興奮して、わけわかんないし」

なにか小さい頃の希実には、怖いものがいっぱいあったみたい。でも、地元だから、赤ちゃんの時から打ち上げを知っているってすごい。当たり前だと感動しなくなるのかもしれない。このすごい自然も、歴史も、宇宙も。

「じゃあ、希実は何が好きなの？」

希実は急に立ち止まった。一歩先に進んだ駆が振り向くと、ちょっとびっくりしたみたいな表情で、駆のことを見ていた。

何か言いたそうだったけれど、駆は無視した。振り返った拍子に、周太の家が見えたのだ。屋根が太陽を反射して光っていた。

「周太！　周太に会いに来たんだったよね、ぼくたち」

「そうだよ。でも無理。もうこのまま帰るよね」

「どこにいるか知っているんだ。大声出せば聞こえる」

周太がいるのは、屋根裏部屋か屋根の上だ。自転車だって置いてあったし、さっき天井裏への梯子もなかった。つまり、上に引き上げられていた。周太は、駆たちが来たのを知っていて、わざと顔を出さなかったのだ。いや、化け物から逃げるために屋上に逃れたのだとしたら！

駆は自転車に飛び乗って、前籠の中のリュックを希実に差し出した。自転車の向きをくるりと変えて、足に力を込めた。希実が「待ってよ」というのも完全に無視した。思い切りこいだら、すぐに周太の家の近くに来た。ぎゅうっとブレーキを握り、ストップ。息もつかずに「周太！　いるんだよね！」と大声を出した。屋根の上まで聞こえるように。何も反応はなかった。

まずい！　本当になにか危ないことが起きていたらどうしよう。

駆は玄関への階段を登り、勇気を振り絞って家に上がり込んだ。

「周太！」と大きな声で叫んだ。

あっけなくいた。

階段の手前の居間で、食事用テーブルの向こうに座っていた。駆が知っているよりも、少し痩《や》せて青白かった。

「周太、だいじょうぶ？」

それでも、周太はぼーっとして反応しない。

「周太！」

もっと大きな声を出したら、面倒くさそうに顔を上げた。

「鯉くみの日に打ち上げなんだって。その日に来れば、両方あるんだよ。絶対、来たら楽しいよ。それに宇宙探検隊でロケット競技会にも出ることになったんだよ」

周太はこっちを見ているのに、聞こえてないみたいに返事をしてくれなかった。

しばらくして、またうつむくと、ぼそり、「帰れよ」と言った。

「どうして？　みんな心配してるんだよ」

「帰れって言ってるんだ」

ぎしっと床がきしむ音がした。駆はぎゅっと身を震わせた。さっき聞いたのと同じ、重たい足音だった。

武者の幽霊。いや、それより怖い怪物！

奥から出てきたのは、ポロシャツを着た体の大きなおじさんだった。髭面《ひげづら》で、たしかに怖い感じの顔つきで、どこかで会った気がした。

「どうした、シューター」とおじさんは低く渋くすごみのある声で呼びかけた。語尾が少し伸びる話し方にも、聞き覚えがある気がしたが、やはり思い出せなかった。

「おやじ、今は誰とも話したくない」

周太は、おやじ、と呼んだ。この人が、里親さんだ。

「というわけだ。お引き取りください」

里親さんが前に出てきて、周太は居間から消えてしまった。駆は見えない圧力に押し出されるみたいに家から出た。たしかに怖かった。体の震えが止まらなかった。

まぶたに朝日の熱を感じて目を覚ましたので、起き上がった瞬間には天気が良いと分かっていた。

朝の早いおやじが、仕事に出ていく音がちょうど聞こえた。駆にしてみると、すごく早く起きてしまったことになる。

いつものように、まず裏庭に出て大きく背伸びをした。

青空だけではなく、風も静かだった。

そして、ロケットが見えた。

大型ロケットの射点には、もうきちんと機体が出ていた。ゼータ3Sだったっけ。とにかく最新のロケットの標準構成だ。前にも一度、出てきたのを見たけれど、その後、予定延期になって整備組立棟に戻された。それが、やっと打ち上がる。

鯉くみがあるので、家からは見られない。それでもよかった。とにかく、楽しみにしていた鯉くみと、打ち上げが同時に来たのだから、楽しみは倍どころか、何十倍だ。

駆は急いで朝ご飯を食べて、いつもよりも三十分も早く家を出た。学校には一番乗りだったけれど、すぐに他のみんなも集まってきた。ふだんは朝礼ぎりぎりに来る子も早く来た。きょうは特別なのだ。遊学生だけではなくて、地元の子だってそうだ。

全校児童が揃うとみんなで川まで歩いた。駆が周太と一緒に秘密基地を作った川の下流だ。

田んぼの中をゆっくりと流れて、あと一キロも行けば、漁港の近くで海に注ぐ。川の行き先を教えてくれたのはなんと萌奈美だった。萌奈美は、河口のあたりに住んでいるそうだ。

鯉くみでは、川をせき止める。でも、この川でそれをやるのは、大変そうだ。川幅があるし、水もたっぷりしている。

そこで、川とつながった用水路を使う。それでも、見た目は細い川だ。子どもたちが来るよりも早く、大人たちがわっさわっさと準備をしてくれていた。

「こういう時には、茂丸さんよねぇ」と言ったのは希実だった。

「あ、おやじ、来てるんだ」

駆は、おやじの姿を見て、まず驚いた。おやじは、朝、普通に出ていったから、川にいるのだと思っていた。もちろん、こっちも川だけれど。

おやじの姿は、すごく目立った。誰もがおやじの指示で動いていたから、自然と視線がおやじに集まっていた。まさに中心人物だった。

「幹《かん》さん、これでいいかね」「幹さん、こっちはこうかい」と、茂丸幹太《かんた》の下の名前で呼ばれていた。土のうを置く場所や、水が漏れない積み方など。「やっぱり、川のことは幹さんだよなあ」という声も聞こえてきた。ここでは、おやじではなく、幹さん、なんだ。

考えてみたら、おやじと呼んでいるのは駆だけだ。

「うちの父も、茂丸さんも、多根南小学校の同級生だったんだよ。その頃、中学校まで同じ敷地にあったから、小中の九年間一緒だったんだって。ここは、小さな町なんだよ」

九年間同じクラスだなんて、駆には想像もできない。希実の言う通り、本当に小さな町なんだ。

「それで、うちの父が、言ってたんだ。鯉くみに、茂丸さんが来てくれたらなあって。茂丸さんは、昔から遊びの天才だったんだって。川でも海でも、すぐに面白いことを思いついて、みんなに教えてくれた」

「うん、おやじは、本当によく知ってるんだよ。だから、いろいろ工夫できるんだと思う」

駆はとても誇らしい気分だった。

そうこうするうちに、すっかり土のうが積み上がった。二十メートルくらい離れた二カ所だ。土手の上に置いてあった発動機がまわり、ポンプが動き始めた。さすがに手で水を掻き出すのではなく、機械の力を借りる。上流側の土のうを越えてくる水の量よりも、ポンプの力が勝てば、川の水面が下がっていく。しばらくすると、魚の背びれや尾びれが見えて、ぴしゃぴしゃっと水が跳ねた。

「それでは、鯉くみの準備をしましょう」

拡声器を持った人が言った。

この人は、知っていた。宇宙遊学生の歓迎式や、宇宙授業の時にも来ていた町のえらい人だ。町議会議員で、教育委員もやったことがあるそうだ。なぜ知っているかというと、自分で言っていたからだ。もう三度目だから、あ、来るな、と分かる。

「えー、鯉くみは、多根南町の伝統的なものですので、町議会にも町の昔遊び十選に選べないかと提案中です。以前、教育委員をしておりました関係で、伝統的な遊びが児童にあたえる良い影響を実感しております。つきましては、みなさまの温かいご支援を――」

「父さん、前置きが長い！」と声があがった。

駆の耳元だった。とても大きな声で、耳がきーんとなった。みんなもどっと笑った。

「はあっ？」と駆は思わず声をあげた。

誰も驚いているようには見えなかったけれど、駆はとても驚いた。

父さんって……。ええっ、そうなの？　あの町議会議員さんが希実のお父さん？

似てない。いや、声が大きいところだけは似ている。

「娘に怒られましたので、手短に。鯉くみは、わたしたちが子どもの頃はもっと盛んでした。急に家に来客がありましてウナギを出したいという時など、親から言われて急いで行ったものです。ほんの何メートルかせき止めて、水をくみ出せば、バケツ一杯分ウナギがとれました。だんだんとれる量が減って、やる人がいなくなりまして、年に一度、この日だけが鯉くみの日です――」

話は全然、短くなりそうになかった。議会や教育委員の話題が終わっただけだ。

駆の隣で希実が、こほんと咳払いをした。

大日向さん、つまり希実の父さんは苦笑いした。

「水がなくなるまで、もう少しかかりそうです。では、別の話題を。ニュースで流れたから知っている人も多いでしょうが、きょう、打ち上げがあります。うまくいけば、鯉くみをしている間に上がるでしょう。一応、誰か大人がネットを確認していますので、近づいてきたら知らせます――」

そこまで大日向さんが言うと、横にすーっと校長先生が出てきた。宇宙人だと噂になるだけあって、反重力装置で地面から何センチか浮いて進んだみたいな不思議な歩き方だ。校長先生は拡声器を受け取り、ひとことだけ言った。

「川に入る前に注意です。茂丸さん、お願いします」

おやじが用水路から上がり、みんなの前に立った。拡声器は使わず、かわりにみんなの方に近づいた。

「水がほとんどねえからって、甘く見るなよ。水はいつだって怖い」

ああ、いつものおやじだ。ぼそっと言うけど、筋が通っているから耳に入ってきやすい。

「それから、あのあたりとあのあたり――」

おやじは、何カ所かを指さした。いったん土手を下りて、生えている水草を引っこ抜いた。すぐに、駆たちの前に戻ってきた。

「トゲトゲしていて触ると痛い。血が出るぞ」

小さな子たちがちょっとだけ触ってみて、「いて！」と叫んだ。大げさなので、みんなが笑った。

そうこうするうちにずいぶん水面が下がった。もうあちこちで魚がとび跳ねていた。

「それでは、網を持ちましょう」希実の父さんの大日向さんが、また拡声器を持っていた。「元気に川に入って、注意を守って魚をとりましょう。ウナギを素手でつかむ時には、噛まれないように首根っこをつかみましょう。昔、地元の子はよく噛まれました。ウナギに噛まれると、河童様に引っ張られるという伝説もあります。なので、ウナギくみとは言わないで、鯉くみと言うようになったのです——」

「父さん、話が長い！」

希実の声でまたの爆笑。今度こそ、みんな浅くなった川に入った。うわーっと歓声があがった。

深いところでもすねくらいまでしか水がないから、あちこちで魚がしぶきをあげていた。駆も夢中で網を振った。

なんて光景だろう。魚が跳ねるしぶきと、みんなが立てるしぶきが一緒になって、きらきら光っていた。

水草の根元に網を入れた小さい子が、「エビだよー！」と叫んだ。

「お、ダクマがいっぱい入ったな。これはうまいぞ」とおやじがのぞき込んだ。

水面下で何かが足に触れて、駆もわあっと声をあげた。太く長いものがにゅーっと通ったからだ。色は黒っぽかった。

「大きいミミズ！」と誰か小さい子が悲鳴をあげた。

「ちがうよ、ウナギだ！」

駆は反射的に水に手を突っ込んで、ぎゅっと握りしめた。胸まで持ち上げたけれど、ぬるっと抜けて、太いウナギが宙を舞った。

すごい！　なにか頭がぼーっとしてしまうほどだ。

「天羽君！」と何度も呼ばれ、我に返った。ちかげ先生が、携帯端末を持ったまま手を振っていた。

駆はしぶしぶ土手に上がった。

ちかげ先生は、駆を少し離れたところに連れ出した。

「本郷君がどこにいるか知らない？」

「家じゃないんですか？」

「里親さんから連絡があって、今朝から姿が見えないんですって」

「屋根裏部屋か屋根の上にいると思います。打ち上げだから、見晴らしのいいところで見ているんじゃないかな」

「里親さんは、自転車がないから、遠くまで行ったかもしれないって心配してるのよ」

「え……じゃあ、分からないです。どこかもっと見晴らしのいいところだと思うけど」

「ありがとう、分からないなら仕方ないわね。さあ、鯉くみに戻って」

駆はまた周太のことを少し考えた。

本当は周太に、鯉くみに来てほしかった。今、全校児童が、男女関係なく、学年にも関係なく、泥だらけになりながら、魚を素手でつかんで、歓声をあげている。周太も絶対に島の自然はすごい！と納得したはずだ。この狭い用水路から、たくさんの魚が飛び出してくるのだから。

「モナちゃん、すごい！」

希実の声がして、駆はまた水に入った。萌奈美がすごく大きな魚を抱え上げ、希実が脇から支えようとしていた。

鯉だった。

これまで見たことがないくらい大きかった。小柄な一年生くらいはあるんじゃないだろうか。

萌奈美と希実が二人で運ぼうとしても、大きな尾びれがばたつくので、なかなか進めない。何度も大きなしぶきを飛ばし、そのたびに小さな虹がかかった。

きゃっきゃっと大騒ぎしながら、川岸で待っていた先生のたも網に鯉をうまく落とした。

そして、イェーイ！ と大きくジャンプした。またしぶきがあがって、きらきら光った。

とっておきの青空の下で、特別な瞬間だった。

おやじが、川で「鯉くみは楽しい」と言った意味が分かる。これだけの魚を駆は一度に見たことがなかった。川は水だけでなくて、生き物の流れだ。これまで思っていた以上にそうだ。新しいことを知るたびに、駆の頭の中の地図も広がっていく。

ドゥゥ、と地面が揺れた。

ジャンプしていた萌奈美と希実が、はっとして跳ぶのをやめた。

地震？ 火山？

ちかげ先生が、携帯端末を耳にあてたまま何か叫んでいるのが見えた。

そういえば、ちかげ先生は、ネットで打ち上げ情報を確認する役だった。でも、周太のことでずっと電話をしていたんだ。

先生の声は、地鳴りに消されて全く聞こえなかった。

赤い岩山の向こうに光が見えた。

誰かが、たたたたっと駆けてきて、土手の上から、高々と指さした。

ロケットだった。

あまりに明るいので、太陽が二つある星にいるみたいだった。空気がびりびり割れて、耳ではなく体に響いた。

鯉くみに夢中だったはずなのに、もう目が離せなかった。

背筋がじんじんした。

ここは宇宙の島。川や森や田んぼが、宇宙と未来につながる島。

今、宇宙に向かっているのは、地球の雨と雲を見守る全球観測主衛星。そして、情報収集衛星だったっけ。

考えている間に、炎と煙はどんどん遠ざかった。

本当にあっという間だ。

あのロケットは、すごく遠くまで旅をする。

じゃあ、ぼくはどこまで遠くにいけるんだろう。

なぜか、そんなことを考え、上を向いたまま動けなかった。

我に返ったのは、知っている声が聞こえてきたからだ。

「固体燃料ロケットブースター、無事に燃焼終了。切り離し完了。今のところ打ち上げ順調！」

「え……」

土手を見上げると、本物の太陽をちょうど背にして、知っている子の輪郭が見えた。

「一段目の燃焼終了。二段目の点火は、さすがに見えない」

「シュータ？」「周太だ！」

萌奈美と希実が同時に声をあげた。

周太が一歩踏み出したので、今度は顔がはっきり見えた。自転車用のヘルメットをかぶったまま、顔中から汗を噴いていた。

「おれさ――」と言いかけたとき、駆は続きを聞くよりもダッシュした。

そして、周太の腕を引っ張って、土手から引きずり落とした。

「なにすんだよ！」と周太が抵抗したけれど、そのまま土手を転がって、一緒に水の中に落ちた。

ばしゃっと特大のしぶきがあがり、そのあとで、魚たちもあちこちで跳ねた。

「わ、なんだこれ、足、触ってんぞ！」

ウナギだった。駆はつかみあげて、周太の腕に投げた。

重たかった。一メートル以上あるオオウナギだった。

周太は捕まえようとして失敗し、腕の中でウナギが踊った。駆も一緒に取り押さえようとしたらますます騒ぎが大きくなった。

希実や萌奈美も加わって、小さい子たちも集まってきて、きゃあきゃあ言いながら、やっと最後に周太と駆の二人がかりで、たも網の中に入れることができた。

みんな、笑顔だった。

周太も笑顔だった。

やった！　川のすごさを分かってもらえたと思う。

「ウナギ、うめえだろうな」

駆は笑った。ウナギを見るとうまいと思う。駆だって一緒だ。でも、このオオウナギは
やめておきたい。

「今のは大きくて立派だから逃そうよ。遠くの深い海で卵を産んで、生まれた子どものウナギがまた帰ってくるんだよ」

「ええっ、せっかく捕まえたのに！」

「じゃあ、もう少し暑くなったら、カブトムシをとりにいこう！」

「本郷くーん」と呼びながら、ちかげ先生が駆け寄ってきた。

「本郷君、どうしたの？　里親さんが心配して――」

ちかげ先生が言いかけたのを周太がさえぎった。

「里親さんに、ここにいるって伝えてください。おれ、みんなに伝えにきたッス」

周太が、さっきの笑顔をひっこめて、なにかすごく難しそうな表情になった。

駆はちょっと嫌な予感がした。理由は分からないけれど、笑顔が消えるのはよくない。

急いでたも網まで行って、中のオオウナギを抱きかかえるみたいに引っ張りだした。そ

して、周太に押しつけた。

「うわわ」と周太は慌てて、川に尻餅をついた。

腕の中で暴れたオオウナギは、ぬるりと抜けて飛び上がった。駆はそれを空中でつかもうとして空振りし、周太の隣にやはり尻餅をついた。オオウナギはちょうど近くにあった土のうの上で跳ねて、向こう側に落ちた。下流側、つまり海の方だった。

笑い声が、まわりで弾けた。

隣り合わせで川底に座ったまま、周太がぼそりと言った。

「おれ、いったん北海道に帰ってくる」

「えっ？」

「親のことでいろいろあるんだ。打ち上げも見られたし、明日、帰る。それを言いにきた」

駆は周太の方を見た。

「どうして……？　家族に何かあったの？」

「前に、写真見ただろ」

「お父さんの？」

「病気してるんで、一緒にいたい。よくなったはずなのに、また調子悪い。宇宙探検隊は当面、任せた。いいよな」

まだ小さい頃の周太を肩車して、空を指さしていた写真を思い出す。宇宙好きのお父さんだったとも聞いた。

「頼むぜ、隊長」

周太は駆の背中を思いきり叩いた。

「おれが帰ってくるまで、なんとかつないでくれ。ちゃんと、おれたち、宇宙を探検するんだから」

げほっと、むせながら、駆は「だめだよ」と言った。

「隊長は周太だよ。ぼくは、宇宙探検隊をやりたかったわけじゃないし」

「だめか。たのむよ」

周太は泣きそうに顔をゆがめた。きゅーんと、胸が痛くなった。

「でも、もし……周太が帰ってきた時、ぼくと一緒に川や森で遊ぶなら引き受けてもいい。島の生き物がすごいのを見せたい」

「ああ、カブトムシ、見たいな、よくいる場所探しておいてくれよ」

「もちろん！」

周太はこっくりとうなずくと、土手の方を向いて立ち上がった。先生や地域の人、つまり大人たちがいる方向だ。

そして、胸を張って言った。

「秘密基地で、花火を燃やしたの、自分っした！　すみませんでした！」

ドキッとした。駆もびくんと起立し、一緒に頭を下げた。

＊

「えーっと、打ち上げのカウントダウンが停止している間に、中園さんに質問をしたい方、いらっしゃいますか」と大日向菜々が言う。

ネット配信されている打ち上げ特番だ。菜々は宇宙港内の観望所にあるスタジオで、打ち上げ前後の時間、生放送で対応している。菜々は、声の粒立《つぶだ》ちが良いと評判で、「アニメ声の打ち上げ《ローンチ》MC」として固定ファンがいるとか。本来なら、もっと長時間の生中継をするのだが、今回は情報収集衛星が相乗りしているため、短時間かつ、最終的な投入軌道が分からないように工夫することになっていた。

「えーっと、質問入りました。『中園さんは、昔、ロケットのチーフエンジニアだったそうですが、ブロックハウスで見る打ち上げはどうだったでしょうか』だそうです。かなり、マニアックな質問ですね。中園さんどうですか」

「そうですね。ブロックハウスで見るといっても、地面の下だから、結局、見えるものは画面だけなんだよね。そこにいないと分からないというのは、むしろ、音、いや振動かな。射点からほんの五百メートルしか離れていないからね。ブロックハウスの上を衝撃波が転がって通り過ぎていくような感覚。あればかりは、経験者じゃないと分からない」

ブロックハウスというのは、発射管制棟のことを指す。退避エリアの中で唯一、人が残る打ち上げの最前線だ。もろに衝撃波を受けるし、ロケットが地上で爆発した場合など危険なので地下に作ってある。

加勢遙遠は、片耳のイヤホンで、菜々とゾノさんの掛け合いを聞いていた。スタジオにいるわけではなく、自分の持ち場で音声だけチェックしている。

かつての体験を語るゾノさんに、遙遠はいつも嫉妬を感じる。いや、それよりも、今、発射管制棟のブロックハウスに退避しつつ、シークエンスをこなしている連中がねたましい。広報だってチームの一員だとは分かっているが、今、本物の当事者としてやっている連中に比べたら、一歩退いた立場だ。

そして、今後、遙遠がその当事者になる可能性はかなり低い。宇宙港の母体である日本宇宙機関《JSA》は、射場の整備までは行なうが、ロケットまわりのことはすべて民間の「あけぼの・スペースアライアンス」に移管している。ブロックハウスの中にいるのはだいたい「アライアンス」の技術者だ。

「ええっと、新しい質問です。『カウントダウンしているのは誰ですか』」と菜々の声が言った。

「これは、わたしにも答えられますね。カウントダウンは自動音声です。でも、時々、肉声が入ってコメントをしますよね。あれは現場の人です。警戒区域の安全確認とか、射場系準備完了とか。発射管制棟のブロックハウスではなく、もう少し遠いところにある総合管制棟の管制室ですね。中園さん、これ、分かりにくいですよね。二つ管制棟があるというのも」

「まあ発射の管制か、総合的な管制か、ってのでいいんじゃないかな。発射管制棟のチームは、四日前のドライランから打ち上げの瞬間までの面倒をみています。機体の最終点検が済んだら、ケーブルや足場を撤去して機体クローズアウト。それから、射点に運ぶ。もちろんその前に火工品の結線やら、姿勢制御用のヒドラジンを充填《じゅうてん》したり、フェアリング内の人工衛星へのアクセスを閉じたり、もういろいろな作業が同時並行で進んでます。打ち上げ当日、九時間半前には三キロ圏内は全員退避になるけど、ブロックハウスに残るのは百五十人くらいかな。責任者の発射指揮者は、各部門の進捗《しんちょく》を見ながら調整するのが役割。それと、打ち上げ直前に異常があった時の緊急停止ボタンを押すんだよね」

「じゃあ、総合管制棟の方はどうなんですか」

「もうちょっと広い目でものを見る立場、だね。打ち上げの実施責任者なんかもそっちにいて、ブロックハウスのLCDR《LCDR》からの報告を受けて、本当に打ち上げるかどうかを決めたり。もちろん、緊急の場合は、現場判断ということでLCDR自身が自分で緊急停止ボタンを押すわけだけど、いったん、ゴーサインが出て、打ち上げ、リフトオフ確認、ってなったら、そこから先は、総合管制棟の方が責任を引き継ぐわけですよ」

「ロケットが順調に飛んでいるか、追尾するんですよね」

「予定通りの飛行をしているのか、最初は多根島のアンテナ局で、そのあとは順繰りにリレーして追いかけるんだね。ロケットからのテレメトリデータも見て制御します。これは瞬時の判断が必要なんで、何度もシミュレーションして不測の事態に備えてますよ。責任者は、射場管制官、Range《レンジ》 Control《コントロール》 Officer《オフィサー》で、ＲＣＯっていうんだけど、ＲＣＯがやらなければならない最悪の事態というのは、ロケットの破壊ボタンを押すことね。これ、本当に切ないことだけど、やっぱりたまにありますよ」

「ああ、制御不能になってどこか人がいるところに落ちたら困るから、害のないところに落とすってことですね」

「そう。結局、わたしに言わせれば、二つの管制棟の違いは、どこでボタンを押す責任があるか、ってことじゃないですかね」

　話題になっているロケットの破壊ボタン。遥遠が生放送をチェックしているのは、そのボタンから十メートルもないところだ。本来は、観望台のプレスセンター対応が基本なのだが、東京の宇宙機関本部から広報の応援が来ているので、遥遠は総合管制棟の方の管制室に席をもらい、連絡担当になっている。おかげで、少々、現場に近い場所にいられる。

前面に大きなモニタがいくつも並び、その中央にあるのがＲＣＯの席だ。昔は日本宇宙機関の職員の役割だったが、今はこちらも「アライアンス」が担う。

「気象班より連絡。北側にあった積乱雲は遠ざかりました。飛行予定ルートに氷結層はありません。安全が確認できましたので、カウントダウンを再開します」

打ち上げ実施責任者の声を、遙遠は同じ室内の肉声として聞いた。

「カウントダウン再開！」

まだ研修中らしいアライアンスの若手社員が、あわててマイクに向かって言った。これは一般に公開されている映像に乗せる音声。菜々とゾノさんがさっき話題にしていた声の主だ。

若者は、今年入ったばかりの新人だと言っていた。すぐに噛みそうになって心許ないが、あくまで対外用の実況なので打ち上げ自体には影響ない。そして、遙遠の席は、この勉強中の若手の隣だ。

「カウントダウン再開です、注目しましょう」と菜々の声が、イヤホンの中で響いた。

その一方で、隣の新人は、緊張に声を震わせながら、コメントを続けていた。

「安全系準備完了。射場系準備完了……六分前です。気温二十二度、風三メートル。打ち上げに問題なし」

この時点で、すべての判断は究極の現場である発射管制のブロックハウスに渡される。

総合管制棟は比較的リラックスした雰囲気だが、発射管制棟の方は目前の打ち上げに向けて緊張が高まっているだろう。

「三分前、が、外部電源から内部電源へ……百秒前、一段、液体スイソウ・液体サンショウ、準備完了……二段、準備完了……ト、トーチ点火……クレイムディフレクター冷却開始」

なんなんだ、液体水槽、液体山椒って！　それに、苦情《クレイム》ではなく、火炎《フレイム》だ。遙遠は苛立って、つい膝を小刻みに揺らした。

いくら、新人とはいえ、好きでこの道を志した者なら、あらためて勉強するまでもなく知っていてしかるべきではないか。

遙遠は空んじているシークエンスを吟《ぎん》じた。

ウォーターカーテン散水開始。

フライトモードオン。

駆動用バッテリーアクティベーション。

オールシステム READY《レディ》。

メインエンジン点火。

固体燃料ブースター点火。

リフトオフ！

「リフトオフ！」

隣の実況担当者がそこだけ力を込めた。

しかし、リフトオフを確認したからといって、打ち上げが成功だというわけにはいかない。

追尾は正常。テレメトリの数値も正常。

固体燃料ブースターが分離する。その時点でじっとり汗をかく。固体燃料ブースターは、宇宙開発史上、大きな事故を何度か起こしている。

「三分。正常に飛行。百十三キロ　秒速一・九キロ……衛星フェアリング分離。百六十二キロ　秒速三・四キロ……主エンジン燃焼停止……第二段エンジン着火……」

管制室の前の大きなスクリーンには、ロケットが飛んでいく軌跡が表示されている。射場がある多根島から太平洋を南東に進む。多根島宇宙港が素晴らしいのは、東側に太平洋があるため、打ち上げの方向や、軌道の自由度が高いことだ。

「ロケットは無事に飛行中ですね。第二段エンジンも順調に燃焼中。すぐに衛星の分離が始まります」

いきなり菜々の声がイヤホンから飛び込んできた。

「あ、そろそろ来ますよ。消えるよ」とゾノさんが言い、その直後にスクリーンに表示されていた太平洋上の表示がふっと消えた。

　遥遠は、ほっとため息をついた。

　スクリーンの表示は、ロケットの位置と、もし今、エンジンが止まったらどこに落ちるかの予測範囲を三シグマ、およそ九十五パーセントの範囲で示している。落下可能性の表示が消えるということは、ロケットが周回軌道に乗ったということだ。

「第二段エンジンが燃焼終了すると、いよいよ人工衛星を切り離しますが……中園さん、この二段目エンジンは、なかなか渋好みなんですよね。知り合いのロケットマニアが言っているんですけどね」

　遥遠はむっとした。その知り合いというのは、たぶん遥遠のことだ。

「ああそうだね。今回はその能力は使わなかったけど、宇宙で何度も再着火できるんだよ。正確には、再々々着火まで実際に使ったことがあるよ。何の役に立つかって？　そりゃあ、いったん待機軌道に入ってから、また着火して別の軌道に行きたいこともあるから。そのために、別のエンジンを付けなくていいよね。静止軌道だって、三段目というか、アポジモーターを使わずに投入できたり便利なんだ。今回はそこまで必要ないんだけど」

　ゾノさんはずいぶん語りが滑らかになっている。気分よく語らせれば、この人は一級の宇宙技術解説者。多少マニアックな人が視聴することが多いネット中継のガイド役として目をつけたのは正解だった。

「全球観測主衛星、分離確認」

隣の実況担当者がうれしそうに言った。イヤホンの方でも、菜々がもっと大げさに「分離確認！」と叫んでいた。

管制室に拍手がわき上がった。みんな立ち上がり、とりあえずまわりの人たちと握手。遙遠は、実況を担当していた新人君と握手するハメになった。

「ありがとうございました！　はじめてだったんで、緊張しましたけど。途中から、シークエンス、教えてくださって助かりました」

遙遠の独り言を、ヘルプだったと思っている。なかなか素直な若者だ。

ここから先、全球観測主衛星については、打ち上げの管制ではなく、運用チームが面倒をみていく。コマンドに反応するか、テレメトリデータは正常の範囲か、いつ観測機器の電源をオンにするかとか、数ヵ月後の本格運用に漕ぎ着ける前に、山のようなシークエンスがあるはずだ。

しかし、総合管制室の仕事がまだ終わったわけではない。全員すぐに席に着き直す。十分くらい後に、情報収集衛星や、実験的な要素の強い副衛星群を分離しなければならない。実は、その前に、ゾノさんが語っていた再着火を行なう。情報収集衛星を別の軌道へ投入するためだ。それを伏せているのは、国家的な機密事項と認定されているからに他ならない。菜々たちは、「打ち上げの成功を祝しまして、どうかゾノさん、ここで一句おねがいします」などとやっている。

「ロケットや、ああロケットや、ロケットや。すばらしく美しい打ち上げでした」

「ええ、それあんまりですよ。じゃあわたしは芭蕉《ばしょう》の弟子の曾良《そら》ですね。弟子として言いますが、芭蕉先生に失礼です」

「だって、ロケットの打ち上げをはじめて見たら、みんな絶句するでしょ。あれ、音じゃなくて衝撃波だもん。芭蕉が松島より先に見たら、絶対に言葉を失ってああ詠《よ》んだと思うんだけどなあ。それにしても美しい打ち上げでした」

まったくなにやってんだ。遥遠は頭を抱えた。広報的には、マニアックな話題とこういう間の抜けた部分が混ざっている部分がウケているのは、むしろ歓迎なのだが。

「ほんと、感動しました」と耳元で肉声が聞こえた。例の新人君だ。

「自分もロケット打ち上げのチームになれたんだなあって。でも、正直、失敗ばっかりで、落ち込みます。次の時にはうまくやれるのかなって……」

ここから先、対外的な実況をしないため、彼の仕事は終了している。緊張から解放されて、ひどく弛《し》緩《かん》した顔をしていた。

「みんな、最初は慣れないものだろう。心配しなくていい。ほら、二段目、再着火、みたいだぞ」

「うわ、すごいですね。ぼくも、いつかRCOの席に座りたいです。各基地と連携しながら追尾とか格好いいですよね」

「ああ、そうだな。なれるといいな」

遙遠は自分の言葉を空々しく感じる。この新人の実況担当者ですら、遙遠よりもずっと打ち上げ当事者に近い。心に巣食う妬《ねた》みを、遙遠は飼い馴らせない。

6　うなどん

鯉くみで捕まえたダクマやウナギは、その日のうちにみんなで食べる。

マイクロバスに乗って移動して、旧漁協の建物で調理した。

ここでは魚をさばくための道具や、大きな釜などもあったからだ。

建物の入口には「多根島宇宙観光協会」と書いてあった。「ロケット競技会参加者募集！」というポスターもあって、宇宙観光協会がロケコンをやっているんだと知った。

建物の調理場では、おやじが中心になって魚の下準備をして、女の人たちが焼いたり煮たり盛りつけたりしていた。

駆はおやじの手伝いをしたかったけれど、「おまえさんは、あの子の話を聞いてやらなきゃならないんじゃないのか」と言われた。

先生にもおやじにも、秘密基地のことではもうきちんと叱られた。それが済んだ後で、周太は、里親さんの許可をもらい、一日、一緒に過ごすことになった。

旧漁港前の桟橋にある、錆びた係留杭《けいりゅうぐい》のところで遊んだ。凪いでいる海に向かって石ころを投げたり、足先を海に浸《ひた》してみたり。

「今頃、全球観測主衛星は地球のまわりをぐるぐる回ってるな。太陽非同期準回帰軌道だろ」

「なにそれ」

「太陽との位置関係は同期していなくて、地球との関係では何日かに一度ずつ同じ場所を通るやつだ。たしか、軌道傾斜角は六十六度とか、結構、きついんだよな。情報収集衛星の方は、投入軌道を隠してたけど、どうせすぐに分かるよ」

「どうして？」

「世界中に人工衛星の観測マニアがいるから。何度か観測できれば、軌道もきちんと分かるし。それに、アメリカのNORAD《ノーラッド》がすべての人工衛星の軌道を確認している。どうやっても逃げられない」

「へえ、スパイ衛星なのに、見つかっちゃうんだ」

意外だった。でも、人工衛星が地球から簡単に見えることは周太に教えてもらっていたから、納得できた。

「お父さん、よくなるといいね」と駆は言った。

「ああ、そうだな。必ず戻ってくるから」と周太は返した。

お父さんが病気だなんて、どれだけ心配なことだろう。考えると、やっぱり胸がきゅーんと痛くなる。

ちょうど、料理ができたと大声で呼ばれて、駆と周太は建物の方に戻った。

希実がうなどんのどんぶりを手渡してくれた。ほかにもダクマの塩茹でがあった。

黙々と食べた。言葉が出ないほどおいしかった。

一方、周太の方は、「うめー、うめー」とうるさかった。

いつもは迷惑だと思うのに、きょうはうれしかった。

食べ終わると、周太は汚れた服のまま自転車に乗って、里親さんのところに帰った。

駆は、本当にまた会えるかなあ、と心配になりながら、手を振った。

周太の父さんの写真が頭から離れなかった。小さな周太を肩車して、空を指さしているやつだ。

その夜、家に帰ると、部屋の机の上に何かが揃えて置いてあった。

便箋《びんせん》と鉛筆だった。

「おまえさん、そろそろ、実親さんに手紙書いたらどうだ。待ち焦《こ》がれているだろう」

おやじが、入口から声をかけた。

四月の間、結局、駆は一度も手紙を書かなかった。電話もしなかった。もちろん、メールもだ。

里親さんであるおかあは、しょっちゅう駆の実の母さんと話をしていて、報告してくれているみたいだったので、駆としては、自分で連絡しなくてもいいやと思っていた。母さんは、弟の潤がちょうど手がかかる時期だから、あまり時間を取らせたくなかったし。

でも、さすがにもう五月も半分以上過ぎた。目の前に便箋があると、むしょうに手紙を書きたくなった。

〈拝啓、母さん、父さん、潤。〉

その夜、とうとう駆は手紙を書き始めた。拝啓、なんて、駆は生まれてはじめて書く言葉だ。

一度、始めると、もう鉛筆が止まらなかった。

駆は、多根南小学校のこと、特に学校で飼っている宇宙メダカやインギー鶏のことを書いた。

赤米の田植えや、地元の生き物のことを書いた。

マングローブの森をおやじがカヤックで行き来することを書いた。

サワガニやツガニやガザミのことを書いた。

鯉くみのことを書いた。

ロケットのことを書いた。

そして、もちろん、周太や、希実や、萌奈美のことも。宇宙探検隊のことも。

でも、周太が、北海道に帰ることは書かなかった。

自分でもびっくりした。周太が実家に帰るのが、なにからやましかったのだ。駆は島にきてはじめて、東京の家族が恋しかった。毎日楽しいけれど、足りないものがある。

母さんの声が聞きたかった。弟の潤と馬鹿な遊びをしたかった。普段はあまり家にいない父さんにも、最近の出来事を話してみたかった。

目が熱くなって、便箋がゆがんだ。

母さん……って、声には出さなかった。けれど、頭の中では懐かしさと寂しさがあふれて、便箋にぽたぽた涙が落ちた。

泣いたことが分からないように、急いで拭きとった。

夏休み

7　ボンボン・ロケット

まだ空は暗い。

大日向菜々は、舗装だけはしっかりしている裏道に愛車ジムニーを進めて、北ゲートを抜けた。

多根島宇宙港の北端にあるいわば辺境の地だ。宇宙港事務棟《HQ》のあたりから見ると、大型ロケットの射場のさらに向こうになるため、そんな印象を抱いている職員が多い。職員以外となると、島の人ですら、このあたりに別の射場があることを知らない人がいる。

民間にも広く開放されている「第二小型射場」。小型ロケット専用だけに地味なのだが、実は多根島宇宙港が、法律で決められた民間宇宙港の中でも特別な扱いを受けられる「総合宇宙港」となるために必要な施設でもある。

菜々は、ジムニーを一番、浜に近い駐車スペースに停めた。ライトを消して、エンジンも止め、夜明け前の朝凪の海と砂浜が、ひとつながりになっている暗がりをしみじみと見た。

本当に何も見えなかった。この時間帯の海は怖い。波の音だけが聞こえてきて、上下左右の感覚がおかしくなる。宇宙空間にいるような気分だ。もちろん、まだ宇宙には行ったことはないけれど。

菜々は、暗い海の音をそのまま吸い込むみたいに深呼吸した。潮の匂いが濃かった。

この浜は、ありていに言って好きだ。愛着もあった。朝早く目が覚めた時は、余裕をもって家を出て、わざと北ゲート経由で出勤することがあるほどだ。十五分ばかり遠回りになるけれど、この海岸の景色を見られるなら、その価値はあった。

それでも、こんな未明に来たのは、やっぱりはじめてのことだった。年少のいとこ、大日向希実に頼まれなければ、ずっと機会がないままだったかもしれない。昔は、もっとワイルドだったのに、ずいぶんおとなしくなったと、自分について思う。大学で生物学系の研究室にいた頃は、夜のフィールドにも率先して出ていた。同期や先輩が音《ね》を上げるような夜間調査でも、ひとり黙々と夜明けまでやり通し、「夜の女王」と呼ばれたこともある。

「希実、モナちゃん、着いたよ。起きなさい！」と菜々は大声を出した。

後部座席で、希実と、級友の橘ルノートル萌奈美が眠っていた。

「朝早く来たいって言ったのはあなたたちなんだからね！」と言うと、希実がもぞもぞ動き、目を開けた。

「菜々ねえ、あれ？　どこ？」

「もう着いたよ。夜明け前だよ」

眠たげな二人をとりあえずほうっておくことにして、少し浜の方に進んだ。車止めに吹き溜まっている砂を手のひらにすくって顔に近づけると、白い砂粒のいくつかがぼんやり浮き立って見えた。小さいながら星の形をしたものが混じっている。

沖縄の有名なものほど立派ではないが、宇宙港にも「星の砂」がある。菜々はこれを見るたびに、自然と顔がほころぶ。

「希実、これなにか分かる？」

ちょうど眠たそうに車を降りてきた希実に手のひらを差し出したが、小首をかしげるばかりだ。暗がりだし、何を聞かれたのかぴんと来ていない。目を細めながらあくびをする姿は、まだまだ幼い。

希実は、菜々のいとこの中でも一番年下だ。生まれた時から知っている。自分の父が家をあけがちだったので、伯父の家に入り浸ることが多く、自然と希実の面倒もみた。おむつも替えたし、ミルクもあげた。あの赤ちゃんが今ではもう小学六年生というのは、驚かされる。同じことを自分も、歳の離れた親族には思われている気配がある。似たことの繰り返しで歴史ができ、生命が連なる。島にいるとそれがよく分かる。いったん島の外に出て、また戻ってきた者には、特にそれが見えるようになると思う。

「第二小型射場の海側駐車場。ロケコンの会場の近くでしょう」

　希実は駐車場のサインを指さして言った。

　その通り。ここは第二小型射場。きょうの目的地は、砂浜の方だけれど、この一般駐車場から少し奥まったところに、小型ロケットを打ち上げられる設備がある。希実は、最近、何度かここに来る機会があったようだ。ロケコン、つまりロケット競技会は、夏休みイベントで、希実たちは一学期の終業式の後は、ほとんどかかりっきりになっていた。

　それにしても、小学六年生は忙しい。菜々自身も十数年前は、同じ小学校の六年生だったので多少は覚えているけれど、間違いなく、あの頃以上だ。多根南町の小学六年生は、地域活動の花形であり、おまけに宇宙遊学で来ている子たちのお世話もある。週末に行事が詰め込まれていて、それらをこなすだけでもジェットコースターに乗っているみたいだと傍目《はため》に思っていた。

　昨晩、希実の家、つまり、菜々にとっての伯父の家で、夕食のご相伴《しょうばん》にあずかったところ、希実の級友の橘ルノートル萌奈美がお泊まりに来ていた。

「ボンボン・ロケットというのをモナちゃんが思いついて、それを作ってるんだよ」と希実は目を輝かせて言った。

　菜々は、そのことをとっくに知っていた。それどころか、いろいろな方面から作業の進捗状態も聞いていた。遊学生の萌奈美の里親は、菜々の元級友の温水兄弟の家で、彼らはロケコンの主催者側だ。おまけに、ボンボン・ロケットの指導をしているのが、宇宙港での同僚の加勢遙遠だった。

なにかフクザツなことになっている。ただでさえ、地元の人間関係が濃い上に、毎年毎年、遊学生がやってきては一年で去っていくから、人間関係が変に多層化する。基本的な構図は一緒なのだけれど、その上に毎年違う絵が描かれる。そして、後から思うと、上書きされた新しい絵が、時々、基本的な構図を変えてしまう。小学生の時には分からなかったけれど、大人になるとそういうことに気付かされる。

「エトワール？」といきなり近くで言われ、菜々は我に返った。

さっきまでぐっすり眠っていた萌奈美が、希実の隣に立って、菜々の手のひらを見ていた。ちょうど、萌奈美の目の高さに掲げたままだった。

「エトワール？　星の砂？」

萌奈美はまだ五年生だが、多根南小学校は複式学級なので、今は希実の同級だ。思慮深くおとなしそうな第一印象を抱かせるが、結構活発で体を動かすのも得意らしい。母親はフランスの科学者で、宇宙関係者だから菜々も名前は知っていた。

「星のことをエトワールっていうんだよね。星の砂。よく分かったね」と菜々は萌奈美に言った。

「すごい！　菜々ねえ！　星の砂なんだ！」希実が驚きの声をあげた。

「宇宙港の名所リストに入れてもらおうかな。このあたりの海岸、もともと大日向海岸っていったんだよ」

「オオヒナタって、ノゾミとナナちゃん？」

萌奈美はさっそく菜々のことをナナちゃんと呼んでくれてかわいらしい。

「そうだよ。わたしや希実のおじいちゃんの代に、集落ごと立ち退いたんだって。あっちの岩山の向こうは大型の射場で、岩山からこっち側が大日向集落だったみたいよ」

このあたりをつついているとややこしい歴史の話になる。宇宙港の前身の宇宙センターができる時には、軍事的な標的になりかねないと反対運動もあったらしい。でも、菜々にしてみれば、生まれてこの方、多根南は宇宙の町で、宇宙港の中に家族の名前と同じ海岸があることの方が、不思議な気がしたものだ。

ジムニーの横開き後部ドアを開き、三人でちんまりと座った。そして、途中でコンビニ「エヴリバディ」に立ち寄って買った朝食の袋を開いた。

自分用には、多根島産コーヒー牛乳のパック。希実と萌奈美には、なぜか小学生に人気がある乳酸飲料、ヨグルティーン。さらにおにぎりやサンドウィッチの類《たぐい》も。

食べているうちに、だんだん空が色づいてきた。朝焼けというには淡く、穏やかな色だった。

「あ」と希実と萌奈美が同時に指をさした。

大岩の方から、波打ち際を歩いてくる人たちがいる。

「いたいた！」と希実が跳びはね、そのまま走っていった。すぐ後を萌奈美が追う。

早朝から出かけてきたのは、まさにこのためだった。

きのうの夜、菜々が参加している地元の自然愛好家系のネットワークに連絡があった。

「大日向の大岩近くに産卵があるのを発見しました。早朝に掘り起こします」

多根島の砂浜には、毎年、アカウミガメがやってきて、産卵していく。もう何十年も保護活動が続いており、最近は産卵の数が増えた。中には、台風などが来るとすぐに波に洗われて流れ出してしまうような、危険な場所に産卵する母ウミガメもいる。いくつかある危険エリアに産卵が確認されると、掘り出して、孵化場に移すことになっていた。保護と同時に、教育目的の側面も強いので、小学校の敷地に孵化場が設けてある。

孵化した子ガメを放流するのは、小学校では一大イベントだ。菜々も経験がある。小さいウミガメが、波に翻弄《ほんろう》されながら海に帰っていくのは幼心に感動的だった。でも、あの頃は、誰が卵を採ってくるのかなんてあまり気にしていなかった。

走る小学生の後をついていくと、ぞろぞろと歩いてくる人たちの姿が仔細《しさい》に見えてきた。

バケツを持っているのは、壮年の男性だった。

年ごとに書き換わる地元の地図の中で、この人がまた表に出てきたのは、かなりの大事件だ。小学校の「鯉くみ」でも、率先して指揮をしてくれたとか。地元の自然愛好家から一目も二目も置かれているのに、ずっと奥まった郷上の集落で隠遁《いんとん》生活をしていた茂丸幹太さん。菜々にしてみると、伯父の世代だが、体つきはずっと引き締まっている。

その隣には、ほとんど重心の上下動がない特徴的な歩き方で、つるりとした頭の男性。反重力装置でも使っているのではないかと冗談めかして噂される多根南小学校の校長だった。

「カケル!」希実と萌奈美が同時に大きな声を出して、駆け寄った。

噂に聞いている同級生だろう。宇宙大好きで、宇宙探検隊を作ろうと言った子だ。

でも、イメージとは違う。バケツの中のウミガメの卵のことを、すごく熱心に説明している。

「産んだ場所から動かすなら、二十四時間以内がいいんだって。じゃないと、中で死んでしまう子が増えるから。それと、上下も大切なんだって。マジックでしるしをつけて、孵化場に入れる時も、同じにしておくんだ」

言葉に熱が入る様子に、菜々はかなりぐっと来た。自分もこんな子だったような気がする。ウミガメの放流は、鯉くみと同じくらい好きだった。

ちょうど、夜明けが来た。

ゆっくりと、白々明けていくというのは、まわりを建物で塞がれた都市での感覚だ。ここではむしろ、夜はいきなり、ある瞬間にすぱっと明ける。

　水平線を見ていた菜々の目に、緑色の輝きが飛び込んできた。一日の始まり、あるいは終わりに、太陽の縁が、一瞬だけ緑に輝く、いわゆるグリーンフラッシュ！

　バケツの中のウミガメの卵を指さしながら、熱中して説明している男の子も、耳を傾けている希実も萌奈美も気づかなかった。息を殺してじっくりと水平線を見つめていないと分からない現象があることを、この子たちはまだ思いもしないだろう。自分たち自身が輝いている年頃なのだから。

「ウミガメってすごいよね。太平洋を渡って、何万キロも旅して、日本に戻ってくるんだって。ここで生まれた子が、アメリカの沖で大きくなっているのが調査で分かっているんだよ！」

　本当にまぶしいくらいの熱中ぶりだけれど、このあたりで菜々は首を傾げた。自分の限られた経験から言うと、宇宙を仕事にする人で、バリバリの自然好きというのはそれほど多くはない。足下にいる生き物と、空の向こうの宇宙は人間の頭の中でちょっと違うカテゴリーなのだと思う。生き物好きで、生物学の学科で大学に行って、今は宇宙機関に勤めている菜々は、わりと少数派だ。もちろん、そういう人が他にいないというわけではないのだが。

「ねえ」と菜々は、思わず、男の子に呼びかけた。

「宇宙探検隊の隊長、っていうか、宇宙探検隊を作った人って、きみだよね？　岩堂さんが里親で、花火でテロさわぎを起こしたのも」

岩堂さんは、島で一番成功している宇宙企業とも言われる岩堂エアロスペースの経営者。それだけでなく、地域社会に根ざした重要人物でもある。菜々の伯父とは、ある意味、双璧をなす町の重鎮だ。

男の子は、丸くてくりっとした目をこちらに向けた。水平線から顔を出した太陽の光を受けて、目の中に光が宿った。

「探検隊を作ったのは周太です。本郷周太。岩堂さんが里親です。ぼくは、臨時の隊長です。花火は、ぼくと周太がやりました。ごめんなさい」

男の子は深々と頭を下げた。

ああ、違う子なんだと納得した。この子、カケルって呼ばれてたっけ。

すぐにカケルは、菜々から視線をはずして、希実と萌奈美と話し始めた。

希実が、砂浜の砂を手にとって、差し出した。

「ここ、星の砂があるんだよ」

「あ、有孔虫《ゆうこうちゅう》の殻だよね。すごいな。本当だ、星の砂だ」

この子、本物だ、と思った。

ただの生き物好きじゃなくて、知識もある。野をかけまわって生き物と交わり、それだけじゃなくて、しっかり体系だった知識を求めている。

「うちの子だ」

茂丸さんと目が合ったとたん、誇らしげに言われた。

なるほど、と思った。茂丸さんがまた表に出てきたのも、この子のためなのだ。

大いに納得しつつ、もうひとつ気になることがあった。

「茂丸さん、この卵、大きすぎないですか」

「そうだな。こんな大きなものは見たことがない」

アカウミガメの卵は直径がせいぜい三センチから四センチくらい。でも、バケツの中の卵は一回り大きかった。

「何が生まれるのやら。龍や河童の子かな」

茂丸さんは、顔全体で笑った。菜々もつられて笑ったけれど、冗談なのか本気なのかよく分からなかった。

「アンジュ？」と小声で言ったのは萌奈美だ。

「フランス語？　エンジェルってこと？」と聞き返した。

「カッパ、アンジュ？」

「ああ、菜々ねえ、モナちゃんは河童のことを天使だと思ってるの。ほら、学校の近くに河童とロケットが彫ってある橋があるでしょ。あれを見て、河童がエンジェルだって言うんだよ。おかしいよね」

「どこが似ていると思うの？」と菜々は聞いた。

「空を飛ぶ」

なにか根本的な誤解をしているのかもしれない。

「ま、いいじゃない。萌奈美ちゃんにとって河童はエンジェルね」

しかし、あなたたちの方がエンジェルだよ、と希実と萌奈美を見ながら、菜々は口の中で言った。今や完全に明るくなった星の砂のビーチで、波とたわむれる二人の女の子と一人の男の子は、本当にそんなふうに見えた。

＊

ウミガメの卵を採りにいくと決まったのは、前の日の夜で、たまたま、夕方、浜で目撃した人がいたからだそうだ。おやじが、保護団体から電話連絡を受けたのを、駆は隣で聞いていた。

絶対についていくと決めた。おやじに頼んだら、あっさりオーケイしてもらえた。

夜明け前の浜は真っ暗で、星が濃かった。海も静かで、海面にも星々が映った。今では、そういった光の中に、人が作ったものが混じっているのを意識するようになった。人工衛星だとか宇宙ステーションだとか。自然な元からある宇宙と、人間が飛ばした物が一緒になって、空を彩《いろど》っている。どっちがどっちなんて区別できないほど混ざり合っている。

保護団体の人が、「ここだあ」と教えてくれて、みんなで掘った。駆の目には、なんにもない砂浜なのに、掘っていくと、ほんの五十センチほど下から白いピンポン球のような卵がたくさん出てきた。卵はほんのりと温かく、手に乗せるとピンポン球よりずっと大きかった。

でも、マジックで、縫い目でも描けば、野球のボールに見えたかもしれない。

でも、マジックで書くのは、黒い点だ。卵のどっちが上だったかを印をつけておく。孵化場で上下を逆にしたり横倒しにしたりすると、途中まで育っている子が、大きくなれずに死んでしまうことがある。途中から印つけを任された駆は、星のマークにした。何万キロも旅をするウミガメの卵に相応しいと思ったから。

そして、希実と萌奈美も合流して、おやじの車で学校へ。校長先生も一緒だった。こんな朝早いのに、校長先生は当たり前のように卵の採集に来て、学校まで行くと、孵化場の鍵を開けてくれた。砂の温度を一定に保つ仕組みが必要で、それは、保護団体の人たちがよく知っていた。

これで五十日か六十日後、ウミガメの赤ちゃんが孵《かえ》る。何万キロの旅に出る小さなウミガメのことを考えると、駆は今から胸がキュンとした。

孵化場の鍵を閉めて、ふと校長先生が駆を見た。

「では、次はロケコンですね。ボンボン・ロケット、楽しみにしていますよ」

校長先生はなんだって知っている。周太と駆が引き起こした「テロ騒ぎ」の時も、「だいたい分かっていましたが、自分からきちんと言うことが大事です。ちょっと時間がかかったけれど、ちゃんと言えたのはソウルフルです」とどこか褒《ほ》めるような言い方で、やっぱり叱ってくれた。変な先生だけど、駆は好きだった。

ボンボン・ロケット計画が本格的に始まったのはまだ一学期、鯉くみのすぐ後だった。周太はもう北海道に帰ってしまっていて、隊長代理みたいになった駆は、他の隊員に聞いた。

「この前、先生から言われたロケット競技会、結局、どうする?」と。

毎朝のインギー鶏の世話をしながらだ。駆と希実と萌奈美が、必ず班で行動する時だった。

でも、その日は、タイミングが悪かった。ちょうど卵が孵って、ヒヨコがピヨピヨと歩き出したところだったので、希実も萌奈美も「かわいー」と相手にしてくれなかった。

駆がふてくされて、昼休みに低学年のリョータとアリの巣観察をしていたら、そこに萌奈美が来て、「ボンボン・ロケット、作ろう!」と言った。

「あー、踏んでる!」と駆は指さした。萌奈美は足下に気づかずに、駆が石を動かして剝き出しにしたアリの巣を踏んでいた。アリたちがわらわらと逃げ惑っていた。

萌奈美は、あっ、と言って、すぐに飛び退いた。そして、少し離れてから自分の足をじっと見た。小さな生き物が白いソックスを登ってくるところだった。

「アリじゃないよ、アリヅカコオロギ。珍しいコオロギで、アリの巣の中にしか住んでいないんだよ。コオロギって分かる？」

「コオロギ……クリケ？　グリーョン？」

フランス語ではそんなふうに呼ぶのだろうか。とにかく、振り払いもせずにじっと見ている。萌奈美は、虫をそんなに嫌がらない子だ。

「アリヅカコオロギは、アリの巣の中で、アリと一緒に暮らすんだ。仲間だと思わせて、食べ物とか横取りするらしいよ。アリヅカコオロギには、アリの巣が宇宙なんだ。地味だけれど、どこでも見つけられるし、おもしろいよ」

駆はさっきアリが集まってくるように撒《ま》いておいた黒砂糖のかたまりを、小枝の先でころんと動かした。

「ああ、カケル、それだよ。黒いボンボン。ボンボン・ロケットを作ろう！」

強引な周太でも、クラスのリーダー格の希実でもなく、萌奈美が自分の意思を強く言うのが新鮮だった。

「それ、どんなの？　教えて！」と駆は聞いた。

教室に戻ると、萌奈美はスケッチブックを見せてくれた。

Bonbon Rocket/ Fusée Bonbon という文字の上には、子ども向けのアニメに出てきそうなロケットが描かれていた。

ボンボンは、キャンディのこと。さっきアリにあげていた黒砂糖のかたまりもボンボンなのだ。

「ロケット競技会にこのロケットで出たいの！　ノゾミも乗り気！　チュウちゃんやコウちゃんが手伝ってくれるの！　カケルもいいよね！」

「うん、いいよ！」と駆は言った。

いきいきした萌奈美に言われたら、断れないかんじだった。チュウちゃん、コウちゃんが誰かは、その時は知らなかったけれど。

ボンボン・ロケット作りの作業は、多根島宇宙観光協会にて。

学期中は、学校が終わるといったん家に帰ってから、萌奈美の家に近い海辺の柴崎集落まで自転車で出かけた。

前にも来たことがある旧漁協の建物に、多根島宇宙観光協会は入っている。カニの生け簀が屋内にあって、隣にテーブルと椅子が並んでいた。駆たちが自由に使えるパソコンもあった。まずは、科学・工学教育用のソフトで、ロケットの原理を勉強するように言われた。パソコンの中でロケットを作って飛ばすゲームみたいなものだ。

液体燃料ロケットエンジンと固体燃料ロケットエンジン。それに、ハイブリッド型というものもあって、それぞれ特徴が違う。組み合わせて、宇宙に持っていきたいものを打ち上げる。

例えば、全球観測主衛星のような四トンもある人工衛星を、低軌道に投入。そのためには、一段目には総合的に能力が高い液体燃料ロケットを選び、でもそれだけでは足りなくて、一番力が必要な打ち上げの瞬間には、固体燃料の補助ロケットを付ける。二段目は、液体燃料だけでオーケイ。三段目は、固体燃料か、ハイブリッド型を……。いろいろ試してみると、ロケットの仕組みが分かってきた。

「ロケットのだいたいは、燃料と酸化剤！」と萌奈美がいち早く、そのことに気づいた。

燃料と酸化剤をあわせた重さが、ほかの部分、つまりロケットの「本体」の十倍とか二十倍とかに平気でなってしまう。自動車の本体より、タンクの中のガソリンの方が十倍も重いとかいったらすごく変だけど、そうならずにすむのはあちこちにガソリンスタンドがあって、好きな時に補給できるからだ。宇宙にはガソリンスタンドも、燃料を燃やすための酸素もないから、宇宙ロケットは最初から、全部タンクに詰めて持っていかなければならない。

「萌奈美さん、トレビアン。そこに気づくと、ロケットについていろんなことが分かってきますよ」

ていねいな言葉遣いで言ったのは、萌奈美の里親さん一家で、宇宙観光協会の温水宙さんだった。萌奈美がチュウちゃんと呼ぶ、メガネをかけた気さくなおにいさんだ。いや、おじさんかもしれない。おにいさんとおじさんの中間くらいの歳だ。

「ロケットエンジンの性能を考える時、どれだけの力を出せるか気になりますよね。それは推力って言います。自動車で言えば馬力ですね。でも、宇宙に行くには、燃費もとても大事です。燃費が悪いと、萌奈美さんが気づいたように、タンクを大きくして推進剤をたくさん積み込んで、どんどん重くなる悪循環にはまります。ロケットエンジンの場合、燃費を、比推力という言葉で表します。自動車だと、一リットルのガソリンで何キロ走ることができるか見ますよね。あれみたいなものだと、思ってもらえばいいです」

説明を聞いてから、ソフトをいじると、大切な点がくっきり分かってきた。ロケットエンジンは、出せる力（推力）と、燃費（比推力）の両方が大事だけど、時と場合によってどっちがより大事かは違う。いくら燃費がよくても、出せる推力が弱ければ地球から脱出することができない。日本の大型ロケットは、液体酸素と液体水素の組み合わせのメインエンジンで、これは燃費（比推力）がとてもよい。でも、推力はそれほどでもないので、一番、推力が必要なリフトオフの時には、力持ちの固体燃料エンジンを脇に付けて助けてもらう。この前の大型ロケットの打ち上げでも、固体燃料のブースターが燃え尽きて、分離されて落ちていくのが肉眼で見えた。こういう理屈を分かってみると、楽しくなってきた。

　パソコンで自由にデザインできるのをいいことに、駆はロケットをすごく大きくして、「深宇宙」へ行く宇宙探査機の打ち上げを考えた。地球を離れて、惑星に立ち寄って、最後には太陽系を脱出して、遠くへ向かう。

「ほう。これはすごい」と宙さんが画面を見て言った。「打ち上げ目的は、深宇宙探査。おまけに、太陽系を飛び出して、別の恒星系に向かうわけですか。夢がありますね！」

　太陽系内でも、火星に行って帰ってくるだけで何年もかかる。何光年も離れた別の星に行くには、人間の一生ではすまない。だから、有人宇宙船は現実的ではなくて、人間のかわりにいろいろなものを見てくれる探査機。行った先の惑星の気象を見られるようなセンサーも積んでいて、知りたいことを地球から指令できる。このロケットを考えたのは、実は周太にネットで見せるためだ。地球の軌道をぐるぐる回るようなやつは、好きじゃないと言われるに決まっているから。

「この前の全球観測主衛星をまるごと、よその星の惑星系に持っていこうってわけですか。おもしろい！　するとロケットはアポロ以上になりますね！」

　宙さんが変なテンションで褒めてくれた。アポロという時、宙さんはちょっと、うっとりとした言い方になった。

「一九六〇年代、七〇年代の話です。ぼくら兄弟もまだ生まれていないんですよ。ましてや、きみたちは二十一世紀生まれでしょう。本当にもう半世紀以上前の宇宙技術が、今も最高峰なんておかしいですよ。ぼくたちは、もっと遠くに行けると思うんです。それも多根島宇宙港から！」

なんか、この人、ふだんは穏やかで、クールな雰囲気なのに、いきなり熱くなる。周太と会わせたら盛り上がるかも、と思った。

「いいですね、いいですね。所詮コンピュータの中なんですから、もっと、思い切り贅沢《ぜいたく》にいきましょう！　もう惜しみなくでっかいエンジン使ってくださいい。何本も束ねてください！」

宙さんがそういうものだから、駆のロケットは結果的に余裕で「アポロ越え」してしまった。

「おお、全長百四十メートル！　これはもう超高層ビルみたいなもんです。史上最大、最長のロケットですよ！　究極ロケットということで、オメガ・ロケットとでもいいましょうか」

駆が、そういう巨大路線をひたすら走っている間に、希実と萌奈美は、ロケコンで使うもっと現実的なものを考えていた。

萌奈美が、最初、絵に描いたボンボン・ロケットだ。黒糖が燃料で、それを酸化剤で燃やす。そんなので宇宙に行けるんだろうかと思うけれど、二人は大まじめだ。

「固体燃料でいくか、ハイブリッドでいくか」と萌奈美が悩んでいた。

「ねえ、カケル、どう思う？　固体燃料は、カタチ、構造が簡単。ハイブリッド燃料は、タンクがいるし、酸化剤のガスを押して、燃料のところまで届けないと燃やせない」

うわーっ、萌奈美がすごく難しいことを言っている！

「えー、分からないよ。萌奈美が考えた通りにやればいいんじゃないかな」

「でも、エンジンの設計はムズカシイ。くやしい」

小学生がロケットの設計をできないなんて、当たり前だ。当たり前すぎる。駆だって、パソコンのソフトの設定に入っていたエンジンを使って超巨大ロケットを作っただけだ。なのに、萌奈美は、エンジンの設計も自分でしようとしていた。難しいのは当たり前なのに、すごく悲しそうな顔をして、本気で悔しそうだった。

夕方になると、「カニを茹でたでー、自分ら食べやあ」と宙さんの弟の航さんが呼んでくれる。すると、「はーい」と萌奈美は満面の笑みになった。それで駆は、やっぱり、自分と同じレベル！　とほっとするのだった。

「そのうち、ここは宇宙カフェにするつもりなんですよ。カニは名物になると思うんですよね」と宙さんが言っていた。

「カニって、すごいですよね」と駆。「家の近くの山の中にもいるし、川にもいるし、海にもいるんですよね。その点、アリやアリヅカコオロギとは違うんです。川と海はつなが

って て、それを全球観測主衛星みたいな人工衛星が全部見ているんですよね!」

自分でも途中で言っていることが分からなくなったけれど、自然と口に出ていた。

「なるほど、そういう感覚なんですね。だから、全球観測主衛星をほかの惑星まで持っていこうって発想になるんでしょう。それも多根島宇宙港から打ち上げられるなら、まさに、ガッカチチウ! です」

宙さんも訳の分からないことを言った。


「ガッカチチウ!」

例の訳の分からない言葉を口にしたのは、今度は校長先生だった。

週に一度の全校集会だ。全校といっても三十人くらいだから、体育館ではなく、集会室に集まった。

校長先生は、給食を食べた後で、全校集会をして、それから昼休みにする、というのが好きだった。この日も、そうだった。みんな、ざわざわと給食を食べた後で、給食係の子たちがさっと片付け、そのまま校長先生の話を聞く。というよりも、校長先生と話す。

「ガッカチチウ! の意味を知っている人はいますか」

すぐに手が挙がった。希実と萌奈美だった。

「すごいですね。じゃあ、これは、萌奈美さんに聞いてみましょう」

「ガッコー、カテイ、チイキ、チキュウ、ウチュウ！」

「その通り、学校・家庭・地域・地球・宇宙。宇宙港がある多根南町の合い言葉です。どういう意味だと思いますか、駆君」

駆は、びっくりしてビクッと体を強《こわ》ばらせた。

まさか聞かれると思わなかった。

「駆君は、この前、ウミガメの卵を採りにいくのに参加しましたね。その時に、言っていたことと関係がありますよ」

「あ、家とか、学校とか、すごく近くのものは島の中にあって、川で海につながっていて、地球につながっていて、地球は宇宙の中にある……」

「その通り、素晴らしい。わたしたちは、身近なところから、地域を通して、果ては地球、宇宙にもつながっている、ということです。それを言い表したのが、ガッカチチウ！という合い言葉です。これは、今、町の役場でも流行《はや》っているようですね。どうですか、希実さん」

「うちの父も、よく言ってます！　役場に勤めている人も、多根南町らしい標語だと言っているそうです」

「では、これからしばらく、週に一回、わたしと一緒に、ガッカチチウ！を考えることにしましょう。きょうは、五六年生の担任、田荘千景先生から、多根島南部の地元の歴史の話をしてもらいましょう。田荘先生は、歴史が大好きなので、最近、地元の郷土史研究会に入ったそうです」

校長先生は、自分の講話だけでなく、ほかの先生に好きなことを話してもらうのが好きだった。その時間を「ガッカチチウ！」のために使うということらしかった。

「結局、そういうことだったんだ」

隣の希実が駆の肘をつっついてきた。

ずいぶん前に、ちかげ先生が、夜とか週末、何をして過ごしているのか話題にしたことがある。多根南町には本当になにもないし、みんな顔見知りだ。でも、週末、真中の中心街で、ちかげ先生を見たことがない。駆だったら、どこででも虫を見つけて遊んでいられたけれど、ちかげ先生は、虫を見ると怖がる。じゃあ、先生は暇な時間をどうしているのか。

答えは、「歴史の勉強」だった。

「最近、週末は多根南町の古い遺跡や、歴史にかかわる場所を回っています。多根南町は、日本がはじまった最初の頃の歴史の本にも名前が出てくる有名な島です。それでも、島で書かれた記録は少ないので、もう忘れられているものも多いんです。例えば、郷上という集落には、千百年前のお寺の跡があります。多根島では一番古いお寺ですし、その頃は、九州から修行に来る人たちも多かったそうです。この前、見てきましたけど、森の中で、すごく古めかしくて、先生は何かゾクゾクしてしまいました！」

えーっ、と思った。

それは、駆の家の近くだ。おやじに教えてもらった。幽霊が出ると言われて、あれ以来、一度も近づいていない。もうすぐカブトムシの季節だし、そろそろ行かなきゃとも思いつつ、夜はちょっと怖くて、なかなか出かけられずにいた。

「ああ、これで分かった」と希実が耳元で言った。

「郷土史研究会って、おじいちゃんばっかりなのよ。最近、若い人が入って、おじいちゃんたちのアイドルになっているって聞いてた」

さすがに、地獄耳一家の希実だ。

「きょうの話題は、今では町の中でもだんだん忘れられかけている、古くからのパワースポットの話です。パワースポットって分かりますか？　そこに行くと力が溢《あふ》れてくるような場所で、お寺とか神社もそういうところです。でも、多根島には、もっと昔から、カミサマが宿る大切な土地がたくさんありました。ガオウといって、町内だけで、何百カ所もあるとされていますが、半分くらいはもう場所が分からなくなってしまったそうです。ガオウは、多根南地域の人たちが、どんなふうに自分たちとカミサマとのつながりを考えてきたのか分かる場所なので残念です――」

またも、えーっ、と思った。昔の寺のすぐ隣には、こんもりとした緑の盛り上がりがあって、そこはガオウだったからだ。おやじから聞いたから確かだ。

「ガオウ、ガオウ、うちにもあるよ」と萌奈美が言った。

「ええっ、萌奈美さんのうちにあるんですか」とちかげ先生。

「うん、チュウちゃんとコウちゃんが持ってた」

「ああそれは、なにか違うものかも……」

「でも、ガオウは、宇宙とつながってる。チュウちゃん言っていたよ」

「それはおもしろいですね。今度、先生も話してみたいです」

萌奈美がおかしなことを言っても、ちかげ先生は、ますます目がきらーんとしているみたいだった。

それにしても、ガオウが宇宙と関係あるってどういう意味だろう。駆には分からないうちに話が終わった。

「ガオウ？　それなら、漁港にもありますよ。ちょうど、今から行こうと思っていたところです。固体燃料か、ハイブリッド型か、決めるには実験するのが一番でしょう。作業場はガオウのすぐ近くです」

宙さんが、こともなげに言った。

夏休みに入った直後の、いつもの多根島宇宙観光協会。希実と萌奈美が、コンピュータを使ってロケットのデザインをああだこうだと工夫している時、ガオウについて話題にした。

　作業場というのは、多根島宇宙観光協会、つまり元漁協の建物から少し離れた祠《ほこら》の近くにあった。海に面した行き止まりの広場だ。

「柴崎漁港のガオウは、あれですよ」と宙さんが指さしたのは、祠の向こうにある小山だった。

「ガオウっていうのが何か、というのは、ぼくもよく分かりませんが、祖父祖母の代までは結構、厳しく言われたみたいですね。例えば――」

　宙さんは、ちらりと希実と萌奈美の方を見た。

「中で立ち小便するな、とか？」と駆は聞いた。

「そう、おちんちんが腫れるぞ、って。まあ、それをパワースポット、っていうんですかね。そこんとこどうなんでしょうね。ただね、おちんちんが腫れようが、どうなろうが、大事なのは、こういう原始信仰が、昔の人の宇宙観を表していただろうということですね。カミサマが降りてくるところ、みたいな言われ方ですから」

「おおい、アニキ、準備できた。ほら、みんな、来てみい」

　おもしろいアクセントで呼びかけたのは、温水航さん。宙さんのふたごの弟だ。でも、全然似ていない。すらりとした宙さんと、筋肉モリモリの航さんは、顔つきもはっきり違って、言われなければ兄弟だとも思われないだろう。

「コウちゃん！」と萌奈美が大声を出して駆け寄った。なんだか萌奈美がずいぶん慕《した》っている。宙さんもそうだけど。

「ほら、みなさん、こっちへ、はよぉ。日がくれまっせ。さ、防護具つけて、中、いらっしゃい」

航さんから配られたヘルメットや安全メガネをつけて、建物の中に入った。今は使われていない倉庫だそうだ。

「お料理？」と萌奈美が言った。

「カニでも茹でる？」と希実。

航さんは、ポロシャツの上からエプロンをして、おまけに手には、片手持ちの鍋を持っていた。ただし、顔には安全メガネをつけているし、普通の料理でないのは間違いなかった。

航さんは、あらたまって、駆たちを見て説明した。

「アニキから頼まれて、実験しとりました。我らがプリンセス、モナさまの発案で、島の黒糖で固体燃料を作っとります。まあ、見といてや。まず、材料はこれ――」

鍋をいったん置いて、まずボウルをひとつ差し出した。黒っぽい粉が入っていた。

「島内産の黒糖ですな。製糖所に言うて、できるだけ細かい粉にしてもらっときました。

ほいで、こっちが——」

今度は白い粉だった。

「硝石《しょうせき》、硝酸カリウムゆうて、まあ、名前だけゆうたら難しい化学物質やけど、意外に身近なもんです。肥料なんかによう使っとるし、防腐剤にも使われる。だから、島でも昔はよう作っとったいいますね。糞尿《ふんにょう》熟成させたり、なかなか、くさーい作り方をせなあかんようでした。今は、さすがに化学的に作ったんを買《こ》うてます。もう分かっとると思うけど、これら、土産物屋やホームセンターで買えるもんです」

「それどころか、もっと身近ですよ。例えば、学校で飼っているインギー鶏」と宙さんが続けた。「鶏の糞を藁《わら》と一緒に発酵させて硝石を作っていたそうですよ。それと、人家の床下。人間の活動で有機物が落ちてくるところに微生物がいて、その有機物を分解すると硝石も同時にできる。島ではそんなところからも硝石をとっていたそうです」

「すごいですね。多根島って、その頃から最先端だったんですね」

素直な感想を言ったら、笑われた。

「まあ、火薬の原料ですから。鉄砲が伝来して、自分たちでも作ったんだから、火薬も必要でしょう。こういうのは、郷土史研究会の人たちが詳しいですよ」

「黒い粉、黒糖、キャンディ燃料ね。白い粉、硝酸カリウム、酸化剤ね。じゃ、これは固体燃料ロケット？　どうやって作る？」

萌奈美が言うと、雰囲気が変わった。急にみんな、目的を思い出したのである。

「そうですな、プリンセス。ちょっとみなさんに、やってもらいましょか。この二つを混ぜて、できるのは固体燃料ですわ。あまり危険のない分量で試してみたら、様子が分かるってもんでしょ。俺らも、こういうの小学生の頃に、宇宙港の人に教えてもろて、おそるおそるやってみたことあるんですわ」

というわけで、宇宙探検隊の三人は、小さな小さな鍋を持って、コンロの前に立った。もちろん、安全メガネとヘルメットはばっちりとつけている。ロケットの固体燃料を作るというのだから、それくらい当然だ。

でもやっているのは、料理と変わらなかった。黒糖の粉と硝石の粉を混ぜながら、鍋でゆっくり融かす。

「これ、失敗したら黒焦げになるんじゃない？　製糖所でも時々焦がしていたって聞いたけど」

希実はちょっと腰が引けていた。

「大丈夫ですよ。このコンロ、温度を感知するサーモスタットつきで、熱くなりすぎたら勝手に切れますから」宙さんが請け合った。

すぐに、まわりは黒糖の甘い匂いで包まれた。遠足で行った黒糖工場でもそうだった。あの時は、サトウキビを煮詰めて、水気を飛ばして、ドロドロにしたところで冷やして固めていたのだ。今は、逆に冷えて固まって粉になったやつを、また熱して融かそうとしている。

「あ、本当に融けてきたよ……」と萌奈美が声をあげた。

「そうそう、その調子ですわ。プリンセス」

萌奈美は里親さん一家にとても大事にされている。いかついゴリラマンの航さんが、「プリンセス」だとか「モナさま」などと目尻を下げて言う。宙さんの方はもともとていねいな人だ。そして、萌奈美も里親さん一家が大好きみたいだ。里親さんとの相性って大事だよなあと思う。駆もラッキーだった。そんなことをふと考えていると、なにか違う匂いが鼻をついた。

「あ」と声をあげた。

「あーあ、駆、焦がしちゃった。ぼーっとしているからだよ」と希実がからかった。

「サーモスタットがついていても、分量を少なくしたから、急に温度が上がりやすいですし、あと、砂糖やら黒糖やら、いろいろまざりものが多いですから、モノによって微妙に融点が違います。もうちょっと注意が必要でしたね」

話すうちに、宙さんは駆のコンロの火を止めた。ほかの二人は、焦がさずにうまく黒糖を融かしたので、そっちは使えそうだった。ネバネバしたガムみたいになった灰色のかたまりを、航さんがヘラで掬《すく》い上げた。

「ほな、外に行きましょか！」

例の「ガオウ」が見える、作業場の前の広場。航さんは、鍋の中でできた灰色のガムに、細長い点火器の先の炎を近づけた。「ガム」は指の先くらいの大きさだった。

ボッと音がした。

一気に燃えた。というか、爆発した。大きめの爆竹みたいだった。

「なかなか、強烈なもんでしょう。とにかくこういう固体燃料は作れました。それで、これを見てもらいましょうか。みなさん、ちょっと離れてください。モデルロケットと同じで二十メートルの保安距離を取りましょう」

音楽の授業で使うリコーダーより少し細いくらいの紙のロケットエンジンを、宙さんがどこかから取り出した。モデルロケット用の発射台に置いて、火花が出る電気点火器を近づけて、遠巻きにスイッチを押した。

ブシュッと音がして海に向かって飛んだ。でも、風に戻されてほとんど発射地点のあたりに落ちた。

「すごい！」みんなが飛び跳ねた。

「我々、温水宙航きょうだい社の製品、黒糖ロケット1型です。とはいえ、まだまだ安定した製品じゃないですけどね。すぐに湿気で使えなくなるんですよね」

宙さんは、紙のロケットエンジンを差し出して見せてくれた。中には灰色っぽいかたまりが詰まっていて、中心が丸くくりぬかれていた。灰色のかたまりは同じやり方で作った固体燃料だ。キャンディみたいに光っていた。たぶん舐めると甘い。

「温水きょうだい社の技術力は、せいぜいこんなものです。この前まで魚の流通とか、カニの生け簀の水質管理ですとか、そういうノウハウを追究してきた会社ですからね。それでも、究極の島特産ロケットです。でも、プロから見ると笑ってしまうようなものですが、まあ記念すべき第一号として――」

「作りたいです！」と駆は言っていた。「砂糖と肥料でできるんですよね。作りたいです！」

駆の頭の中で、ガッカチチウ！　というあの妙な言葉が響いた。

「いや、これ、あまりにしょぼくないですか。加勢さんが、ハイブリッド型のモデルも準備してくれていて、近々、見せてくれるはずですから、それを見てから決めましょう」

「とにかく、ぼくたち、ロケットのエンジン、作れるんですよね」

駆はなにかじーんと感動してしまった。特に砂糖と肥料でできるというのがすごかった。

それって、農業だ。ロケットって、農業なんだ！

だから、その時、萌奈美が隣で首を傾げているのには気づかなかった。

橘ルノートル萌奈美は、フランスで育った女の子だ。

黒くて細い髪の毛は、太陽に透かすと少しだけ茶色くなる。

そして、甘い匂いがした。髪からも体からも。漁港の埠頭《ふとう》に二人で腰かけて、潮風に吹かれていても、甘い匂いの方が強かった。黒糖の匂いだと分かっていても、どこか胸がざわついた。

「カケル、あまーい」と萌奈美の方も同じことを考えていたみたいだ。

作業場で、黒糖と硝石を混ぜて練り上げるのを、希実を含めて三人でもう一度やった。駆も今度は焦がさなかった。そして、できあがったものを、厚紙の筒に流し込んだ。冷えて固まったものは、灰色でつやつやした「ロケットキャンディ」だ。その真ん中を少しだけくりぬいて燃焼室を作ってやれば、固体燃料ロケットエンジンの完成。ロケットってこんなふうにできるんだ、自分の手で作れるんだと、駆はすごく納得した。

それで、きょうのところは作業を終わりにして、宇宙観光協会のある漁港まで戻ってきた。希実は用事があってすぐに帰ったので、駆と萌奈美の二人だけが残った。駆は、はじめて「本物の」ロケットを作った興奮で、すぐに帰りたくない気分だった。

萌奈美と二人きりになるのはこれがはじめてだと気づいた。しばらく潮風の中で、お互いの甘い匂いを感じていた。

「あまーい、あまーい、わたしたち、ボンボンみたい」

萌奈美が、急にはしゃいだ声を出して、やっと緊張がとけて笑った。

そして駆は、萌奈美の目が黒でも茶でもなく、少し灰色がかった不思議な色だと気づいた。ついつい見とれて、吸い込まれそうになる目だ。

きっと両親の苗字が橘さんとルノートルさんだったのだと勝手に思ってきたけれど、こんな不思議な目は、日本の人には見たことがなかったから、きっと当たっている。

「なんで、ボンボン・ロケットを思いついたの？」と駆は聞いた。

ボンボン、つまり飴の匂いをぷんぷんさせながら聞くには相応しい質問だった。

「うーん、ママンが……」と言いかけて、ちょっと遠くを見た。

「えっとね、ボンボンがかわいいよね」と萌奈美は答えた。

「かわいいかな」

「甘い、かわいい。ジャポン……ニッポンはカワイイよ」

「日本がかわいいの？」

「うん、カワイイ国。カワイイ島。アニメとか、かわいい。チュウちゃんもコウちゃんも好きだよ」

なんと、萌奈美は日本のアニメが好きなんだ。

「じゃあ、それで日本に来ようと思ったの？」

「ちがうよ」

「ふうん。そうなんだ」

「ママンとパパが離れて住む。だから、早めに来たんだよ」

それって、いわゆる別居というやつ？　なにか詳しく聞きにくくなってしまった。

「それにしても、宇宙のこととか、ロケットのこととか、結構詳しいよね。周太とは、ちょっと別なかんじだけど、インギー鶏の名前、当てたよね」

「ママンの仕事の関係でニッポンの宇宙飛行士、会ったことあるよ。宇宙好きだけど、海も好きだよ。だから多根島がよかった。海のあるとこでよかった」

萌奈美は、埠頭から投げ出している足をぶらぶらさせた。真下で水面がきらきら光った。小さな白い魚がわーっと泳いできて、駆は見とれた。

「あっ」と急に萌奈美が立ち上がった。

「いい風！」と言って、宇宙観光協会の方へと走っていった。

ほんの少しで戻ってきた時には、萌奈美は上下つなぎの黒いウェットスーツみたいなものを着ていた。そして、埠頭に置いてあったボードを水面に落とし、自分も勢いよく飛び込んだ。

すぐ後に、航さんが大きな帆を持ってきた。

埠頭の下の階段になっているところで、萌奈美は帆を受け取った。

ボードに帆を差して固定すると、すぐにすーっと水面を滑り始めた。

すごい！　鮮やかというか、駆はとにかく目をみはった。

「えらい運動神経やろ。あれは真似できへんなあ。身が軽いゆうてもほどがある」

航さんは目を細めて、本当に「プリンセス」を見るみたいだった。

「カケル！　おいでよ！　楽しいよ！」

萌奈美が手を振った。

「いってきなはれ、自分。モナさまが、お呼びや」

自分というのが、航さん自身のことではなく、駆のことだと分かるより前に、背中を押された。

しぶきがあがり、駆は生ぬるい水に包まれた。

鯉くみの時には周太を川に引き込んだけど、今度は萌奈美に海に呼ばれた。相手は違うのに、やったらやり返された、と感じた。

「あの時の、宇宙少年か、久しぶりだな」と加勢遙遠さんは言った。

「はい、学校で宇宙授業を聞いて以来です」と駆はこたえた。

駆は、宇宙港の端にある「第二小型射場」というところにいる。ウミガメの卵を掘り出した砂浜の近くで、宇宙探検隊の希実と萌奈美、そして、温水さんたちも一緒だった。そして、宇宙港の青い作業服を着た加勢さんが出迎えてくれた。

加勢さんとは、もともと春先に、家の近くにある追尾アンテナのところで偶然出会った。

海から吹き上げられた蝶のようなカゲロウのようなものが、タンポポの綿毛と一緒にわーっと頭の上を通り過ぎた瞬間は、今でも鮮やかに思い起こせる。

「ところで、あの超宇宙少年は来ていないのか。花火騒動の子たちって、多分きみたちの学校だろ」

「はい、ぼくたちです。ぼくと本郷周太です。ただ周太は今、理由があって、実親さんのところに戻っているんです」

「そうか、残念だ。たぶん、きょうは多少興味を持ってもらえたんじゃないかと思うんだが」

宇宙授業で食ってかかってきた周太のことを、加瀬さんはしっかり覚えていた。

加勢さんと再会した「第二小型射場」は、多根島宇宙港の北側にある。温水きょうだい社で開発した小型固体燃料ロケットと、加勢さんが見せてくれるというハイブリッド型ロケットの燃焼実験をして比べてみるために、ここまでやってきた。ウミガメの卵を掘りにきた時、夜明けの海は星を映していたけれど、昼間は緑色で宝石みたいに光っていた。

海から充分離れたところに、「小型ロケット試験準備棟」という古い建物があり、その壁一面のシャッターが大きく開いていた。加勢さんが待っていたのはそこだ。

中にあった車輪付きの金属の台車を、自動車で引っ張って、外にあるコンクリートの土台まで動かした。台車をきっちり固定できる仕組みになっていた。

「簡易的なテストスタンドだ。ロケットエンジンを横置きで燃焼試験できる。じゃあ、温水きょうだい社の新型エンジンから、やってみるかい。おれたちは、安全なところで待つか」

というわけで、航さんが主に作業をして、加勢さんと宙さんと宇宙探検隊の三人は、少し離れた防護壁越しの安全なところから見ていることになった。燃焼の様子を近くで撮影した画像を見られるモニタもあった。

いくつも連続して試す中には、駆たちが作ったものもまじっているはずだ。なかなか点火しないものがあって、自分が作ったものじゃないかとやきもきさせられた。かと思うと、いきなり大きな炎を噴き出して爆発するものもあった。

「温水きょうだい社SR‐BK1型だっけ。地元の原料だけで固体燃料ロケットを作ろうという発想は、正直面食らった。しかし、確かに、やろうと思えば誰でもできるし、やっていいんだよな。ここは宇宙港で、宇宙特区なんだから」

「ST‐KBBR1型です」と宙さんが訂正した。「正式には〝島特産の黒糖のボンボン・ロケット・バージョン1〟で、略してST‐KBBR1。島特産という意味でSTシリーズと呼ぼうと思います。ほかにもSGC、スーパー・ギャラクティック・地域《コミュニティ》というのも考えましたが、弟ができるだけ短くっていうので」

「すごいセンス」と希実が耳打ちしたので、思わず笑いそうになった。

「しかし、燃焼が安定しないな。原料の吟味も特にせずに、手作りでというと、こういうものだろう」

「ええ、この不安定さは、致命的です。ちょっと大きなものだと、はっきりします。ST‐KBBRバージョン2をお見せしましょう」

宙さんが、航さんに身振りで合図をした。航さんは、いったん自分の車まで戻って、さっきよりかなり太い筒を持ち出してきた。

直径五センチくらいの塩ビパイプを切ったものだ。航さんはそれをテストスタンドに据え付けると、防護壁のこちら側にやってきた。そして、無線点火装置のスイッチを入れた。

赤っぽい光が見えて、火花が飛び散った。ゴッと低い音が続いた。

「うひゃあ、あの近くにいたら、大怪我やったわあ」と航さんが体を震わせた。

駆も怖かった。希実と萌奈美も、抱き合っていた。「島特産の黒糖ロケット」と聞いたら、甘いお菓子と変わらないような響きなのに、実際にはあんな爆発を普通に起こす。周太と駆が秘密基地でやったことなんて、本当に子どもの遊びだ。文字通り、そうだ。

「ヒビが入ったり、空洞《ヴォイド》ができたりしているんでしょうね。あくまでイベントでデモに使うためのモデルロケット扱いで、小さなA型からC型相当くらいが適当でしょうか。つまり、玩具《おもちゃ》です」

「そうだろうな。適当に作った黒色火薬みたいなもんだし、大型化は奨《すす》めない。いわゆる

CATO、カタストロフィック・テイクオフが頻発するぞ」

　宙さんと加勢さんが、難しい言葉で話し合うのを駆は聞いていた。

「ところで、きみたち」と加勢さんがこちらを向いた。

「ここからが問題になる。温水きょうだい社の開発一号である、SR-BKKTだっけ——」

「ST-KBBR1、最初のSしかあってませんよ」

「とにかく、島の材料だけでできたモデルロケットを使って飛ばすのがひとつの選択肢だ。今爆発したような大きさじゃなくて、ごくごく控えめな大きさならいけるんじゃないか。これなら、やることはロケットの外装を作るだけだ。紙を巻いてボディを作って、好きなように絵を描いて、パラシュートでもつけてやればいい。一人一機でもいいし、二機、三機と作ってもいい。なにしろ原料は、砂糖と肥料だ。コストは大したことない」

　駆はうなずいた。

　宇宙探検隊として、まずまずの計画だ。小さなモデルロケットだけど、世界中のどこを探しても、地元のもので作ったロケットなんてなかなかないんじゃないだろうか。

「じゃあ、機体を作る紙も地元のがいいよね。紙だったら、きっと、島で作ったサトウキビパルプのやつがあるよ！」

　希実が声を弾ませて提案した。

それで、決まりだ、と駆は思った。

周太がいたら納得するかなあ、と思ったけれど、だいたいこういう時、希実がうなずくと、萌奈美もうなずく。今は三人の宇宙探検隊だから、三人で決めればいい。

「ちがうよ」と静かな声を出したのが、最初はだれか分からなかった。

「これ、ボンボン・ロケットじゃない」

「モナちゃん、どういうこと?」と希実。

「ボンボン、キャンディを使ってない」

「それを融かして燃料にしたんだよ」と駆。

実際に、融けた後また冷えて固まった状態は、あめ玉みたいなかんじだし。キャンディロケットとか、ロケットキャンディとか言ってもいいくらいだ。

萌奈美は、きゅっと唇を引いた。持ってきていたノートを開いて見せた。

「分かってますよ。この絵に出てくるボンボン・ロケットとは違いますね。それで、加勢さんに別の案を考えてもらいました」

「要するに、これは夢のロケットだ。夢すぎてSFの世界だ」と宙さんが言った。

加勢さんは萌奈美の絵を指さした。

「つまり、宇宙ステーションで緊急事態が発生した、と。ただちにクルーは逃げなければならない。しかし、燃料を失ってしまい、離脱できない。では、燃料にできるものならなんでもかんでも放り込んで燃やしてしまえ。そんな乱暴な使い方でも動いてくれるエンジンってことだろう」

萌奈美がうんうんとうなずいた。

えーっ、萌奈美ってそんなことを考えてたんだ！　希実に目配せしたけれど、全然、知らないみたいだった。あの絵からそこまで読み取るなんて、加勢さん、すごい。

「それで、きょうは実験をやってみる。それを自分の目で見て、やってみたいか考えてくれ。この件、きみたちがやる気にならないと、企画はなしだ。しかし、やる気になるなら、おれもしっかりつく」

加勢さんがもったいぶって説明しつつ、小型ロケット燃焼試験棟の中にみんなを導いた。

奥にあるラックにたくさんの小型ロケットエンジンが並んでいた。細長い金属の筒が燃焼室で、先にはラッパみたいに広がったノズルがついている。パソコンで遊んでいるうちに自然と名前を覚えていた。

「この建物に爆発物はない。さっきみたいな固体燃料は火気厳禁だが、ここにあるのは全部、空《から》のエンジンだよ」

「ハイブリッド型は？」と萌奈美。

「実は、まさにきみと似たことを考えて、なんでもかんでも燃やしてみる雑なロケットを作った人がいる。昔は、なんやかんや思いついたら、ちゃちゃっと開発ができた時代があったらしい。おお、これだ。宇宙少年、というか、天羽君、片方、持てる?」

加勢さんは、あえて駆に言ったみたいだった。

「やってみます」

ずっしり重かったけれど、なんとか持てた。それほど大きくなくて、ぱっと見たところ、ただの筒だ。ノズルは内側に隠れている。

「技術実証用に使われていたエンジニアリングモデルだ。汎用燃焼室とかいっていたみたいだな。汎用というのは、なんでもオーケイって意味だ」

金属の台車に載せて金属の筒を外まで運ぶと、加勢さんは、ねじ込み式になっている上蓋をはずした。そして、台車に載っていた透明なプラスチックのケースを持ち上げた。

「これが、アクリル樹脂でできた燃料支持用のラック。ロケットの燃焼室の内側にぴたっとはまって、この場合は黒糖飴が偏《かたよ》らないようにしてくれる。酸化剤がすんなり通るようにスカスカになっていて、燃焼が進むとこのラック自体も燃えて推力の一部になる」

「要は、この中に飴を詰め込んだらええんちゃうかってことですか」

「詰め込みすぎだと、まずいですよ。酸化剤が行きわたる余裕が必要ですよね」

航さん、宙さんが口々に言った。

「実は、そういうのも、やってみないと分からないんだ。とにかく、一度、やってみよう」

萌奈美が目を輝かせて、黙ったまま、黒糖飴の袋を開けた。そして、ていねいに、ラックの小部屋に入れていった。こんなので本当にロケットになるのだろうかと疑問に思いつつ、駆も同じことをした。

ラックを燃焼室の筒の中に収めて、しっかりと蓋をした。そして、テストスタンドの台車に横位置で固定した。

「さて、酸化剤だが――」

「液体酸素！」これは希実が答えた。

「その通り。ここから先、ちょっと離れて見ていてもらおう。まだ爆発の危険はないが、液体酸素のタンクをつなぐ」

燃焼テストの台には、ガスタンクみたいなものがくっついていた。そこからクネクネと管がのびていた。その先をロケットエンジンの蓋から出ている管にかちゃりとくっつけた。そして、点火装置用の配線を確認すると、加勢さんは待避所までやってきた。

液体酸素の噴射と点火のスイッチを押したのは、萌奈美だ。

「イケーッ」と大きな声で言った。

え？　と思うほど、大きくて元気の良い声だった。だんだん萌奈美の物静かなイメージが変わってきている。

まずはしゅーっと白い煙が出てきた。それから、ロケットの端に赤っぽい炎が見え、勢いよく噴き出した。

これは、ぜんぜん違うものだ。黒糖を練って作ったロケットエンジンなんかとは、格が違う。

なんというか……本物だ！　本物のロケットだ！

そう思った途端に、炎がぶわっと大きくなり、ドンッと空気が割れた。

「酸化剤供給、自動停止」と加勢さんが言った。「まあ、最初にしては悪くないか。おれが液体酸素のバルブが閉まっているのを確認するから、合図をしたら来てくれ。ハイブリッド型の利点で、酸化剤を断てば、爆発の危険はない」

液体酸素の管と切り離しても、しばらくはエンジンが熱いので、結局、十分以上たってから、蓋を開けた。

内側は黒くススけていた。黒糖キャンディらしい黒いツブツブが、あちこちに飛び散ってこびりついていた。

「うまく全部、燃えるような配置になっていなかったみたいだな。いや、燃焼開始の後で、キャンディが衝撃波で割れたんだろうか。内壁のあちこちに、不完全燃焼のススがこびりついている」

駆は希実と目を見合わせた。そして、萌奈美のことを見た。萌奈美は、ロケットの燃焼室に顔を近づけて、それこそ、穴があきそうなくらい、真剣に観察していた。

「さて、こんなふうに、簡単にはいかないんだ。だからどうする？　温水きょうだい社ＳＴシリーズを使えば、ほとんど苦労はしないぞ」

「本物がいい」と萌奈美が言った。「本物のボンボン・ロケットがいい」

それで決まりだ、と駆は思った。自分でもびっくりするくらい興奮していた。

＊

夜も八時近くなって、ようやく空も暗くなった。

多根南町で唯一の繁華街、真中地区で唯一まともなカクテルを出すバー、ムーンリバーにて。

定休日で、客はいない。しかし、店に明かりが灯っていたのでドアを叩いたら、店主のジャスティンが手招いた。身長百九十センチ近い大男だが、動作はどことなく女性的だ。

「新しいカクテルを試しているから、ちょっと飲んでみて」と柔らかい抑揚の日本語で言った。

「助かった。仕事していいかな。この時間、空いている場所がなくて。試飲も一杯なら、ぜひ」

菜々は、アルコールが嫌いではない。でも、飲みすぎると、困ったことになるのを自覚している。島育ちの親の世代が、集まりがあるごとに痛飲して正体がなくなるのを子どもの頃から見てきた。あの変な匂いのする液体を飲むだけで、なんでみんな人が変わってしまうんだろうと不思議に思ったものだけれど、今、自分も、ある臨界量を超えると「正体がなくなる」。大日向の一族には、時々、酒で身を持ち崩す人がいて、本当に要注意だ。

「では、どうぞ」とグラスを目の前に差し出された。

「ジャスティンの最近の新作、アルコール度数高くない？　ちょっと危険なかんじがする」

「ナナちゃんは、慎重ね。たしかに、大日向の人って……いや、やめとこう。たしかに、弱いお酒じゃないけど、それも表現のためだから」

「表現？」

「そう、あれと同じ」

ジャスティンは、バーの壁にかけられている絵を指さした。素人画家で、小器用に画風を真似る。最近は、ゴッホのようなタッチで夜空を描くのに凝っている。かなり、抽象的な宇宙画になる。

自分の作品を眺めているジャスティンの薄い色の目を、菜々はしげしげと見た。移住者の多い島とはいえ、欧州系のジャスティンは人目を引く。バーの店主としてだけではなく、趣味のお絵かき教室を主宰して地元の子どもにも人気があって、結構、存在感の大きな人だ。

「カクテルだって、絵と同じで、創作物で表現なのよ」とジャスティンは言った。「さて、このカクテルはなにを表現したがっているでしょうか。かなり深ーい意味を込めたつもり」

「とにかく冷たい」

「ちゃんと味わってくださいな、ナナちゃん」

菜々はとりあえず深く考えるのをやめて、少し多めにカクテルを口に含んだ。

ゆっくり喉に落としてから、「ああっ」と声を出した。

「ピリピリする。熱い」

「そうなの。今の宇宙に広がるのは絶対零度に近い冷たい空間。けれど、時間をさかのぼると、灼熱宇宙、ビッグバン。それを同時にイメージしてもらいたいわけ」

ジャスティンが、まるで女の子のように目をキラキラさせた。

「やっぱり、かなり度数高いでしょう」

「それほどでもない。使ったもとのスピリットは、南山酒造の黒糖酒だけど、だいたい七十度くらい」

「五十度超えれば飲み物じゃなくて、薬品だと思います。七十度、超えてくると、ロケットの燃料級。ドイツのV2号に使っていた燃料は、アルコールが七十五パーセントで、残りの二十五パーセントは水だったって、ゾノさんに聞いたばかり。また、ロケット燃料《フュエル》の新作のつもり？」

　ムーンリバーで、「ロケット燃料」といえば、猛烈な度数のアブサンをベースにしたカクテルのことだ。打ち上げで島にやってきた関係者に人気があるが、毎度、「正体がなくなる」人を量産している。

「いいえ、ロケット燃料じゃなくて、そいつの名前は、ＣＭＢ《シーエムビー》」

　菜々は目をぱちぱちと瞬いた。地味な名前だ。でも、自分もこの数日、ＣＭＢに頭を悩ませてきた。

「次の打ち上げに合わせた新作なんだ。とにかく、わたしには強すぎて危険なカクテルです。という感想。それでいいかな」

　菜々は、グラスを脇にずらして、カウンターの上に携帯端末を出した。一番上に開いていた書類には、「ＣＭＢ探査機について」と書いてあった。

　オフィスに残るよりも、家に帰るよりも、カフェなりバーなりでちゃっちゃと「残業」するのを最近菜々は好む。特に、次の打ち上げが近づいてくると、自分も勉強しなければならないし、次から次へと対応しなければならないことがある。

「その様子だと、次の打ち上げは順調なわけね」

「今のところはね。この前みたいに延期にならなければいいけど」

「コズミックバード計画、またはＣＭＢ探査計画。久々に、本格科学探査機。楽しみね」

「楽しむ前に、わたしは、地元向けに広報しなきゃならないの。科学系の衛星は、その都度、猛勉強しなきゃならなくて、大変。ＣＭＢって、単にCosMic Bird《コズミックバード》の略かと思ったら、Cosmic Microwave Background《コズミックマイクロウエーヴバックグラウンド》なんだよね。宇宙マイクロ波背景放射。これをどうやって、分かりやすく説明せよ、と。生物学出身のわたしは、途方にくれるわけです。イマイチ、解説を読んでも分からないんだけど。ジャスティン、カクテル作るくらいだから、いろいろ勉強したんでしょ」

「もちろん」と言いつつ、ジャスティンはミネラルウォーターのグラスを差し出してくれた。

「ＣＭＢ、宇宙マイクロ波背景放射の研究は、一九六〇年代からの大きな流れがあるから。ビッグバン理論を立証したのも、二十一世紀になって精密宇宙論が発展したのもＣＭＢ観測のおかげ。そして、今、我々はとうとうインフレーション理論の証拠を見つけるところまで来ているわけ」

「ビッグバンを立証し、今まさに宇宙初期の急膨張、インフレーション理論を検証……ってたしかにこの資料にもそう書いてある。でも、ビッグバンとインフレーションってどうちがうわけ？　ビッグバンって、宇宙のはじまりに、ドカンと大爆発したってやつでしょう？　そもそも、宇宙マイクロ波背景放射って、ひとことで言うとなに？」

「基本から言うと、まず宇宙マイクロ波背景放射は、宇宙の始まりから飛んでいる光。宇宙が始まった後、光がまっすぐ飛べるようになった時、温度は三千ケルビンくらいだったのだけれど、それから宇宙自体が千倍以上に膨張しているので、波長も引き延ばされて、三ケルビン程度のマイクロ波になっているわけ」

ジャスティンは時々、恐ろしいほど宇宙科学にまつわる物事を知っている。さすがアマチュア宇宙画家だ。今度、「ジャスティンのサイエンスカフェ」でも開いたらどうだろう。結構、小さい子なんかに人気が出るんじゃないだろうか。

熱い語りにほだされて、もう一度、「CMBカクテル」を口に運んでみた。もうかなり温度が上がっており、口の中でもわっと広がった。ピリピリする感覚ではなく、いきなり、ずんと来た。ミネラルウォーターを急いで飲み、むせた。

「これがビッグバンの味？　こじつけというか、やっぱり危険！　強すぎて、今は試飲もできない。今夜中にCMB探査機の地元向けの紹介記事を書かなければならないの。加勢さんはあてにならないし」

「そういえば、ハルト、最近、忙しいみたいね」とジャスティンは、外を見ながら言った。

語尾を言い切らないうちに、ガタンと扉が開き、生暖かい空気が流れてきた。

「ウワサをすればなんとやら」と笑う。

加勢遙遠その人が、吹き込む風と同じくらいの勢いで入ってきた。

「加勢さん、一応、きょう休業日ですよ」

「じゃあ、なんで、大日向がいる？」

「わたしは――」

「いいから、いいから、ハルト、適当に座って。ただ、休みなので、食べるものはないよ。後で新作カクテルの試飲してくれればいい」

加勢さんは、カウンターの前を通り過ぎ、奥の席についた。そしてパソコンと携帯端末とタブレット端末と、つまりありとあらゆる手持ちの電算機を取り出して、なにやら猛烈に画面に向かい、入力を始めた。

「本当に、熱心ね。でも、前みたいにやさぐれているよりずっといいんじゃない？」

「まあ、そうですね。また、やさぐれることにならないといいですけど」

「なんかあるの？」

菜々は画面を動かして、今後の予定表を見せた。

「このロケット競技会というのに熱中してて。小学生の打ち上げを手伝うのに、もう自分のことみたいにやる気満々。でも、ここを見て。最後にあるデモの打ち上げには、北海道の宇宙港で小型衛星の打ち上げをしている民間宇宙企業が来るの。英語のリリースもあるから読む？」

ジャスティンは英語が書かれた紙に視線を落とした。

「これは、大したものね。でも、ハルトがどうしたの」

「この会社、加勢さんの大学のロケットサークルでつながりがあるところですって。ゾノさんが教えてくれた。身軽にどんどん新しいことに手を出して、実現している勢いのある企業。それなのに、加勢さんは小学生の手伝いよ。きっと悔しいと思うのよね」

「どうやら、その小学生も来た」

ジャスティンが視線を外に送った。また扉が開き、「こんばんはー！」と女の子の声が響いた。

「希実、モナちゃん、どうしたの？　もう家に帰る時間でしょう？」

菜々は驚いて席から腰を浮かした。

「菜々ねえ、やっぱりいた。ちゃんと、一回、帰ったよ。ご飯も食べた。それで、加瀬さんと菜々ねえはきっとここだって聞いて来たんだよ」

「ナナちゃん、酔ってるよね。後で、チュウちゃん、コウちゃんが、ウンテンダイコウに来てくれる」

「たしかに、それはありがたい……」

しかし、なんてことだ。田舎の情報伝達力は、ローカルな範囲では、インターネットのいかなるソーシャルメディアをもしのぐ。希実も萌奈美も、迷うことなくまっすぐ奥にいる加勢さんのところまで行ってしまった。加勢さんがいるのは、表から見えない席だっていうのに！

すぐに議論が始まり、希実の張りのある声が響いた。あの子は、声が大きくて、隠し事ができない。

「ソフト黒糖キャンディ、オーケイです。いくらでも使ってくれって言われました。柔らか具合を三段階くらい作ってくれるそうです」

「頼もしいな。こっちは、液体酸素を使わない方向で、固まってきた」

「酸化剤、何になるんですか」

「亜酸化窒素。といっても分からないだろうが、歯医者でガリガリ歯を削る前に、マスクをして吸引して、なんかぼーっとしている間に終わっていたことないか」

「あー、真中の歯医者さんでそういうとこありますよ」

「それだ。笑気ガスといって、人を酔っ払わせるガスだ。笑う気体ってだけあって、陽気な気分になるらしい」

人を酔っ払わせる？　菜々はその部分だけを気に留めた。小学生相手に、酔っ払う話とは。

「しかし、実際には他にもいろいろ用途があって、工場でケーキを作る時、ホイップクリームを泡立てるのにも使う」

「ケーキ？　ケーキのガス？　おいしい？」今度は萌奈美が反応している。

実は結構、菜々も驚いた。島にもケーキ屋さんはあるから、あちこちで笑気ガスのボンべがあるのだろうか。多根南町では、あそことあそこ……というふうに考えるうちに、「宇宙探検隊」の話題は、ロケットの機体のデザインに移っていた。加勢さんは「どんなもんでもいいから、テキトーに考えるといい」と本当にテキトーなことを言っていた。

そして、カウンターにやってきて菜々の隣に座った。

「ジャスティン、試飲するのはなんだ」

「どうぞ、これよ」

準備よくジャスティンが、テーブルの上にグラスを滑らせた。

加勢さんは、やはり、むせた。

「ナナちゃん、ハルトに教えてあげなきゃいけないことがあるんでしょう」

「なんだ、それ」

菜々は、はあっ、と息をついた。ジャスティンは隠し立てしない。そもそも、加勢さんだって、とっくに知っていて然《しか》るべき話だ。

「ゾノさんに教えてもらいました。ロケット競技会の最後に、デモで打ち上げるこの人たちって、加勢さんの大学のサークルの宇宙研の人たちなんだそうですね」

加勢さんは、菜々の手元の予定表に視線を落とした。

ぴくりと、眉が動いた。

「真夏のロケット団。北海道の小型ロケット専用民間宇宙港で、打ち上げを請け負っている会社ですよね。去年一年間で、五十回、小型人工衛星の打ち上げを実施。ほとんど毎週ってことですよ。そのうち、四十九回、小型人工衛星を低軌道に投入することに成功。すごい成功率です。今、日本で一番成功している小型キャリアって言われているとか。温水宙航きょうだい社なんて、いずれここの真似をしたいとか言ってます。その会社が、わざわざ南の多根島宇宙港にまで来てデモをする意味って分かりますか？」

加勢さんはふいに席を立った。

そして、そのまま店を出た。

菜々が追いかけて呼びかけると、やっと振り向いた。

「加勢さん、やっぱり、何かあるんですか。加勢さんは忘れてるかもしれないけど、宇宙港広報でのロケコン担当は、わたしです。加勢さんも、名前の上では、補佐についてもらってます。でも、いつも、ミーティングは上の空ですよね」

「ああ、すまない。最近、確かに上の空だったな。反省する。酒を飲むのはやめて、エヴリバディで水でも買って、早く眠ることにする。あしたからは、バリバリやるよ。女の子二人の帰宅は任せていいな」

「それは、いいですけど、悔しくないんですか」

菜々はかなり刺々《とげとげ》しい言葉を吐いた。

でも、本音だ。なぜか、加勢さんを見ていると、イラッとしてしまうのだ。

「加勢さんは、組織に文句ばっかり言っているけど、言うことはデカイじゃないですか。わたしは、加勢さんはそうじゃないと面白くないと思うんですけど」

加勢さんがこちらに向き直った。

「わざわざ、自分たちのホームの北海道から出張《でば》ってくるなら、理由として考えられるのは、二つかな。一つは静止軌道を狙っているってことか。低軌道なら、多根島の緯度でも、北海道の緯度でも、あまり打ち上げの時のメリットデメリットはない。でも、静止軌道なら赤道に少しでも近い方が有利だ」

菜々は、首を横に振った。

「本当に、プログラムを見ていないんですか。ひょっとして見るのが怖いとか。まさかそんなことないですよね」

「じゃあ、あれか。北海道の宇宙港では上げられない大型ロケットを作りたいと思っている、ということだな。もちろん、静止軌道へ投入するなら、どのみちロケットの構成が大きくなるんだが、それ以上の野心ということだ」

「野心ってのは当たりですよ。ほら――」

携帯端末を操作して、目の前に突き出した。リードの部分に、ゴシック体の大きな字で、「日本初の有人宇宙飛行へ。めざせ小惑星」とあった。

加勢さんは目を細めた。

「読みますよ——真夏のロケット団は、小型多段ロケットによる超小型人工衛星の打ち上げに飽きたらず、日本初の有人宇宙飛行を推進しています。そのために、有人カプセルを開発。はじめての無人弾道飛行と洋上回収を試みます」

「だから？」

「悔しくないんですか」

「あいつらはあいつらだ。同じ宇宙開発でも、アプローチが違う。比べても仕方ないだろう」

くるりと背中を向けて、コンビニ・エヴリバディの方へと歩み去った。

まったく！　と菜々は頬をふくらませ、加勢さんの後頭部に向けて、デコピンを放ってやった。

「菜々ねえ」と希実の声がした。店のドアを半開きにして、こちらを見ていた。

「航さんから連絡だよ。運転代行、何時くらいがいいかって？」

「運転代行はいいから、まずはあなたたちを家に送り届けてもらって。そのあとで、宙も航も飲みにくればいい。いざとなれば、タクシーがあるし、どのみち、宙は飲まないでしょう」

「菜々ねえ、なにかあった？　加勢さんのこと？」

「気にすることじゃないよ。大人にもいろいろあるの。特に志《こころざし》半ばで道に迷う人は」

なにかえらそうなことを言いながら、菜々はそれは自分自身についても当てはまるのではないかとふと思った。

8 真夏のロケット

夜、森の中に入るのは怖い。

ニュースで、火星計画実験ユニットというのが国際協力宇宙ステーションに取り付けられて、本格稼働したという映像を見た直後、なぜか駆は、とても身近な島の森について、そう思った。

火星というのは、月なんかよりずっと遠い星だ。往復するだけでも何年もかかる。そんなところまで、今、ヒトが旅する準備をしている。地球から遠く離れて飛び続けるのは、まるで宇宙の闇を切り裂くみたいだろう。

それなのに、駆は宇宙よりも、島の森の暗がりの方が怖い。

理由は単純だ。なぜって、近くには千年以上も前の寺の跡があって、幽霊が出るから。

宇宙で死んだ人は、まだほとんどいないので、宇宙に幽霊が出るはずがない。けれど、こっちは長い間、たくさんの人が生まれ、死んできた。だから、幽霊もいる。おやじも子どもの頃、誰もいないはずの森で読経の声を聞いたという。

それに、駆だって見てしまった。ガオウと呼ばれる小山から変な仮面をかぶった人がすーっとおりてくるのを。それは昼間だったのだけれど、おかあに言ってみたら、「あばよー、郷上じゃあ、昼間も幽霊、出るもんねぇ。特に、ソラッチは子どもを食べにくるよ」と当たり前みたいに言っていた。

ソラッチという怪物には、ほかでも会ったことがある。周太の家だ。なぜか、家の中までやってきた。希実と一緒だったから間違いない。昼間でも出てくる幽霊だの怪物だのが島にはいる。

だから昼間も怖い。

でも、いつまでも怖がってはいられない。だって、多根島にいて、待ちに待った夏が来て、それなのに、カブトムシが来る森の木までとりにいかないなんて、ありえないから。

夜はもちろんダメだけど、昼間もダメ。ならどうするか。

駆は思いついた。

朝だ。

朝は、おやじが森に入り、川をめぐる時間だ。だから、近くではなくても、どこかにおやじがいる。それだけで心強い。それに朝の光はさわやかだから、怖いことは起きない気がする。きっとそうだ。

駆は早起きして、夜が明けると同時に外に出た。おやじが出かけた少し後だった。斜面を駆け下りて、教えてもらったタブノキのところまでやってきた。

何メートルか離れたところでも、しっかり分かった。

木からは濃い樹液の匂いがしていて、黒いものがびっしりと張り付いていた。本当にこんなにたくさんいていいの？　と頭がくらくらした。

カブトムシ！

カブトムシは、本土の方が体が大きいらしい。でも、充分、こっちも立派だった。それに、同じところにこれだけたくさんいると、違う虫を見ているみたいだった。黒々として、つやつやとしていて、でも、目を近づけると、細かい毛が生えている。

何かに似ていると思ったら……ロケットだ。たぶん。

それも、希実、萌奈美と一緒に開発している、島特産の黒糖を燃料にしたロケット。希実と萌奈美は、駆よりもずっと前のめりになっていて、毎日、ロケットのことばかり話していた。最初は、そこまでの気分になれなかった駆も、宇宙観光協会の建物のそばの作業場でロケット燃料を作ってみた時から、心ときめいていた。そして、燃料の黒糖と酸化剤の硝石を鍋で熱してから固めたキャンディみたいなロケット燃料は、どこかカブトムシみたいにつやつやしているのだった。

幽霊や怪物が怖いという気持ちに打ち勝って、なんとか出かけてきてよかった。カブトムシがびっしりと黒い背中を並べているのは、想像以上の光景だった。ぎっぎっぎっ、と虫たちの関節が動く時の音がやかましいくらいだった。ちゅるちゅると樹液を吸う音さえ聞こえる気がした。駆は、タブノキの根元に近づいて耳を当ててみた。すると、今度は、幹の中を液体が通っていくみたいな、ぼこっぼこっという音を聞いた。

背中がじんじんした。

木が土から水を吸い上げている。木だってちゃんと生きている。水を吸い上げて、葉っぱでは養分を作って、樹液を出して、カブトムシやクワガタを集める。駆の頭の中でも何かがぐるんぐるん回る。こういう感じは、春先に海をわたってきた白い虫の群れを見た時から何度も感じている。

だんだん、ざわざわと周囲の音が大きくなってきた。

それまで凪いでいたのに、風が出てきた。駆は大きなカブトムシのオスとメスを一組選んで、虫かごに入れた。

そして、家に向かって駆け出した。

やっぱり、幽霊は怖かったし。

急ぎすぎて、足をひっかけた。倒れずには済んだけど、ふと気づくと、大きな石の上に乗っていた。これって……大昔の寺の土台！ よけたつもりだったのに、まっすぐ突っ込んでしまった。ひょっとして、森の迷路に入り込んでしまったんじゃないだろうか。自分ではまっすぐのつもりでも、ぐるぐる回ってしまって、振り出しに戻るみたいな。

きっと後ろを、振り返ってはいけない。引きずり込まれる。それが証拠に、首筋がちりちりする。ああ、そこになにかがいる、なにかがある。怖いけど見たい！

駆は誘惑に負けて、そろりと振り向いた。

そして、目を見開いた。すごい景色だったからだ。

まず、手前には、ガオウの小山があった。

その向こうは海がきらきら輝いていた。

大型ロケットの射場だ。今はまだ、次のロケットはない。駆の家の裏庭から見るよりも、こっちの方が格段に近かった。でも、残念ながら、手前にある大岩に整備塔が隠されているので、ロケットに火が入る瞬間は見えないだろう。また、第二小型射場の方は、完全に森に隠れてしまっていた。

ひょっとして……と駆は近くにあるガオウの小山に目を戻した。斜面から突き出した出っ張りみたいな小山だ。それほど高くないけれど、あの上に行ったら見晴らしが違うかもしれない。

駆は思わず一歩踏み出した。すると、二歩目三歩目と足が続き、もう普通に歩いていた。

斜面にとりついた。藪《やぶ》になっているので草をかき分けて進まなければならなかった。一カ所、すごく急なところは、背の低い木の幹に手をかけてぐいっと登った。

頂上は平らで、曲がりくねった木がいくつか生えていた。駆は少しでも上に行きたくて、その一つにさらに足をかけた。

思った通りだった。すべてがひとつながりに見えた。

大型ロケット射場、大日向の大岩、星の砂の海岸、第二小型射場、マングローブの河口、大昔の「弥生時代」の人骨がたくさん出た海岸の丘……さっき見えなかったものまで見えた。

河口でカニの籠を沈めるおやじのカヤックさえ見えるんじゃないかと目を凝らした。駆も一緒にあそこまで降りたことがある。カニの幼生のプランクトンが、ふわふわ海の中に浮いて漂っている。それを魚などが食べる。あのあたりの海は、カニの海だ。すぐ隣にある星の砂の浜辺は、ウミガメの浜でもある。それと、海岸沿いにいくつも「弥生時代の遺跡」があると教えてくれたのはちかげ先生だった。駆がぼーっと見ている方向だけでも、いろんな時代、いろんな人や生き物が、ごちゃあっとある。

そして、ロケット！　大型ロケットでも小型ロケットでもいい。宇宙ロケットは空に穴を開ける。その穴は、宇宙に向かうトンネルで、たくさんの人工衛星を軌道に乗せ、補給船を国際協力宇宙ステーション《ICSS》に送り届けてきた。それらがみんな、昼でも夜でも地球を見守っている。でも、この次に大型ロケットで上がるのは、地球ではなく宇宙を見る探査機だと聞いていた。ちょっと特殊な軌道まで出て、遠くを見る。多根島で、しばらく小学生をやっていると、次の打ち上げはいつかな、何かな、と自然と気にするようになってきた。

　風がますます強くなってきた。

　シャツの裾から吹き上がる生暖かい空気がちょっと気持ち悪くて、駆は木を降りた。

　そして、「うああ」と大声をあげて、立ちすくんだ。

　古めかしい服を着た男の人が、目の前にいた。

　太陽を背負って後光がさしていて、顔は分からなかった。幽霊だとしても、ちゃんと足はあった。駆は尻餅をついたから、そっちの方はしっかり分かった。

「坊主、ここがどこか分かっているのか」

　しっかりした声が聞こえてきた。

　駆は尻をついたまま後ずさりした。ちょうど急斜面のあたりで、背中から転げ落ちた。虫籠を落とさないように守ったら、何度もごろんごろんとひっくり返り、小枝や草で手足を切った。

　いててて……口の中で言いつつ立ち上がると、「坊主！」とまた声が聞こえた。

「坊主、慌てるな。大丈夫か」

　古めかしい服の人がもう追ってきていた。

　ひっ、と駆は声にならない声をあげた。

「おまえさん、幹太のところの……」

「はい！　茂丸さんのところに住んでいます！」

ええ？　この古めかしい服の幽霊は、おやじのことを知っているんだ。あ、そうか！

おやじは、小さい頃に幽霊と会っているわけだから……。駆はこの人を知っている。幽霊じゃない。

いや、近くで見たらやっと分かってきた。駆はこの人を知っている。幽霊じゃない。

「岩堂さんですよね。周太の里親さんの」

岩堂エアロスペースの社長さんで、町工場を持っていて……おまけにこんな格好をしている。駆は、家に周太を訪ねた時に、ソラッチに会ったのって……ああそうか。じゃあ、前におやじとここに来た時に見た古めかしい服の人も、岩堂さんだ。きっとそうだ。幽霊でも怪物でもなくて、ほっとした。

「何をジロジロ見ている」

「すみません。そんな格好で、どうしたんですか」

「これは、まあ、一族の問題だ。端的には、わたしの兄のせいだ。代々の仕事で、本来は、兄が継ぐものだが、わたしが引き受けざるをえなかった。いいことも、やっかいごとも、全部だ」

駆は目をぱちぱちと瞬いた。

「岩堂の者は代々、龍満神社の神職だ。ということは、町の神域を守る役割もある」

宇宙企業の社長なのに、神主さんっておかしい。いや、おかしくないのだろうか。龍満神社には、宇宙関係の企業が奉納した灯籠がたくさんあった。

「だから、坊主、ここがどこか分かっていたのか」

「ええっと、が……ガオウです」

岩堂さんは、顔をしかめた。すごく怖くて、駆は身をすくめた。

「分かって入ったなら、カミサマがお仕置きをするだろう。しかし、呼ばれて入ったなら、話は別だ。どちらにしても、わたしの出番ではないな」

「ぼくは、ガオウがなにか、知りません」

「知っている者などいない。わたしも知らない。ガオウは、ただ昔からそこにあって、カミサマが降りてくるところだとしか分からん」

ええっ、とまた思った。岩堂さんは、とてもえらそうで、なんでも知っている、というふうに見えたからだ。ちょうど生き物や森や川や海のことをおやじに聞いたらなんでも知っているように。

「坊主、そういえば、温水の若造と一緒にロケットを飛ばすそうだな」

「はい！　飛ばします」

「島の打ち上げは、すべて神事だ。神事というのは分かるか。カミサマを祀ることと同じだ。島ではそういうことになっている。夏の打ち上げも、遡良縁《ソラフチ》奉納という神事だ。坊主、島に生まれ育つものは、肝に銘じておくべきだ。童心で島で遊ぶ者も準ずる。おまえさんは、まさにそうだろう」

岩堂さんはすごい迫力だったので、駆は返事ができなかった。島のルールだというけれど、駆はここにきてまだちょっとしか経っていないし……。

「じゃあ、おかあが心配するので……」

駆は背を向けて、斜面を上がり始めた。

「それで、あいつは、いつ帰ってくるんだ」

追いかけてきた声に、駆は振り向いた。角度が変わったせいか、さっきより岩堂さんの顔がよく見えた。少しだけやさしげだった。

「岩堂さんこそ、知っているんじゃないんですか。里親さんなんだから。最近、連絡しても返事がなくて、どうしてるかなって思ってました」

「そうか」と岩堂さんは空を見上げた。

「では、あいつが戻ってくるかどうかは、カミのみぞ知る、だな。しかし、おまえさんはきちんと理解して帰れ。多根島は、どういうわけかカミサマに選ばれてしまった島だ。でないと説明がつかんことが多すぎる」

特別な島だと言われれば、駆もそう思うけれど、岩堂さんが言うと特別な重みがあった。

そして、岩堂さんは、手のひらサイズの小さなお札《ふだ》を差し出した。

「もしも、小便がつらいようなら身につけていろ。ガオウに勝手に入った男の子は、たいてい腫れるぞ」

駆は素直に受け取った。

帰り道、急におしっこがしたくなった。立ち小便をするのはまずい気がして、家まで我慢した。トイレに飛び込んで便器の前に立つと、きーんと痛くなった。本当に腫れるんだろうか。不安に思い、お札を思わず握りしめた。

台風が通り過ぎて何日かたった好日で、海もやさしく、風も穏やかだった。それは、つまり、めちゃくちゃ暑い日、ということだった。

ロケット競技会の最初のイベント、小学校低学年によるモデルロケットの打ち上げ大会は、朝九時から始まった。その時点で、太陽は空高く、首筋を焼いた。駆は、会場の芝生からもわーっと立ちのぼってくる熱気にくらくらしながら準備を手伝い、合間に、たくさん水を飲んだ。全部汗になってしまうのか、おしっこの心配はなかった。それでも頃合いを見て、野外トイレに行った。朝昼晩に使っている軟膏《なんこう》を塗るためだ。

「おまえさん、ガオウに行ったか。もしも、腫れたら、これを塗っておけ。気にするな。男の子は、たいてい、一度は行ってみるもんだ」

ガオウに立ち入った日の夜、おやじに言われた。何もかも見透かされていて、びっくりした。岩堂さんのお札が効いたのか、おやじの塗り薬が効いたのか、最初、おしっこのたびにきーんと痛かったのが、だんだんなおってきた。

島のカミサマが降りてくる場所に、勝手に入ってはいけない。ひどいめにあって、駆はやっとひとつルールを学んだ。理由も仕組みも分からないけれど、島ではそういうことになっている。

芝生広場に戻ると、いくつもあるテントの下で、何十人かの低学年の子たちが、モデルロケットの仕上げをしていた。宇宙遊学生は、夏休みにはそれぞれの自宅に帰るので、きょうは地元の子ばかりだった。駆は、もちろん遊学生だけれど、ロケット作りと虫とりに熱中して、帰るのを遅らせていた。だいたい、せっかくの夏なのに東京に帰ったら、島に来た意味がない。

「では、みなさん、モデルロケットは完成しましたか。じゃあ、どんどん行きましょう！」

ステージの上でヘッドセットをして話し始めたのは、宇宙観光協会の温水宙さんだ。笑顔を浮かべ、この暑い中でもさわやかだった。

駆は、もう自分たちの打ち上げ準備にかかる時間で、希実と萌奈美と一緒に、少し陸側の第二小型射場に向けて歩き始めた。宙さんの説明を片耳で聞きながら、ちらちら見ているみたいなかんじになった。

「ロケットは、バッと燃やして、シュッと飛ばします。燃料になるのは、石油とかアルコールとか砂糖とか、燃えるものならなんでもです。みなさんのモデルロケットでは、ゴムを燃やします。ゴムでも一気に燃やせば、ロケットになるんです。では、多根南小学校の校長先生からもごあいさつを――」

校長先生がいつのまにかステージの上にいて、宙さんの隣でマイクを握っていた。

「ガッカチチウ！」と大きな声で言い、子どもたちも笑いながら「ガッカチチウ！」と繰り返す。

花火を見る時に、「たまやー」「かぎやー」とやるみたいなものだ。モデルロケットは、子どもたちだけでなく、宇宙観光協会でも百個以上作ってあったから、次々と同時発射しても、なかなか終わりにならなかった。

やがて芝生広場は遠くなり、銀色の枠でできた発射台が見えてきた。入門用のモデルロケットとは、大きさが違う。大人の背よりも高いロケットをこれから飛ばす。

「スウィート・ドリーム、スウィート・ドリーム……」と希実と萌奈美が即興で歌を作って歌っていた。それが宇宙探検隊のロケットの名前だ。正確には、「インギー・スウィート・ドリーム」。

ロケットにつけたい名前を相談したら、意見が合わなかったので、結局は、三人が出した別々の言葉を組み合わせた。駆は、インギー鶏のインギー。島の言葉では「嘘くさい」という意味になる。駆は、この計画がずっと信じられないくらいだったので「インギー」

だと思っていた。スウィートは萌奈美で、ドリームは希実。結局、希実と萌奈美の意見が強くて、短く「スウィート・ドリーム」と呼ぶことが多くなったのだけれど。

発射台の隣に停めた車の脇で、宇宙港の作業着を着た加勢さんが待っていた。

「いやあ、暑いな。たまったもんじゃない」と手のひらで顔をぱたぱたとあおいだ。

「射点の準備を早朝にやっておいたのは正解だったな。これ全部、今やれ、と言われたら、打ち上げ前に熱中症だ」

加勢さんはまわりをぐるりと見渡しながら言った。移動式の発射台だけでも大変なのに、まわりには、スポンサーのパネルがたくさん置いてあった。宇宙観光協会が呼びかけたら、結構たくさんの地元企業や店が、お金を出してくれたのだ。希実や萌奈美が中心になって、いろんな会社や商店を「よろしくおねがいしまーす」とまわったのが大きい。

今、パネルがあるのは、島の黒糖工場、お菓子工場、ケーキ屋さん、コンビニ・エヴリバディ、小学生が大好きな乳酸飲料ヨグルティーン、真中の歯医者さん、温水宙航きょうだい社、「ムーンリバー」というお店、「カラオケ・エイミー」というカラオケ店といった具合だ。「後援・多根島宇宙港」というのも出ていた。

それから、縦長ののぼりもたくさん立てられていた。多根南小学校のスローガン、〈多根南から宇宙へ！　空に咲く花になれ！〉というのや、例の「学校・家庭・地域・地球・宇宙」の略で、〈ガッカチチウ！〉など。戦国武将の陣地みたいに、四方に立てた。

それらの真ん中に発射台があった。駆たちが、これから打ち上げるハイブリッド型ロケット「インギー・スウィート・ドリーム」は、自動車に引かれた台車に横たわっていた。まだ、エンジンと円筒形の外装、それとノーズコーンが、分かれたままの状態だった。

「全長、つまり、高さは二メートルちょっとです。燃料が黒糖なので、スウィートという言葉を入れました。機体の太さは十センチで……」

待ち受けていた取材のカメラの前で、てきぱきと説明するのは萌奈美だ。萌奈美は、この計画の中心人物で、駆なんかよりはずっと細かいことをよく知っていた。日本語が多少、つっかえるところがあっても、本人が堂々としているからすごく説得力があった。

「ロケットの色を赤と黒のチェックにしたのは、カワイイからです。黒は黒糖の黒。赤は好きな色。フィンが三つついているのは、『タンタンの冒険』のロケットみたいにしたかったからです」

おまけに萌奈美は何かをフランス語で話し始めた。外国の取材班まで来ているのだ。ボンボン・ノワールとかいうのは、黒糖キャンディのことかな。あと、ママン、ママンと、お母さんのことを話しているみたいで、駆は胸がきゅんとなった。宇宙遊学で来ている子たちは、時々、お母さんが恋しくなる。おまけに萌奈美は、母さんと父さんが別居しているかなにかで、一緒に暮らせないのだ。それでも、萌奈美の話し方は、フランス語だと大人っぽくてますます立派だった。

さて、いよいよ打ち上げ前の最終点検と組み立てを開始！

現場にいるのは、駆、希実、萌奈美の三人と、加勢さん、そして、宇宙港の人で白髪の多い、中園さんというおじさんだ。打ち上げ本番では、希実のいとこの菜々さんと一緒に打ち上げの実況をするということで、この前からちょくちょく様子をのぞきにきてくれていた。そして、酸化剤のタンクなら使えるものが眠っているとか、パラシュートは昔、日本宇宙機関《JSA》が小型ロケットを飛ばしていた頃に作っていた業者がいるとか、できるだけ島の中で仕入れられるように教えてくれた。

「いいねえ、こういうのも、子どものうちに体験できるのは、すばらしい。わたしらの子どもの頃は、やっぱり花火の火薬を集めてドン！　とやってしまうのがオチだったからね」

中園さんはとても陽気なおじさんで、駆の背中をしゅっちゅうドンと叩いた。駆と周太の騒動のことは、関係者みんなが知っている。今は周太がいないので、駆がただ一人いろいろ言われる立場だ。

「まあ、ゾノさん。この子は、隊長なんで、今は発射指揮者です。邪魔しないであげてください」と加勢さんが間に入って、駆を見た。

「指示を頼むぞ。打ち上げに向けて、手早く作業をしてくれ」

「はい！　最初はエンジンまわりの準備です。燃焼室に燃料をセット！　続いて、酸化剤の供給系、電気系、回収系の確認をしていきます」

　まずは、ロケットのエンジンを剝き出しにした。直径十センチくらいの筒で、長さは四十センチくらいだ。筒の片側にはノズルが埋め込まれていて、逆側にはタンクから酸化剤を受け取るための結合部がある。その部分が蓋になっていて、開けると中が見えた。取材のカメラが、ロケットの中身を舐めるように撮影していった。

「懐かしいねえ、これなんか、わたしが若い頃に、ハイブリッド型の実験をするのに使っていたものだよ。汎用の設計だから、古びないね。試験的になにかをするならもってこいなんだ」

　中園さんは、目を細めた。まるで、初孫がハイハイするのを見るおじいさんだ。

「お嬢さんたち、ハイブリッド型のおかげで勉強になったんじゃないかね」と中園さんは上機嫌で聞く。

「はい、勉強になりました」と希実が答えた。「固体燃料型と、液体燃料型の両方の要素があるので、ロケットのことがよく分かったと思います……って、モナちゃんの受け売りだけど」

「そうだね。うちの加勢が、ハイブリッド型でいくと言った時は、それがいい！　とわたしも思ったよ。固体燃料は、いくら高性能なものでも仕組みは花火と同じだし、液体燃料だと、タンクの数が増えて配管とか大変になるしね。みなさんのスウィート・ドリームは、その点、単純だけれど、単純すぎない、ロケット推進の勉強にもってこいだね」

「ゾノさん、手伝わないなら、遠巻きに見ててくださいよ。取材のカメラよりも外にいてください」と加勢さんが釘をさした。

「いやいや、やるよ。やらせてよ、燃料はどう入れるの？」

もう希実と萌奈美が、燃料を燃焼室に入れているところだった。

「おもしろいね。これが燃料かい。ソフト黒糖飴、南山精糖の特注品とはね。これ、カチカチの飴だと衝撃波で割れちゃうから、柔らかいやつを使うわけでしょう。加勢くん。比推力とか、どれくらいいきそうなの？」

「理論値は二百二十秒前後ですが、燃焼テストでは百七十秒でした。雑なつくりですから、これでもすごく良い方です。あと、キャンディを配置するためのガイドになっているアクリルも一緒に燃えて、その寄与は最大で二割くらいですかね。推力は瞬間的に、五百ニュートン、つまり、五十kgf（重量キログラム）くらいはいきますね」

「あのう……」

取材カメラの後ろにいる気の弱そうなディレクターさんが声を出した。

「専門的すぎて分からないんですが、このロケットは、何本も束ねたりしたら宇宙に行けるんですか？」

「ああ、それは無理ですね」と加勢さん。

「例えば、性能をあげようと思って、液体酸素を酸化剤に使っても、自分の蒸気圧でブローダウンしてくれないから、ガス押し用のタンクを別に付ける必要が出てきます。バルブやらレギュレーターも増えて、どんどん重くなってしまいますよ。おまけに、タンクが小さすぎると、液体酸素ってどんどん蒸発しちゃうんですよ」

「そうそう、小さなタンクに液体酸素をうまく入れるのも、キープするのも、職人技なんだ。わたしの上司がうまかったんだが、今やれ、と言われてもできないね」と中園さんがうなずいた。

「一人でちょっと実験やりましたけどね。おれには無理でした。まあ、圧送すればいいんですけど、ちょっと大げさすぎて」

「機体が大型化してからは、小型タンクに液酸を詰めるなんて一度もなかったからねぇ」

結局、ディレクターさんは、ちんぷんかんぷんなままのようだった。そして、中園さんと加勢さんは、そのまま、なにかとても専門的で歴史的なことを話し始めてしまい、手を動かす気配はなかった。駆はもう自分たちでどんどん進めることにした。これまで何度も燃焼試験をしてきたから、大丈夫だ。

燃料のソフト黒糖飴は、アクリル樹脂で作った小部屋にセットしていく。一つの小部屋に何個とか、いろいろ工夫がある。これも萌奈美が一番よく知っている。

「燃料のセットオーケイです」

「では、蓋を閉じます」

萌奈美が率先して、蓋をねじこんで締めた。切ってある溝にはグリスが塗られていて、指先が黒くなるのも気にしなかった。

そして、希実と萌奈美で、エンジンを発射台にセットし、その上に空のタンクを置いた。タンクからエンジンへは、酸化剤を送るための配管があって、それをかっちり留めなければならない。酸化剤に使うのは亜酸化窒素、いわゆる笑気ガスだ。エンジンとタンクを合わせて、推進系ということになる。

それらがうまく収まると、さらにその上に回収系のパラシュート、バッテリーやロガーなどの電気・電子系、そして、ペイロード、つまり荷物のスペースと、順番に組み立てていった。ペイロードにはぬいぐるみを乗せることになっている。最後は、赤黒のチェック模様を描いた外装をかぶせて、先っぽのとんがった部分、ノーズコーンをつけておしまい。ノーズコーンには三百六十度、全周カメラが取り付けられていた。ここまでとてもスムーズだった。

「できた！」萌奈美と希実が脚立の上から言った。

アルミの枠の発射台に、きちんとロケットの形をしたものが立ち上がっていた。長さは二メートルくらい。それでも、大人の背より高い、自分たちで作ったロケットだ。宇宙までは行けなくても、宇宙に行くロケットと同じ原理で飛ぶ。あまり現実味を感じられないくらいすごい。

「宇宙少年、そんなに感激しているのか」

いつのまにか中園さんがいなくなって、加勢さんが隣に立っていた。

たしかに、駆はぼーっとしていた。でも、感激していたというのとはちょっと違って、萌奈美と希実、いや、特に萌奈美がすごくやる気を出していて、次から次へと仕事をこなすものだから、つい見とれていたというか。

「でも……本当なんですよね。なんか信じられない気がして」

「感傷に浸るのはまだ早い。退避前の最終確認を頼む」

駆はあわてて確認事項を書いたメモを見た。そして、指さし点検した。

「燃焼室のセッティングは終了。酸化剤タンク、設置。でも、酸化剤の注入は、まだ。回収系、電気系、確認。ロガーは、角度に気をつけてね。三軸加速度センサ、三軸ジャイロセンサの値がうまく取れるようにきちんと固定できているかな」

これまたテキパキと確認を終えた。

「みんな頼もしいな」と加勢さん。「最近の大型ロケットは、そういったチェックも、コンピュータが自動診断してくれるんだが、やっぱりヒトがひとつひとつ確認するのは基本だ」

「自動診断ができるなら、それも任せたほうが正確なんじゃないですか」

「たとえそうでも、最終判断はヒトだよ。だいたい、宇宙に行きたいのは、コンピュータではなく、ヒトの方だからな」

なんだか、加勢さんは、空を見上げながら、すごく熱いことを言う。駆は、宇宙少年なんて呼ばれるけれど、それは加勢さん自身のことだ。

「だから――」

加勢さんがこっちを見て、駆はドキッとした。

「ゴー・オア・ノット・ゴーの判断は、きみがしろよ、天羽君。イグナイターのボタンも渡す。発射指揮者、ＬＣＤＲなんだからな」

発射指揮者《ローンチ・コンダクター》。

オーケストラの指揮棒を持った自分が、星空に向かってそれを振るのを想像した。指揮棒の動きに合わせて、星々が波打つ。星々はひとつひとつ生き物みたいなもので、指揮棒の動きに合わせて宇宙を飛び交う。

ふとそんなことを考えていると、希実に肩をつつかれた。

「大事なもの、忘れていない？」

「あ、タネ丸くん！」と駆は大きな声を出した。

温水さんたちが決めた多根島宇宙観光協会のキャラクターだ。最近、この浜の端にある遺跡から出た多根島ではじめての埴輪《はにわ》が元になっている。河童みたいに見える珍しいもので、さっそく地元のデザイナーさんが、キャラクター化した。

「タネ丸くん、いるよー！」と萌奈美が差し出した。

タネ丸くんがロケットにまたがっている特別製のぬいぐるみだ。

「大切なペイロードを忘れるなよ」と加勢さんが、思い切り真面目に言った。

駆は思わず笑ってしまった。設計でも、実際に作る時も、一グラムを削るくらい頑張るのに、こんなお荷物を真面目に載せようとしている。「なにも運ばないロケットなど意味がない」と加勢さんは言う。「自分がどこに行きたいのか、何を運びたいのか。欲望がなければ、ロケットもない」と熱く語るのを聞いていると、一学期の宇宙授業がまだまだ本気ではなかったと今さら分かった。だって、人工衛星について話すよりも、百倍は熱い。暑苦しい。

「予想される最大加速度は、計算では八Gくらいだ。人間だと相当きつい。テストパイロットだとか、最初の頃の宇宙飛行士のように高Gに慣れる訓練が必要なレベルだ。ぬいぐるみのマスコットなら……まあ、間違いなくだいじょうぶだがな」

やっと駆もじわじわと興奮してきた。さっきまで、本当に打ち上がるのかなあ、と思っていたのに、急に熱を感じた。日差しのせいだけではなかった。発射指揮者だから、冷静にならなきゃと思いつつ、気持ちを完全に抑えつけるのは無理だ。

「では、酸化剤の充塡《じゅうてん》、お願いします！　ぼくたちは退避します！」

一応、高圧ガスを扱うのと、酸化剤がタンクに入った瞬間にロケットは「爆発物」になるかもしれないというので、駆たちの作業はここまでだ。本当は全部やりたいけれど、「オトナの事情だ。すまん」と加勢さんに言われた。

観望所は五百メートル離れたところにあって、退避場を兼ねていた。半地下になっているブロックハウスがまずあり、その上にスタンドが取り付けられている。

「絶対に外で見たほうがいいぞ。ブロックハウスの中だと、モニタの映像のみだ」と加勢さんが言っていたので、迷わずに上の観望所を選んだ。あの大きさのロケットで五百メートルの距離は充分に安全なので、わざわざ地下に潜ることはない。

駆たちは、最前列のブースに入った。椅子を三つ並べて、真ん中は駆だ。一応、発射指揮者だから。そして、右に希実、左に萌奈美が座った。全員が、マイク付きのヘッドセットをした。

たくさんあるモニタのひとつには、加勢さんが酸化剤をタンクに充塡しているのが映っていた。ちょうど駆たちと入れ替わりにやってきた、温水さんたちが手伝っていた。みんな防火耐熱服というのを着ている。すごい暑そうだ。十五分も見守ると作業は終わり、汗まみれになった加勢さんたちも観望所にやってきた。

駆はコンピュータの画面を打ち上げ直前用のものに切り替えた。

「退避圏内、オールクリア確認です。カウントダウン始めます」と希実が言った。

カウントダウンは誰かが読んで雰囲気を出したかったけれど、人数が少ないので自動音声を流した。同時に、ガガガ、とスピーカーからノイズが走った。

「えーっ、午前中のハイライトです。多根南小学校の宇宙探検隊によるデモフライト。島の特産、ソフト黒糖飴を燃料にしたロケット、『インギー・スウィート・ドリーム号』の打ち上げ、いよいよです」

希実のいとこで、宇宙港職員の菜々さんだ。この実況は、ネットでも生中継されている。

「どうですか、中園さん、このロケットは本格的ですね」

「ええ、まあ、もちろん宇宙まで飛んでいくことはできないけどね、でも、宇宙で使えるようなシーンは想定しているんでねぇ。例えば宇宙ステーションの軌道修正用の燃料が失われた時、とにかく急場で雑にでもいいから軌道を変えたい時なんか、パンでも米でも、炭水化物を突っ込んで噴かすことができるエンジンってわけですね」

「すごいですね。宇宙での利用が想定されている点で、宇宙ロケットって言えるんじゃないですか。そして、これを小学生が作ったって信じられますか。本格的ですよね」

「そうだよね。感動するよね。わたしらなんかが、子どもの頃だったらありえなかったですよ。でも、ほら、十九世紀の人が、自分でラジオを組もうと思ってもいろいろゼロから開発しなきゃならないものが多くて大変だったはずでしょ。コイル巻くくらいならともかく、銅線の被覆《ひふく》を自分でやらなきゃならないとしたら、途方にくれるじゃない。でも、わたしらが子どもの頃は、部品を買ってきたら、はんだごてを持ってラジオを作れました。それと同じだと思うんですよ」

「ええっと、中園さんが、難しいことを言っていますが……つまり、今の子にとっては、ロケットを作るのは、はんだごてでラジオを作るのと変わらない、と？」

「まあ、ロケットは燃焼させなきゃならないから危険があるけど、昔よりずっと簡単だよね。特に、この島じゃ、手に入れようと思ったら、転用できるものは結構あるしね」

「あ、中園さん、カウントダウンが三百秒を切りましたよ」

「そろそろ、注目しましょう」

スピーカーのおしゃべりが静まった。

駆は右側の希実を見た。希実は、ちょうど風向風速を読み上げていた。

「シミュレーションの想定内です。続行します。全周カメラの映像、入ります」

今のところすべて問題なしだから、本当に予定通りだ。

「目視での確認、異常なし」

駆の左側からの声が震えていた。

えっ、と思って見た。萌奈美が、双眼鏡を目に当てたまま、唇を噛んでいた。頬が青白かった。

緊張しているんだ。さっきまで、一番しっかりしていたのが萌奈美なのに。

駆はとたんにあわてた。萌奈美がこのロケットのことを一番よく分かっていて、一応、発射指揮者になっているはずの駆を助けてくれると思っていたから。でも、その萌奈美がガチガチになって震えている。じゃあ、どうすればいい？

カウントダウンが六十秒に近づいた。

「最終判断を――」と希実が言った。

ええい、ここは頑張らなきゃ。

というか、度胸を据えればいいだけだ。今のところ、不安材料はなにもない。

「打ち上げ続行！」と駆は大きな声で言った。

「イグナイター準備！」と希実。

駆は、自分の手元にある点火スイッチを、すーっと萌奈美の前に差し出した。

「萌奈美、押しなよ」

ガチガチでも、ボタンを押すことはできる。萌奈美にはそれをやる権利がある。

駆は双眼鏡を目に当てた。発射台の上の「インギー・スイート・ドリーム」は、今のところ、ただそこにあるだけだ。大型ロケットみたいに、液体酸素や液体水素のタンクから白い煙が出たりはしない。

「五、四、三……」とコンピュータの声。

淡々と「一」までカウントダウンした。

「イグニッション、点火」と希実が言った。

萌奈美が、スイッチを押した。ぐいっと力強い動きだったので、駆はそっちを見ないでも分かった。

その瞬間に酸化剤タンクのバルブが開き、燃焼室の中でイグナイターが赤熱し、点火用に入れてある小さなモデルロケットのモーターが炎を噴いたはずだ。それで、燃焼開始になるはず。

でも、何も起こらなかった。

あれ？　なにか失敗したかな。

双眼鏡の中で、ロケットのまわりにチカチカしたものが見えた。

半透明のうっすらしたものが、うわーっとまわりから集まってきて、発射台にまとわりつこうとしている。まるで四方八方から押し寄せる波のようだった。もしも本物の波なら、水の力で発射台ごと浮いたり倒れたりしたかもしれない。駆は、こういうのをなんとなく知っている。誰も何も言わないから、たぶん、自分にだけ見えている。

いや……それよりも、駆は、発射指揮者だ。しっかりしなきゃ。

「イグナイター、どうしたの？」

「ああっ、抜けてる！」と希実が気づいた。

萌奈美が持っているスイッチボックスの先につながっているケーブルが抜けていた。それでは、無線が飛ばなくて、バルブも開かないし、イグナイターにも通電しない。

駆は急いで、ケーブルをつないだ。

「あらためて、イグニッション、点火！」と言った。

萌奈美がもう一度、ぐいっと押す。ロケットの下にちょろりと炎が見えた。

「イケーッ！」と希実が言った。

ノズルから、火が猛烈に噴き出した。

「イケーッ！」「イッケー！」

萌奈美も硬さがとれたみたいで、駆と一緒に叫んだ。

そこからは、もう一瞬だった。

ゴーッと音が聞こえてきた時には、もうロケットは発射台を離れていた。

空に向かって落ちていくような勢い。

いや、それ以上だ。空に突き刺さる勢いで、「インギー・スウィート・ドリーム」は飛んだ。

うわーっ、と感動しつつ、駆の目には、なにか違うものも一緒に見えていた。

発射台に押し寄せた半透明の波が薄膜になってロケットを覆っていた。ロケットはすごい勢いで飛び出したけれど、薄膜も一緒に伸びて、地上からひとすじのひもがつながっているみたいにくっついていった。燃焼が終わって、そのあとしばらく上昇して最高高度に達したところまで、臍《へそ》の緒《お》みたいにつながっていた。そして、そのあと、消えてしまった。駆はとにかく、ぼーっと空を見上げた。到達高度は、ほんの五百メートルのはずだ。でも、もっと高く思えた。

体がじんじんしてきた。

迫力のある打ち上げと、一緒に見えてしまった変な光景と、両方ともすごかった。

機体も、ペイロードのタネ丸君も、それぞれ別のパラシュートを開いて降りてきた。

駆の両側から希実と萌奈美が「やったー、成功！」と抱きついてきて、駆はやっと我に返った。

「回収、行くぞ！」加勢さんが言い、みんな急いで車に乗った。

機体は少し離れた砂浜に落ちていた。星の砂の浜だ。タネ丸君はもう少し風に流されて、大型射場に近いマングローブ林のメヒルギの木に引っかかっていた。

砂浜で機体とタネ丸くんを回収した時に、テレビのインタビューを受けた。駆ももちろんだけど、一番、時間がかかったのは萌奈美だった。

日本のテレビ局だけではなくて、外国のも来ていたからだ。先に外国からの取材にフランス語で答えて、それから、日本のテレビ局に日本語で答えた。

「ママンに、母さんに、五百メートル近づいた」

駆は、まじまじと萌奈美を見た。

風に髪が吹き散らされて、それを指で押さえながら、もう一度繰り返した。

「五百メートルだけど、ママンに近づけた」

なんだか、心臓が痛いくらい脈打った。

父さんと母さんが別居というわけじゃないんだ。もっと深刻なことなのだ。

萌奈美のお母さんは、「お空」にいる。それが意味するのは、とても悲しいことだ。

萌奈美は何も言わなかったし、たぶん知っていたはずの希実も何も言わなかった。でも、かりに気づいたとしても、根掘り葉掘り聞く話ではなかった。

とにかく、萌奈美が物静かで、どことなく寂しそうで、大人びてもいる理由が分かった。

「駆、しけた顔をしていない！」と希実にはたかれた。

「まだ終わったわけじゃない。午後の部も、注目でしょう！」

そうだ、これから午後もあるんだ……。ふいに暑さをきつく感じて、駆はその場で目を閉じた。

ブーンとハウリングの音がした。どこかにあるスピーカーから響いてくる。

「退避してください。午後のデモフライトの準備が始まります。退避エリアは三キロですので、すみやかに宇宙港から退避してください」

打ち上げを終えても、息をつく暇がない。

「あー、こっちだよ。みんな退避するよ。バスが出るよ」

芝生広場の方からやってきて呼んでくれたのは、希実のいとこの菜々さんだ。

「わたしたちも退避だよ。ネット番組も、自前でMCを連れてきていて、わたしたちは必要ないって」

隣に中園さんもいる。

「たまにはいいもんだね。自分がまったく関係ない打ち上げを宇宙観測公園から見るというのも」

加勢さんだけが会話に加わらず、黙々と回収した機体を運んだ。これだけ暑い中、作業をしているのだから、無口になって当然だった。

「真夏のロケット団」と希実が言う。

「民間のロケット会社で、ふだんは北海道の宇宙港から、小さな人工衛星を打ち上げている人たちだよね」

「ふーん、よく知ってるんだね」

「菜々ねえから教えてもらった」

希実はちろりと舌を出した。

多根島宇宙港で打ち上げがあるたびに、島外からの人がたくさん押し寄せる宇宙観測公園に駆たちはいる。中心街の真中と、駆の家がある郷上のちょうど間くらいにある。きょうは、大型ロケットの打ち上げではないけれど、それでも「真夏のロケット団」のデモのおかげで、町の人たちは結構見にきていた。公園の掲示板には、「日本初の有人カプセルの打ち上げ実験！」と大きく書いてあった。

「人は乗らないんだよね」と一応、確認した。

「駆、ちゃんと話、聞いていなかった？　何度も、その話題になったけど。今回は、人は乗らない。それで弾道飛行。百キロくらいまで上がって、海に落ちてくる。落ちてきたカプセルは、すぐに回収。漁協が船を出すよ」

へぇっ、と駆は声を出した。

たしかに聞いていたけれど、あまり頭に入っていなかった。だいたい、発射指揮者なんて大役を引き受けて、そっちで頭がいっぱいだったんだ。

「軌道には乗れなくても、百キロってすごいよね。飛行機が飛ぶのがせいぜい十キロで、その十倍。そこまでいくと宇宙なんだって」

希実が言うのを聞くと、本当にすごいことのように思えてきた。少なくとも駆たちのロケットよりは、ずっと。そもそも「真夏のロケット団」は、本職のロケット打ち上げチームだ。日本でも最初に近い民間宇宙企業で、独自開発したロケットを使って小型人工衛星を打ち上げている。拠点は北海道。北海道というと、周太の故郷だけど、今、ここにいないのは残念だった。

「周太、弾道飛行なんて関心ないと思うよ」と希実が駆の考えを見透かして言った。

「北海道の人たちだから、興味、持たないかな？」

「うーん、どうかなあ。駆、聞いてみたらいいじゃない。ネットでつながってるんでしょ」

「いや、最近、連絡しても返事がないから」

返事がないのに連絡し続けるのはおかしなことだし、正直に言うと、駆もだんだん周太のことを思い出さなくなっていた。考えてみたら、一学期の半分くらいしか一緒にいなかった。おまけに、夏休みになってからは次から次へと新しいことが続いていた。一学期のはじめの頃、ほんの一瞬、近くにいただけで、今は枝分かれした道の先を歩いている。宇宙風に言うなら、今では違う軌道を飛んでいる。そんなかんじがどんどん強くなっている。

周太は、黒糖飴で作った小型ロケットを知らない。萌奈美がなぜがんばったかも知らない。校庭の鶏舎で飼っているインギー鶏のヒヨコが大きくなって、トサカが生えてきたのも知らない。ちょっとなら飛べることも知らない。明け方にウミガメの卵を保護したことも知らない。だんだん離れていってしまうのは悲しいと思うのだけれど、悲しいという気持ちだって薄れてきてしまっている。

あまりに暑いので、お弁当を食べた後、キンキンに冷やしたヨグルティーンを飲みながら待った。宇宙観測公園には木立があり、直射日光が避けられて助かった。それでも、汗がどんどん流れた。

「あー、冷たい！」と声があがった。萌奈美だった。

氷を詰めたクーラーボックスから取り出したばかりのヨグルティーンのことだと思ったら、もう片方の手でしきりと指をさしていた。駆は双眼鏡で、打ち上げの準備が進んでいる小型射場を見た。駆たちが使った第二ではなく、第一の方だ。

整備塔に寄り添って、巨大なロケットがあった。巨大というのは、駆たちのロケットに比べて、ということだ。大型射場を使わなければならないほどの規模ではない。けれど、何本もロケットを束ねているので太くなるし、ペイロードも人が乗ることができるカプセルなので、ごつかった。

ロケットの中ほどから、白い煙が流れていた。その周辺では、機体に薄く氷が張っているのも見えた。この暑い中で、氷が張るのだから、相当なものだ。

「エキタイサンソ」と萌奈美が言った。

液体酸素。

たしか、マイナス百八十度よりも冷たい。だから、空気中の水分が凍って、タンクのまわりに氷がつく。きっと近くまで行ったら涼しいだろう。駆たちのロケットは、小さすぎて液体酸素を使う意味がなかった。

「いやあ、いいね、ああいう手作り感があるロケットを見ていると血がたぎるよ。やっている連中は楽しいだろうね。ケロシンと液体酸素というのは、宇宙ロケットの王道だと思うしね」

中園さんが言った。午前中はネットの実況をやっていたけれど、午後は暇だそうだ。それは「真夏のロケット団」のネット中継は、東京から来た芸能人がやって盛り上げる。それは町の公園のスピーカーにまでは配信されていなかった。

結局、宇宙探検隊の三人と、加勢さん、菜々さん、中園さんが、宇宙観測公園でだらだらと打ち上げを待っていた。

「あれ、作ったんですよね」と駆は聞いた。当たり前のことだけど、つい聞いてしまった。

「そりゃそうだよ。作らなきゃ、どんなロケットもできないからね。でも、言っていることは分かるよ。宇宙機関みたいな大きなところでなかなか動かないプロジェクトにじりじりしているより、自分の手でできるものを作りたがる人はいるもんだよ。彼らもそういう類だよね。わたしなんかのちょっと後輩の世代でも、宇宙機関の仕事がじれったいと飛び出して、よりによって固体燃料のエンジンで有人弾道飛行をしちゃったやつがいた。そりゃあもう、大騒ぎになったけど、宇宙開発って別に国だけがやるもんじゃないって分かったのはすごい衝撃的だったよね」

「それ、わたしが子どもの頃、多根島にいたエンジニアですよね。温水兄弟と仲が良かったんですよ」と菜々さんが割って入った。

「当時、わたしはつくばにいて、宇宙港勤務が重なった時期はないんだ。それでも、衝撃だったよね。わたしは宇宙機関にとどまって、じれったい新基幹ロケットを開発して、気がついたら定年で再任用で、ってわけだよ。そういえば、飛び出したエンジニアは今、アメリカの民間企業でやっぱり開発をやっているみたいだね。ワイルドキャットって有人宇宙機だったっけ……」

駆は話についていっていなかったけど、とにかく「作らなきゃ、どんなロケットもできない」というのが頭に残った。そして、中園さんが、日本を代表するような大型のゼータ3型ロケットを作ったというのにも驚いた。

「液体酸素の充塡が、終わったみたいだね」と中園さんが言って、みんながピリッと緊張した。

それは、打ち上げが間もないということだ。

整備塔が外れて、かなりずんぐりしたロケットの形がくっきりと見えていた。

「九本のクラスタだよね。束ねたロケットを見ると、わたしなんかが思い出すのはアポロなんだよ。月ロケットの一段目は、五本のエンジンを束ねたものだったからね。でもまあ、こっちの方は一段だけで、その上にカプセルが直接ついているのだね。あくまで弾道飛行ってことだね」

中園さんが目を細めた。

「宇宙船を打ち上げるなんてドキドキしない？」と希実。

「人が乗ってなくても、ドキドキするよ」と萌奈美。

「将来は、小惑星への有人飛行を考えているらしいわよ」と菜々さん。「カプセルに乗って宇宙観光したい人は、地球周回軌道から小惑星探検まで、応相談って、ウェブサイトに書いてある」

「まあ、小惑星は、月や火星なんかに行くよりも、重力的には楽に往還できるからね。わたしなんかに言わせると、現実的な目標だよ」と中園さん。

「やっぱりそうですよね！」と菜々さんが弾むような声で応えた。

「なにより小惑星には、水や氷があるタイプもあるわけじゃないですか。有人飛行で、行き先で補給ができるというのは大きいですよね。基地を作るなら、そこで作物の栽培も始めるだろうし、きっと植物学者か農学者が小惑星に行くことになりますよ。ワクワクします」

「まったくだよ。わたしも、ちょっとドキドキしてきたね」

すごい先まで見通しているんだ。もちろん、今は、火星に人を飛ばす計画があるくらいだから、小惑星に人が行っても、まったく不思議ではない。

本当に、ドキドキ、ワクワクする！

オレンジ色の光がぱーっと広がって、最初はゆっくり、すぐにスピードを上げて、バリバリと音を割りながら飛び去った。エンジンが燃え尽きて、カプセルと分離するのも肉眼で見えた。

あとは、放り出されたカプセルが、放物線を描いて落ちてくるだけだ。二段目はないので、この点では駆たちのロケットと同じだった。もし、二段目をつければ軌道に乗せられる。でも、今回はカプセルの打ち上げと回収のテストなので、高度百キロと少しで落ちてくる。

ほんとうにすごい！　これを作っているのは、民間の人だ。宇宙探検隊のお兄さんみたいな人たちが会社を作って、ロケットを自作して、とうとう人の乗り物になるところまでやってきた。

それと……駆は、またも、変なものを見た。

ロケットが発射する直前に、薄白い膜のようなものが四方八方から集まり、ロケットに取り付いたのだ。午前中に見たのと一緒だった。その膜に包まれたままロケットは打ち上がり、膜がどこまでも伸びて押しとどめようとした。けれど、ロケットは力強く、結局は、そんな弱々しいものなど関係なく飛んでいった。

駆はもう、これが自分だけに見えているものだと分かっていた。だから、誰にも言わなかった。

「うーん、すごかったねぇ」と感心しているのは中園さんだ。

「はい、すごかったです」と菜々さん。「起業して十年そこそこの会社ですよ。超小型衛星の打ち上げ専門かと思ったら、いきなり宇宙旅行に名乗りをあげましたね」

「結構、真上に上げたよね。あまり遠いと洋上回収が大変だから、せいぜい数十キロくらい先に落としたのだろうね。あとは回収がうまくいけばいい。温水くんのところが船を出したそうだし、宇宙観光協会としてもいい宣伝だ。わたしだってカプセルの洋上回収なんて、やったことがないんだよ。まあ、一度だけ、古い大型ロケットが落ちた時に、海底からエンジンを引き上げたことがあるけどね」

「そういえば、九本束ねたエンジン、一本一本は、超小型衛星打ち上げ用のものなんだそうですよ。ほんとにいろいろやりようがあるもんですね」

中園さんと菜々さんが、熱っぽく語り合っていた。

ふいに、駆は昔、言われたことを思い出して口に出した。

「雲を破って、天を突く。地上ではない、遠いどこかへ……ですよね」

隣に立っている加勢さんに向けてだ。加勢さんは、春先にはじめて会った時、見も知らぬ宇宙遊学生の駆にいきなりそう言った。その時は謎だったけれど、今なら分かる気がする。人が乗っていないカプセルの打ち上げのデモだけでも、これだけ体が震えたのだから。

「ぼくたちの『インギー・スウィート・ドリーム』だってロケットですよね。タネ丸君が飛んだのは五百メートルだけど」

返事がなかった。加勢さんの方を見て、駆は息を呑んだ。なにかぼーっと焦点の合わない目で、空を見ていたから。雲を破るのでも、天を突くのでもなく、空に飲み込まれたみたいな目だったから。透明なラップフィルムに覆われて、息ができないんじゃないかというほど顔色が悪かった。

加勢さん、どうしちゃったんだろう……。そんなに疲れたんだろうか。考えてみたら、宇宙探検隊のインギー・スウィート・ドリームの打ち上げが成功してから、ほとんどしゃべっていないんじゃないだろうか。中園さんと菜々さんが、ロケットについて熱く語り合っても、ずっと隣で黙っていたのだから、やっぱりおかしい。駆は心配になった。でも、なにができるわけでもなかった。

家に帰っても気になって、寝床で少し考えたけれど、駆は疲れ切っていてすぐに眠ってしまった。

＊

「タネ丸君にとっては、長い一日でした。午前中、地元小学生が打ち上げた、『島の黒糖を使ったハイブリッド型ロケット』に乗り、五百メートルの上空まで飛んだ後、午後には、有人飛行用のカプセルで百キロの上空へ弾道飛行したわけですから。タネ丸君は、一日に二度、打ち上げを経験したはじめての河童というか埴輪というか、ぬいぐるみになったんじゃないでしょうか。無事に回収できてよかったです」

ネット録画で再生した記者会見の中でさわやかに述べるのは、眼鏡をかけた青年、温水宙だ。多根島宇宙観光協会の事務局長で、マスコットのタネ丸君を机の前にちょんと置いて語る。タネ丸君は、「河童のような埴輪」をかたどった、とぼけた雰囲気のぬいぐるみである。

会見場所は、多根島宇宙観光協会の事務所がある旧漁協ビル。会議室の前列にテーブルを並べ、ロケット競技会で行なったデモフライトについての質疑応答の場面だ。温水兄弟の兄、宙は、いきなり、タネ丸君が両方に乗っていたことを明かし、打ち上げイベントを地元に結びつけてしまった。大日向菜々は、その時、会見の現場で聞きながら、強引ながら鮮やかな話術に感服した。ネット録画であらためてチェックしても、なかなかそつがなく、視聴者のコメントも好意的なものが多かったから、成功したと言っていいだろう。

普段、ロケットの打ち上げの会見をセッティングする立場にある菜々が、今回は、招かれて、報道陣と同じ場所に座った。どちらかというと「公」に近い宇宙港広報の立場より、もっと自由なところから、宇宙の話題が出てくるのは時代の流れだ。それがとうとう故郷の多根島でも、と思うと、菜々はややじーんとした。

会見の録画を一通りチェックして、菜々はビューの回数を示すカウンターを確認した。

「久世室長、動画の再生回数、結構いってますよ」と菜々は呼びかけた。

「ああ、それだったら、僕も見たよ」

菜々の直属の上司である久世仁広報室長は、あくびをかみ殺しながら言った。

「小型ロケットも九本、クラスタすると、なかなか見応えがあるね。加勢君やきみが後押しした小学生のロケット作りの方が、話題としては完全に飲み込まれちゃって残念だよ」

まったく残念そうではない言い方だ。

「小学生が取材でもみくちゃになるのもどうかと思いますし、とにかく、事故もなく終わってよかったです。室長も面倒がなくて、なによりですね」

「ああ、事故がなかったのは、ほっとした。僕は気が気ではなくて、休日も休んだ気にはならなかったくらいだ」

久世室長は、基本的に弛緩したタイプの上司だ。やる気を表に出さない。ひょっとすると、本当にやる気がないのかもしれない。部下の提案も、基本的には否定的な態度から入りがちだし、広報室の自主企画予算の運用も保守的なものを選びがちだ。小学生のロケット作りについても、後援という形で名前を出すのは最初、渋った。人を出し、施設利用を認めることまではわりとすんなりいったのがむしろ例外的だった。たぶん、部下の不満に対する「ガス抜き」に違いない。

「ええっと、九本のエンジンのうち、ひとつだけ出力不足になったのは、ガスが抜けてたんだっけ」と述べるのは、何かの冗談か。

「出力不足を検知して途中でそのエンジンだけシャットダウン。ほかのエンジンの燃焼時間を延ばして、予定の高度を達成。その様子がはっきり動画で分かるんで、結構、人気が出てるんですよ。燃料・酸化剤のタンクは共用なんでそういう芸当ができるんですね。わたし、ケロシンと液酸の組み合わせの打ち上げは、生で見たのはじめてなので、結構グッときました。オレンジ色の炎って、ビジュアル的にいいですよね」

「ほう、菜々君もずいぶん頼もしくなってきたね。うちに来た最初の頃は、素人をよこすなと現場からクレイムが来たもんだが」

「茶化さないでくださいよ。これでも、結構、ゾノさん──中園さんに鍛えられましたから。一年もネット中継やってれば、それなりに知識は増えます」

「じゃあ、いったいなんなの？　今さら、聞けなくなってるんだけど」

久世室長は、菜々の背後まで、すーっとキャスター付きの椅子を滑らせ、画面を指さした。

動画が埋め込まれたウェブページにあるバナーだ。

「真夏のロケット団ですか。最近、名を上げている宇宙企業じゃないですか。室長、本気で聞いてます？」

「うん、あんまり詳しくなくて」

詳しい人なら、すごく身近にいると思いますけど。

そんなふうに言いそうになって、口をつぐんだ。加勢さんはさっきから、自分のデスクで書類仕事に集中している。あるいは、そのふりをしている。あえて刺激することはないので、菜々は自分で説明することにした。

日本宇宙機関の職員は、たとえ民間に開かれた宇宙港勤務だとしても、「民間」の動向にそれほど詳しいとはいえない。国策としての宇宙開発をやってきた組織の末裔《まつえい》で、競争に晒《さら》されているわけでもないし、仕事が途切れることもない。数十キログラムクラスの超小型人工衛星をどんどん請け負って打ち上げる、宇宙企業としてはスモールビジネスを展開する小企業は日本でもいくつか出ているけれど、多根島宇宙港で打ち上げるのでないかぎり、接点はなかった。

「せいぜい五十キログラムくらいまでの小型人工衛星専門で、北海道から毎週のように打ち上げてます。全球インターネットの通信衛星とか、リアルタイム地球観測網のコンステレーション衛星とかですね。たくさん軌道に投入されている分、故障とか寿命とかでの入れ替えもしょっちゅうです。だから、急な打ち上げニーズでも、最短一週間で対応可能、というのがウリらしいです。もちろんコストも低いです。今回、打ち上げたロケットは九本、エンジンを束ねていましたけど、あれが一本で二・五tf（重量トン）くらいの推力です。一本だけでも、二段目をつけてやれば、低軌道に数十キログラムクラスの人工衛星を上げられるらしいです。エンジン自体、自社開発、自社生産で、やってるそうですよ」

視界の片隅で、加勢さんがぴくりと身じろぎをした。ちょっと刺激してしまったらしい。

真夏のロケット団で多根島宇宙港入りしたチームには、彼の学生時代の知り合いが多い。菜々はあちら側から、「加勢さんは、どうしてますか？」と聞かれた。本人にも伝えたけれど、今のところ、会いに行こうとしない。まだ撤収作業中で宇宙港にいるのに、完全に無視している。

「あー、そうだ。次に打ち上がるコズミックバードだけど、地元向けのプレゼンの件、あれからどうなった？　できるだけ、さくっと分かりやすくやんなきゃいけないんだが、やっぱりあれって難しいよね。宇宙マイクロ波背景放射？　僕だって聞いたことなかったもん」

「それなら、若干、アイデアがあって、今、ちょうど企画書をまとめているところです。NASAの側から推薦してきた人材がいまして――」

「いいね、いいね。明日までに見せてくれる？」

「はい、なんとかなります」

ロケット競技会の準備に追われていたツケだ。久世室長は、大目にみてくれていたけれど、これから巻き返さなければならない。

昼食は宇宙技術歴史館のカフェテリアでとった。とうてい宇宙港の外に行く時間的な余裕はなかった。「日替わり宇宙御膳（ライト）」を一人きりで食べて、また事務棟に戻ろうとしたところ、辛気くさい顔をした男が立っていた。

「加勢さん、昼はどうしたんですか」

加勢さんは金属の筒を何本か台車に載せて、宇宙技術歴史館の「日本から宇宙へ！」のコーナーへ運び込もうとしていた。

「加勢さん！」

もう一度声をかけたら、やっと振り向いた。

「昼、食べてないんじゃないですか」

「燃料用にもらったソフト黒飴キャンディが余ってる」

「そんな糖分ばかりじゃ健康に悪いです。ただ燃やせばいいロケットじゃないんだから」

「時間がない。燃料補給で充分だ」

加勢さんはそのまま台車を押して、「日本から宇宙へ！」のコーナーに入ってしまった。

展示の中は薄暗い。初期の宇宙開発で使われた余剰品のエンジンや、残っているモックアップの人工衛星、宇宙探査機などが展示されている。宇宙開発というと今も最先端のイメージがついてまわるし、それは間違いではない。でも、後発国の日本ですら、すでに半世紀以上の歴史がある。宇宙は、歴史であり、未来だ。だから、歴史を残すのも大事で、宇宙技術歴史館は、そのために、コレクションを増やしている。

加勢さんが持ってきたのは、小型ロケットから大型ロケットにいたる日本のロケット開発を見せるコーナーに置くものだ。初期の大型ロケットの姿勢制御用エンジンで、小ぶりで何本もあるから、近くで観察しやすい。菜々でも、持ち上げられるサイズだ。大きさとしては、小学生たちが作ったハイブリッド型エンジンと変わらなかった。

加勢さんは、小型エンジンのために作られたスペースに、一本一本、寝かせて置いていった。

「それ、春に、加勢さんとゾノさんが見つけたやつですよね。余剰品が何本も出てきたって。何十年も前のものだとは思えないほどの保存状態だとか。ほんと、つやつやしてますね」

「VR101だ。いまだに世界のあちこちでコピーされている名機だよ。こいつもメンテすれば使える。実はこの前、水流し試験をやってみたが、まったく問題はなかった。今度、燃焼試験もやってみたいな」

「加勢さん……暇なんですか。ずいぶん忙しいみたいなこと言いながら」

加勢さんの頬がぴくりと動いた。菜々は、自分でもちょっと挑発的だったかと思った。

「これから忙しくなりますよ。打ち上げのスケジュールだけでも、コズミックバードが近いし、それが終わったらすぐにハイタカ3のスイングバイですよ。加勢さん、そんな食生活じゃ、倒れます。だいたいこんなに食材が豊富で、食事が安くておいしい島なのに、栄養失調になんかなったら自分の管理責任です」

「スイングバイは、うちは関係ないだろ」

「ここから打ち上げた探査機です。盛り上げなきゃいけません」

加勢さんは菜々の言葉を無視して、軽くなった台車をさらに押し、奥まったところまで移動した。今、小惑星に向かって旅をしているハイタカ3の「元祖」である〝1〟と、「先代」の〝2〟のモックアップが並べられていた。

「ハイタカ1が、アポロ群のS型小惑星のサンプルリターンを成功させたのは大学生の時で、ずいぶん熱中した。ハイタカ2の打ち上げの時にはもう宇宙機関に入っていた。しかし、とっくにプロジェクトは走っていたから、おれの出る幕ではなかった。というか、おれはどちらかというと探査機より輸送系に関心があるから、大型ロケットの開発に直接加われなかった方が痛恨だ。しかし、小惑星探査に思い入れがあるのは認める」

「じゃあ、ハイタカ3がスイングバイしてまた小惑星に行くのを応援するべきでしょう」

「いや、あれは本来の3じゃない」

「本来って、どういうことですか」

加勢さんが指さしたのは、ハイタカ二機の奥にある小さな模型だった。宇宙探査機というよりは、ひらひらした薄膜、アルミ箔《はく》を飾ってあるだけにも見えた。

「これ、知ってるか」

「ええっと、オクトパス……ソーラーセイル実証機、ですね」

菜々は説明のパネルを読んだ。正直、自分が社会人になった時には運用が終了していたし、その後、広報の仕事の中でも触れることはなかった。だから、印象が薄い。ほとんど知らないと言ってよい。

「ハイタカ3の行き先は、今回もまた地球近傍のアポロ群だ。2で、サンプルリターンしたものをもっと大がかりにしているわけだが、当初の計画では、木星のトロヤ群を目指すはずだった。従来のイオンエンジンと、ソーラーセイルを組み合わせて、より遠くへ」

「でも、ハイタカ3は、2でC型の小惑星を探査して、宇宙生物学上の関心が高まったから、もう一度、飛ばしたんですよね？　生命の起源に迫るって。わたしは、そっちの方に関心がありますよ」

「宇宙生物学なら、トロヤ群だって興味深いだろう。太陽系の起源に近いところなんだから、生命の起源でもある。ハイタカ3が保守的な行き先になったのは、単に失敗のリスクを恐れての政治的判断だ。一度でも失敗したら、もう予算はつかない。そう思い込んでいる連中が多い。そして、それは間違いではないかもしれないのが困ったところだ」

そこまで言うと、加勢さんは台車のハンドルに力を加えて、ちょっとした段差を乗り越えた。出口の方向だ。なんだか背中が丸まっていて、菜々はその後ろ姿に、やっぱりイラッとした。本当、よく分からない。菜々にとっては、マニアックで熱くて、意味不明なくらい情熱を持った先輩なのに、いくら疲れているからといって、この後ろ姿は実年齢よりも二十歳くらい老けて見えた。本当にちゃんと食事をしなきゃだ。

「加勢さんは会いに行かないんですか」

無視して、そのまま進んでいくので、大きな声で追いかけた。

「多根島宇宙観光協会で、懇親会兼『打ち上げの打ち上げの会』をやりますよ。真夏のロケット団の人たちもいますよね。加勢さんの大学時代のお友達ですよね。今、話してて、分かったんですけど、彼らが小惑星に有人飛行をしたいっていうのも、加勢さんと一緒で、小惑星探査に思い入れがあるからなんですよね」

返事がないので、菜々はさらにたたみかけた。

「彼ら、また来ますよ。来年には、有人で弾道飛行の試験をしたいって言ってますから。日本の宇宙港で、弾道飛行とはいえ、はじめて有人をやるって言ってるんですよ。これって、あれ、アメリカの初期の宇宙開発の、ええっと……」

「マーキュリー計画」

「そうです、マーキュリーみたいですよね。一人乗りのロケットで、小惑星に行くわけでしょう」

「よろしく言っておいてくれ。おれは、カニ臭い事務所は苦手でな」

まったく！　頑《かたく》なにもほどがある。イラッとするのを通り越して、痛々しい。

菜々は駐車場に停めたジムニーに乗り、事務棟に向かう。

空がひたすら青い。真夏のロケット団のマークが描かれたトラックが、通り過ぎる。回収したカプセルや、諸々の機材を北海道までフェリーを乗り継いで持って帰るという。宇宙へ行く者も、やはり大海の波に揺られながら、旅をする。

菜々は、路肩にジムニーを停めた。

いったい自分は何をしたいのか。生まれ育ったこの島で、一見、夢のあるこの職場で、いったい何がしたいのか。ふいに分からなくなる。

窓を開けると、猛烈な湿気と日差しに目眩《めまい》を感じ、あわててまた閉じた。外を見るよりも、携帯端末を弄《もてあそ》んで、昼休みの残りの時間を過ごそうと決める。

メッセージがいくつか入っている。

「ロケット燃料《フュエル》用のニガヨモギがもうすぐなくなりそうなんだけれど、また、採ってきてもらえない？」と、ムーンリバーの店主、ジャスティンだ。お安い御用だ。最近、NASAとのやりとりの中で意外なことを知って、ジャスティンにいろいろ頼まなければならないことができてしまった。

「菜々ねえ、宇宙港ネイチャーツアー、今度いつある？　夏休み中に、駆が行きたいっていうんだけど。夏休みが半分終わって、焦っている」と希実が書いており、菜々はくすりと笑った。こっちは、行事疲れしているというのに、小学生は際限なく元気だ。あの年頃は、今よりも時間が長く感じられて、それなのに、休日は飛ぶように速く過ぎて、今とは違う焦りがあった。希実を見ていると、つい昔を思い出す。

「いいよ。夕方のツアーならいつでもやるよ」とすぐに返事を出した。

訳の分からない生命力。まったく、あの子たちにあやかりたいものだ。菜々はほんのしばらく勢いのある雲を眺めた後で、またジムニーを発進させる。

9　里帰り

島の夏休みは、賑やかだ。

ロケット競技会をやりきって、くたくたになった翌日から、駆はそれまで以上に動きまわった。

島で過ごす夏は、駆にとっては一回きりのはずだし、東京では味わえないものばかりだったから。夏休みの後半には実家に帰ることになっていて、それまでにすべてを味わい尽くしたかった。我ながら、欲張りだ。

ロケットを打ち上げたら、怖いものがなくなった。ほんの五百メートルの高さまで飛んだロケットでも、島の一番高いところよりはずっと上で、回収したカメラに映った動画では島全体が見渡せた。それを見た時、本当に不思議だけれど、幽霊だとか、怪物だとか、この前まで怖いと思っていたものが、どうでもよくなったのだ。

もちろん、ガオウで岩堂さんに会って、少なくとも昼間に見たものは岩堂さんだったと分かったこともある。ガオウに入ったバチはちゃんと当たったから、恐れなきゃいけないことは残っていたけれど、怖いと思ったら「インギー・スウィート・ドリーム」とタネ丸君が、パラシュートを開いて降りてくる時に撮影した景色を思い出せばいい。太陽の光がまぶしく、見晴らしも素晴らしく、うわーっと思える。そこまで飛んだロケットを誇らしく感じる。

すごく満足感があった。だから、駆としては、宇宙の活動はこれで一段落でいいかなと思った。希実も萌奈美も同じだろう。駆は、次の日から、野を駆け、森を歩き、川に入る生活に戻った。五年生や四年生の男子と自転車に乗って、あちこち走り回ったし、一人でもどんどん森の中に行った。

カブトムシは本当にたくさんいて、駆はタブノキの若木で、すごい瞬間に出くわした。樹液を吸いにきたカブトムシが、あのツノを使って、木の皮を剥ごうとする。よくよく見ると、まわりにはもう削り取られたところから、樹液が出ていた。角を研《と》ぐみたいにすごい力で押しつけて、静かな森にギッギッギッと音が響いた。カブトムシがたてる音って、関節の軋《きし》みとかだけではなく、木の皮を剥ぐ音もまざっている。あの角で、森を震わせ演奏しているみたいだ。

宇宙全体に響く、と駆は思う。

駆は今では、森が宇宙とつながっていると知っていた。一学期から薄々感じていたことが、ひとつにつながって、すとんと納得できるようになった。

アリヅカコオロギの宇宙はアリヅカだ。夕方、土の中から出てきたばかりのアブラギッチー（アブラゼミ）や、センセン（クマゼミ）は、何時間か待っていると背中がプチッと割れて、オトナになって出てくる。地下の宇宙から、森の宇宙に引っ越してくる。カマキリに寄生しているハリガネムシは、お腹がパンパンになるまで大きくなると、ニュルニュルと抜け出して、川の水に入る。虫のお腹の中の宇宙から、水の宇宙に引っ越しする。

虫ばかりではない。希実のいとこのお姉さん、菜々さんが植物について教えてくれた。大学で生物学の研究をしていたそうで詳しい。おやじとはちょっと違った知識だった。宇宙港の星の砂の浜を歩きながら、ハマヒルガオ（有毒）、スイセン（有毒）、ハマユウ（有毒）と、ハマダイコン（食べるとおいしい）を指さして、だいたい毒があるものだったのは笑った。ロケットの炎で焼けた跡には、わずか一週間くらいで新しい草が生えてきてすごくたくましい。最近では、外来種と交雑したタンポポと、地元のハマダイコンが激しく争っている。菜々さんはそういうのにも興味があって勉強しているそうだ。駆はもっと知りたいと思った。

目眩がするほど、キラキラ、ギラギラした日々だった。そして、むせるほど、空気がもわっとした日々でもあった。島の日差しは強烈で、吸い込む空気には土と潮と植物の匂いが、場所によって違う濃さでまざりあっていた。駆は目を閉じていても、鼻から息を吸い込めば、自分がどこにいるかだいたい分かったくらいだ。駆は夏休みが永遠に続くような気がしてならなかった。

でも、そんなことは起こらない。始まったものは、いつか終わる。いよいよ、実家に一時帰宅する前の夜、おやじに電話がかかってきた。

「噴火したらしい」とおやじは言った。

最初、意味が分からなかった。島には火山はない。

「夏休みだから、遊学生もおらん。明日まで待つ必要はない。今晩のうちに放流しよう。おまえさんも来るだろう。ああ、噴火というのはウミガメのことだ。面倒みているやつらが、砂から出てくるのを見て噴火みたいだと言ってな……」

「もちろん行く！」

駆は大声で言った。ウミガメの子たちが、火山の溶岩みたいに次から次へと出てくるのを想像したら、いても立ってもいられなくなった。

「きっと、ものすごいものが見られるぞ」と、いつになくおやじが興奮していた。

学校に着くと、もう校長先生が来ており、孵化場の扉を開けていた。保護団体の人は、大きなカメラを構えていた。そして、おやじといろいろ話し合っていた。そのうちに、夜だというのに役場の人までやってきた。

理由は、聞き耳を立てるうちにだんだん分かってきた。

「アカウミガメじゃない」「多根島ではじめて」「いや、日本でも産卵記録は数少ない」

「専門家を呼んで……」「いや、時間がかかりすぎる」「記録を残して放流しよう」

つまり、アカウミガメじゃなくて、なにか特別なものだというのだ。

話し合いがだいたいまとまった後で、おやじが呼んでくれた。

「おまえさんも運がいい。ここにいる誰もが、はじめてなんだぞ」

手渡されたのは、確かに、駆が写真などで見せてもらっていたアカウミガメの子とは、はっきりと違った。

まず、思っていたのよりずっと大きい。駆の手のひらの上に置いたら、いっぱいいっぱいだ。それよりも、びっくりしたのは、甲羅がないことだ。甲羅のかわりに、皮が張っている。指で押したら弾力があった。

「おれも、よく知ってるわけじゃない。今、聞いたところだと、成長すると一トンくらいになるらしい。世界中のカメの中で一番大きくて、一番遠く旅をする。そして、海の月を食べる。なんのことか分かるか？」

「クラゲ？」

「そうだ。海の月と書いてクラゲだな。そして、こいつらは、空の月を見て旅をするそうだ。海月を食べながら空の月を見て、地球で一番遠く旅するウミガメだ」

「……すごい」

なんか、完璧だ。夏休みに体験したいこと、ぜんぶやったと思ったら、それ以上のことが起きた。本当に、駆の世界は広がった。

月明かりの波打ち際に、孵化したばかりのオサガメの子どもを放した。腕をパタパタさせながら、ひたすら海に向かい、波にのまれた。海には月どころか星まで映っていて、小さなオサガメたちは、宇宙に導かれ、自分自身、小さな宇宙船になって遠くまで行くのだった。その夜、駆は、巨大なカメの形の宇宙船で旅をする夢を見た。

飛行機に乗って東京に帰る時、窓におでこをくっつけて、放流した子たちはどこまで行っただろうかと目で探した。分かるはずないけれど。

そして、島の形が、本当にタネ（種）みたいだなあと思った。タネの中には宇宙がある。カメの宇宙、カニの宇宙、ムシの宇宙、そして、ヒトの宇宙。宇宙、宇宙、宇宙。宇宙って自然のことで、自然は宇宙のことだ。ほんの数カ月の島での出来事が、頭の中でぐるぐるめぐった。

実家に帰って、駆はそのことを家族に話した。

母さんや父さんのことを、ジツオヤさん、ではなく、本当に母さん、父さんと呼び、撮った写真を見せながら、もう堰《せき》を切ったように話した。弟の潤はまだ小学一年生だったので、多根島で拾ってきた海岸のきれいな石や、星の砂の入った瓶をあげた。そして、「外に逃がしちゃだめだよ」とカブトムシの入った水槽もこっそりと部屋の中に置いた。母さんが、生き物を飼うのが好きじゃないからだ。

「島はいいよ、いつか潤も来るといいよ」と駆は言った。島の生活は本当にのんびりしているから、潤だって気にいるはずだ。

「ぼくはムリだから」

潤はいつものように母さんの口癖を繰り返した。「潤にはまだムリ」と母さんはこれまでことあるごとに言ってきたのだ。駆のことは「ロケットみたいに飛んで行ってしまう」と言うのに。

潤が耳かけ式のサウンドプロセッサを取り外して、ベッドに入った後、駆はリビングに戻って母さんと話し続けた。一度、話したことでも二度も三度も話した。多根島の自然や宇宙港やロケットのこと。そして、島の人たちのこと。母さんは、駆の話を、ビールを飲みながら聞いていた。

そして、目に涙を浮かべた。

「駆は、本当にロケットみたいにどんどん飛んで行ってしまうのね。頼もしいけど、ちょっと寂しい。心配する余地もないくらい。でも、潤はどうしても、助けが必要だから……」

「うん、分かってる。潤も学校に、ずいぶん慣れたみたいだね」

「まだまだよ。授業はマイクで飛ばしてもらう補聴システムでついていけてるみたいだけど、友だちとの会話は、ざわざわしていると分かりにくいみたい」

「ぼくと話すのは、問題ないよ」

「そりゃあ、まわりが静かだから」

「サッカーはどうしたの？」

「聞こえが悪いと危ないからって、地元の少年団は断られて、今は、できたばかりのデフキッズサッカーのチームに行くか情報収集中」

潤は、生まれつき、耳がよくない。二歳くらいの時に、健康診断だったかなんかでそのことが分かり、人工内耳《ないじ》を取り付ける手術を受けた。原因は、母さんが妊娠している時にかかった病気だそうだ。母さんも父さんも言わないけれど、駆はその病気はまだ小さかった自分がまずかかって、母さんにうつしてしまったのではないかと思っている。もう亡くなったお祖母さんが、そんなことを言っていた。だから、駆は潤のことになるといろいろ心配になる。

「潤もいつか、多根島に来ればいいのに」

実は、心底、そう思っていた。多根島はのんびりしている。道路が車でうるさかったりして聞こえなくなることはない。一番うるさいのはロケットの打ち上げだけど、あれは、もう音じゃなくて衝撃波だから、誰の声も聞こえなくなって同じことだ。

「それは、ムリよ」と母さんは言った。「潤は、駆とは違うんだから。駆は気にすることないの。自分が好きなようにやっていけばいいんだから」

「でも、来てみたら気にいると思うよ」

「潤は、まず学校に適応しなきゃならないの。分かるでしょう」

その適応しなきゃいけない学校が、多根島では人数も少なくて、ゆるくリラックスしたかんじで、楽しいことがたくさんあって、そこでやれれば自信がつくんじゃないかなと思うのだ。

次の日から、父さんも母さんも仕事で、潤はまだ学童保育に行っているから、駆は昼間、一人になった。それで、結局、公園で虫を探すことになった。どこにだって虫はいるけど、島に比べたら地味だ。つい比べてしまうと、島が懐かしくなって、携帯端末をいじった。それで、気づいた。最近、あまり使っていなかった通信アプリに着信がある。これは島に行ってから登録したものだから、駆にとっては「島専用」だ。

アプリを開くと「周太」とあった。メッセージがついていて、「たまには、見ろよな」と書いてあった。

どっちが！　と思いつつ、「見たよ」と返すと、すぐに連絡があった。

「ニュース見たぞ。すごいな、モナ隊員。おかげで、頼もしかっただろう。でも、ボンボン・ロケットは、まだまだだな」

地方のテレビで、ニュースに出たことは知っていたけれど、北海道でもやったとは。モナ隊員と呼ぶってことは、宇宙探検隊のことを忘れていないのだ。

駆は、素直にうれしかった。

「北海道の人たちが来たんだよ。人が乗るためのカプセルを作ってた。ロケットを九本束ねて、飛ばしたんだ。それも手作りなんだ」

「あれも、まだまだだ」

「ええっ、でもすごくない？」

「弾道飛行だからな」

本当に、周太にかかるとなにもかもが、「まだまだ」ということになってしまう。

「しかし、萌奈美があそこまでやるというのは、宇宙探検隊にとってうれしいゴサンだ」

「そうだよね」

「そこでおれは、軌道計算に集中できる。今、見せてやる。これ、自分で計算したハイタカ3の軌道だ。今度の地球スイングバイは楽しみだな」

画面を共有して、太陽系の中を探査機が飛んでいくCGを見せてくれた。地球から飛び出した探査機が、いったん遠ざかってから、戻ってきて、ぐーんと引っ張られるみたいに加速してまた飛び出していく。よくよく見ると不思議な動きだった。

「このゲームやってみ。銀河系植民シミュレーションなんだけどさ、軌道計算が無意味に高性能で笑っちゃうくらいだ。どんだけのスピードで地球を飛び出して、どこでスイングバイで加速して、ってやっていけば、その先のもっと遠くへだって行けるんだぜい……」

駆は、おかしくて笑ってしまった。本当に周太は、最初に会った時から変わらない。

「失礼な。笑うとは何ごと！」

「そうだ。もうカブトムシ、いっぱい出ているよ。早く島に戻ってこないと、またいなくなるよ」

「もうじき、戻る」

周太は力強く請け合った。

本当に戻ってくるつもりだと、駆はうれしくなった。充実した一学期と夏休みの後、長い二学期が待っている。そこに周太がいれば、これまでと違う島の生活がまた始まる。ちょっと騒々しくて、時々、迷惑に思うかもしれない周太の強引さを想像して、やっぱり、くすっと笑った。

翌日の夜、立て続けに、事件があった。

一つ目は、夕食の直後。

「駆、ロケット競技会のこと、やっているぞ！」と珍しく早く帰ってきた父さんが言った。テレビの特集だった。ロケット競技会に来ていたカメラのひとつはこのためだったのだ。駆もちらりと映っていて、父さんが「うぉー」と声をあげた。恥ずかしいけれどうれしかった。

ナレーションで、女の人の声が言った。

「萌奈美さんは、お母さんと離れて、半年近くなります。空にいるお母さんに少しでも近づけるように打ち上げたロケットは、島の青い空に吸い込まれていきました」

なんか、じんときてしまった。萌奈美は本当にがんばっている。周太の言う通りだ。

「すごいよなあ、この子。お母さんが帰ってくる頃には、もっときれいになっているよなあ。芸能プロダクションとか、目をつけるんじゃないか」

父さんは、時々、意味が分からないことを言う。萌奈美の「ママン」は、お空へ行ってしまったのだ。

さらに女の人の声のナレーションが続く。急にうれしそうな雰囲気に変わった。

「遠く離れた宇宙ステーションから、萌奈美さんへ、メッセージが届きました」

画面が切り替わった。黒髪で、目鼻立ちのはっきりした、女の人が宙に浮かんだままこちらに手を振った。

宇宙ステーションの中？「火星計画実験ユニット」とテロップに出た。

「アロ、モナミ」とその女の人は言った。画面には字幕が映った。

モナミ、元気ですか、ママは元気です。すべてが順調です。モナミが、島の暮らしを楽しんでいるのは本当にうれしいです。あなたを思い出さない日はありません。愛しているわ、モナミ。とかなんとか。

びっくりして、頭がぐわんぐわんした。

萌奈美の母さんは、亡くなったわけじゃなかった。空にいるといっても、それは宇宙飛行士だったんだ！　それも火星計画の一員だなんて！

萌奈美はすごい。周太の言葉の本当の意味がやっと分かった。ああ、そうだ。萌奈美が宇宙飛行士の名前にやたら詳しかったことも。あれは、ネットで調べて知っているというのでなく、母さんの同業者として、知っていたんだ。本当にびっくりした。

三十分後、駆はまた、心を揺さぶられることになった。母さんの携帯にかかってきた電話は、多根島からだった。こんな遅い時間に、わざわざ島からかけてくるってなんだろう。

「駆、先生よ。大切なお話があるって」

母さんがどこか深刻なかんじで言った。

「天羽くん？　伝えるべきか迷ったんだけど……お伝えします」

ちかげ先生の声だった。眼鏡をかけた眠たそうな顔が思い浮かんだけれど、声の様子はただごとではなかった。

「本郷周太くんのことです。天羽くんが、たぶんネットで連絡を取っているだろうと思って」

ちかげ先生は、そこで言葉を切った。

「周太が、帰ってくるんですか。いつですか」

つい聞いてしまったけれど、駆は途中から、違うと思った。先生の声は、暗く沈んでいたからだ。

「実は、きょう、ご不幸があったそうです」

ご不幸？　それって、どういうこと？

「里親会に入った連絡によると、本郷周太くんのお父さんが亡くなりました。もしも、本郷くんと連絡を取ることがあったら、よく話を聞いてあげて。きっと、本郷くんには、誰かの助けが――」

がたんと音がして、通話の相手が変わった。

「駆、おねがい。周太、すごくつらいよ。話し相手になってあげて。あたしやモナちゃんじゃできない。駆が話して。また島に来るように言って」

希実の声で、意表を突かれた。たぶん、先生は学校ではなく、里親会か何かに出ている。会場が大日向家というのは、よくあるパターンだった。

希実は、ぐしゃぐしゃに泣いていた。いつもはハキハキしているのに、聞き取るのに苦労するくらいだった。

「分かった」と通話を切った後、駆はしばらく呆然とした。

前の日に周太と久しぶりに話したばかりだ。その時は、なんてことはなさそうだったし、きっと周太の父さんは、良くなっているんだと思っていた。なのに、いきなりだ。周太だって、予想していなかったに違いない。

心臓がドクンドクンとなって、張り裂けて飛び散ってしまいそうだった。駆でさえこんななのに、周太がどんな思いでいるかと思うと、いてもたってもいられなかった。

だれもいつかは亡くなる。お祖母さんが亡くなったから、もうそのことは知っている。でも、自分の父さんや母さんが！　理屈では分かっていても、身近なところで起きるのとは違う。周太が心配なだけでなくて、駆はひたすら怖かった。東京も暑い熱帯夜なのに、指先から冷えていって、そのまま全身が凍りつきそうだった。

どれだけ、ぼうっとしていたか分からない。母さんが背中をトンと叩いて、我に返った。

駆は自分の携帯端末で、通信アプリを立ち上げてみた。こちらから連絡をするのは、さすがにやめた。当たり前だけど、メッセージはなかった。

ただ、文字のメッセージだけは残しておいた。

「カブトムシの角は、樹皮をはいで樹液を出すようにするのに使う。本当に見たんだ。黒光りして、特別な宇宙船みたいだ。浜には、珍しいオサガメが卵を産んで、子ガメがかえった。もう海に放流したけど、オサガメは海の宇宙船だ。海の月を食べて生きていて、空に浮かぶ月を見て泳ぐ方角を決める。だから、周太、落ち着いたら、戻っておいで」

訳が分からないけど、とにかく何かを書きたかった。知らないふりをして、さりげなく書きたかった。

次の日も、次の日も、周太からの連絡はなかった。メッセージを見てくれた様子もなかった。

（『青い海の宇宙港　秋冬篇』に続く）